可爱的共和国人

何建明 著

上海文艺出版社

目录

序　言　**因为崇高和卓越才可爱**　001

第一章　**那山，那水和那人**　001

在习近平当年撼天动地的“绿水青山就是金山银山”思想引领下，整个安吉、整个浙江大地已建成了百个、千个像余村甚至比余村更美、更富有的村庄，如今，它们正以自己各具特色的美丽、和谐、文明和现代，装点着一个伟大而全新的时代……

第二章　**林鸣与大桥**　016

“如果每一个行业都去实现一个梦想，那这个国家将会变得无比强大。”

第三章　**“敢闯”“敢笑”的当代铁人王启民**　040

王启民之所以被大庆人誉为“新时期铁人”，就是因为他身上有股当年王进喜的精神——只要能为祖国多献石油，什么困难都不在话下。

第四章　**山神黄大发**　059

水过不去，拿命来铺，这是一个老党员为人民许下的誓言，大发渠、云中穿，大伙吃上了白米饭。三十六年，为梦想跋涉，僵直了手指，沧桑了面孔，但初心不改。

第五章　惊天动地的“两弹”功勋　102

这座大山早已在我们面前耸立，尽管许多人不知其名，那是因为他实在太高太大。而这座大山支撑的，正是中华民族在 20 世纪构筑起的象征科学与国力的那个神秘的核世界。这座大山就是被国际人士称为“中国核武器之父”的王淦昌院士。

第六章　谢高华在义乌是座丰碑　125

“历史从来都眷顾那些与时偕行的奋进者、直面挑战的勇敢者、善作善成的实干者。回首改革开放以来的 40 年，浙江干部群众正是凭着一股闯劲，敢做前人没有做过的事情，敢做别人不敢做的事情，干成了许多大事业，闯出了一片新天地。”

第七章　我们也可以称他为伟人　140

“让百姓幸福就是社会主义。让百姓幸福就必须大发展。”这是吴仁宝担任华西村支部书记几十年来总结和遵循的一个“真道理”。

第八章　驮在三轮车上的丰碑　158

一位老人、一辆三轮车、 35 万元捐款、 300 多名贫困学生……老人走了，了无牵挂地走了，然而老人的爱却永远地留在了这个世界上。这爱从那小小的铁皮屋里涌出，从那小小的三轮车轱辘

里流出，这爱汇集在那些贫困的学生身上，并由他们不断地向外延伸。这爱感动的不仅仅是300多名贫困学生，而且感动了中国。那从车轱辘流淌出来的爱，驮起的却是一座永远的丰碑。

第九章　**抗击埃博拉前线的中国院士**　172

“踏上塞拉利昂土地的那一刻起，我们就进入了战斗的状态，除了睡觉，几乎没有一分钟是在闲着。其实睡觉时还常常在想着如何与这个国家的卫生部门和医疗机构进行合作抗击埃博拉事宜。”

第十章　**激战班加西**　207

“亲爱的同胞们，我们是中国政府派来接应你们的，请你们放心，所有的中国人都可以上船，现在请大家遵守秩序，准备登船……”

第十一章　**远山的扶贫队员**　225

这些年轻的扶贫队员们，无论当初怀着何等心情奔赴贵州乌蒙山区，当他们第一次走进大山深处，看到斜立在山坡上的行将倒塌的破草屋，看到无力起床为自己倒一碗水的老人，看到一个个无依无靠却依然渴望知识的孩子，他们便懂得了“人民”和“造福人民”的含义，懂得了“报恩社会”和“报效祖国”的分量……

"学校像花园，工厂像公园，宅前屋后像果园，全村像个天然大公园。"这话是常德盛当年在村民大会上许下的承诺。凡是到过蒋巷村的人对上面的四句话都不会提出任何疑义，因为现今的蒋巷村无论哪个角落，你都可以深切地感受到自己置身一个天然大公园的美好环境。

序言

因为崇高和卓越才可爱

凡是小朋友，都喜欢别人夸他（她）可爱。可爱在小朋友心目中是美丽的代名词。

姑娘更喜欢别人夸她可爱，因为可爱并不一定是出众的美貌，活泼、清纯、含蓄，甚至别出心裁地打扮一下，或者一个亲切的微笑，都能让她变得可爱……

小伙子也能成为可爱之人，恰如其分的交往、彬彬有礼的谈吐以及助人为乐、见义勇为，自然也能让他变得可敬、可爱。

在长者中，也有很多人十分可爱，他们的直率、真诚、风趣、幽默，甚至是健康的体魄和优雅的举止，也都能使他成为可爱的人。

而“可爱的共和国人”，他们的身上除了必然有上面的这些可爱之处外，更多的是他们在自己的工作岗位上作出了杰出的贡献，这些贡献不仅对他们所在的单位和领域，而且是对国家、对民族，甚至对我们所有人都产生不同程度的影响或带来福祉等特殊意义。在这些人身上，你可以感受到他们的心灵之美、行为之美和思想之美。这样的美，可以温暖和普照全社会，甚至全世界所有的人；他们非凡卓著的业绩又同样能普惠到我们每一个人……所以他们是我们共和国的最可爱者。

近七十年前，一场伟大的抗美援朝战争，数十万中华优秀儿女为了保家卫国，“雄赳赳、气昂昂，跨过鸭绿江”，与强大的敌人展开了殊死的战斗，许多人因此牺牲在我们的邻国朝鲜，他们在一个叫魏巍的作家笔下成为了“最可爱的人”。

几十年来，那些为新中国英勇捐躯、为民族大业无私奉献、为社会主义做出杰出贡献者，都会被我们的人民称为“最可爱的人”。

其实，每个时代、每个历史阶段，在我们的心目中都会有些值得尊敬、值得敬爱的人，他们其实就是与我们同时代生活着的民族英雄、杰出人物、人生榜样。作为一名以记录时代风云、讲述中国故事为己任的报告文学作家，由于职业的特殊性，我在 40 年的创作经历中，见过和采访过许许多多的杰出人物，在这数以千计的群英中，有些人就像一座座丰碑，永远在我心中高高地耸立着……他们的精神境界、他们的心灵世界、他们的敬业行为、他们的理想信仰，甚至他们的音容笑貌和人生的点点滴滴，都闪烁着金子般的光芒。看他们走过的足迹、奋斗的经历和创造的伟业，你会在迷茫时学会如何选择正确的人生方向和目标，你会在困难和乏力时增强自信和战斗意志，你也会在日常生活和工作中变得对祖国和民族格外有感情，你当然还能从他们身上学到如何做一个有价值的人。总之，这样的可爱者之所以可爱，除了他们本身已经光芒四射外，还可以把他们身上的光芒“移植”到你自己的身上，从而也会让你成为一个不平凡的人，一个同样令人尊敬与敬佩的可爱者。

本书选择了十二位可爱的共和国人，他们中有一生致力让大庆油田几十年高产的“新时期铁人”王启民，有港珠澳大桥的功臣林鸣总工程师，有习近平总书记为其让座的“山神”黄大发，有原子弹、氢弹主要研制者王淦昌，有被称为“农民伟人”的华西村老支书吴仁宝，有电影《战狼 2》的原型人物——我国年轻的外交官们，有毫不畏惧去非洲援助抗击埃博拉的院士高福，有几十年蹬三轮车挣钱捐助贫困大学生的白芳礼老人，有“义乌市场”的缔造者谢高华，还有依然在远山参与时代大决战的青年扶贫队……他们身上的故事，时常令我感动、激动和心灵颤动，因为在他们身上有一种热爱祖国和热爱人民的炽烈情感及大智大仁，一种永远让你崇敬和仰望的境界，他们因此也比他人卓越，因此也就成为了我们同时代的共和国最可爱的人！

让我们以一次又一次的书写和阅读的方式，在共和国成立七十周年之际向这些可爱的人学习、致敬！

2019 年春于上海

第一章

那山，那水和那人

人类的发展史上，总有些看似不起眼的“小浪花”，却在酝酿着一场场波澜壮阔、翻江倒海的大潮汐，让人们无法忘却，并成为一个时代的标志。

我到浙北安吉县余村，正好是 2017 年的“清明”节。那天早晨，我站在村口，被一块巨石上镌刻的一行苍劲有力的红字所吸引：绿水青山就是金山银山。

村民们告诉我，这行鲜红如霞的大字，是习近平总书记 2005 年 8 月 15 日视察余村时留下的话。

十几年过去了，时任浙江省委书记习近平留下的这句话，犹如一盏引路的明灯，照耀着余村人前行的步履，让这个山村以及山村所在的安吉大地，变成了“中国最美乡村”和第一个获得联合国最佳人居奖的县。

何谓“最美乡村”？何谓“最佳人居”？

——余村便是。

美，对人而言，自然是赏心悦目之感。余村皆有之。你瞧那三面环山的远处，皆是翠竹绿林的群峰，如一道秀丽壮美的屏障，将余村紧紧地呵护在自己的胸膛间；从那忽隐忽现的悬崖与山的褶纹里流淌出的一条条清泉，似银带般织绕在绿林翠竹之间，显得格外醒目；近处，是一棵棵散落在村庄各个角落的大大小小的银杏树，它们有的已经千岁百寿，却依然新枝勃发、绿意盎然，犹如一个个忠诚的卫士，永远守护着小山村的每一个夜晚和每一个白昼；村庄的那条宽阔的主干道，干干净净，仿佛永远不会留下乱飞的纸屑和垃圾。路面平坦整洁，走在其上，有种想舞的冲动；左侧是丰盈多彩的良田，茶园、菜地和花圃连成一片，那金黄色的油菜花，仿佛会将你拖入画中；簇生于民宅前后的新竹，前拥后挤，喜欢客人前去与它们比个高低，那份惬意令人陶醉。村庄整洁美观，传统里透着几许时尚。每一条小巷，幽静而富有情味，即使一辆辆小车驶过，也如优雅的少妇飘然而去，令你不禁侧目。每条路边与各个农家庭院门口，总有些叫不出名的鲜艳小花儿，站在那儿向你招手致意，那份温馨与轻愉，会柔酥你的心，偷掉你的情……

人是余村最生动、最有内容、也最感人的一景。虽然看不到一个年轻人在村庄里游荡，因为他们的身影或是藏在“农家乐”的阵阵笑声里，或是在“创意小楼”的电脑与网络间，或是在山涧竹林的小路上。穿着靓丽衣服的孩子们，每天都像一队队刚出巢的小鸟，欢快的歌声与跳跃的身姿伴着他们走在上学与放学的时光里。老人是余村最常见的风景线：他们或三三两两地在一起欢快地聊着昨天和过去的余村，或独自或成群地聚在一起吹拉弹唱，无拘无束地表演着自己的“拿手戏”；那些闲不住、爱管事的长者，则佩戴着袖章，肩挎着竹框，像训练有素的人民警察和城管人员，时刻等候着每一片垃圾的出现和每一个不文明行为的发生。他们的笑脸和自己动手的点点滴滴，倘若你遇见，定会感到如沐春风、如浴阳光……

余村的美，既有陶渊明式的“世外桃源”之美，更有新西兰哈比人村的那种大自然与现代文明融为一体的美。来之后，你有一种不想再走的感觉；走之后，你的神思里总仿佛有一幅“余村图”时不时地跳出来招惹你。

这，就是今天的余村。

而我知道， 2005 年 3 月之前的余村，其实不仅不美，且可能是全国最差的山村之一。它的差并非因为贫困，而是环境的极度污染和生态的严重破坏。那时村里人有句口头禅：“余村余村，死了没尊严、活着比死还受罪。”

村民们回忆说：那时我们靠山吃山，开矿挣钱，结果开山炸死人、石头压死人成为常事。死了还不如一条狗，因为炸死和被石头压死的人，连整尸都不太可能。活着的人，整天生活在漫天笼罩的石灰与烟雾当中，出门要系毛巾，口罩根本不顶用。家里的窗门玻璃要几层，即使这样，一天还要扫地擦桌两三回……

余村人的话，让我想起了一些大城市的那种无法喘息的雾霾天气。那确实是不适宜生活的环境，但我们现在有数百个城市的人整年整月地生活在这样的天气里。这好比捧着金条、端着山珍海味的饭碗，却在“集体慢性自杀”。

“余村的‘绿水青山’之路，可不是那么容易走过来的，是经历了风风雨雨和不断认识的曲折过程。” 20年前，在镇旅游办主任位置上捧着铁饭碗的潘文革回忆起余村的发展史，如此感慨道。

“小的时候，我看着俞万兴、陈其新第一代村干部为了让村上富起来，苦干、好学的劲头，实在值得今天我们这些人学习。余村的开矿是有历史的，古时就有。到了改革开放年代，别看老书记、老村长他们文化不高，但为百姓致富的思想一点不落后、不守旧。丢下锄头镰刀上山开矿是他们那代人最早的决策。老村长陈其新不识几个字，但为了学知识、学做生意，他口袋里一直揣着两样东西：圆珠笔、小本本，见啥都要记下。村上最早的‘幸福感’是他们这一代领导带领下创造的。第二代的潘领元、赵万芳、陈长法和潘德贤等村干部，更是开拓致富的领路人。开矿、建水泥厂，村里年收入达一二百万就是这些人手上实现的，那个时候，村上一次次被镇上、县上评为全镇、全县的‘首富村’，我们余村人从那个年代开始脸上有了光彩。但也就在那个时候，村上一方面不断在外面获得这荣誉、那奖状，另一方面，百姓怨声载道。尤其是一次次村民惨死的场面、一个个百姓病逝的悲痛情景，刺伤了大家的心。所以，从上世纪九十年代末开始，以潘德贤为代表的村干部们，开始反省，提出关矿、关厂，恢复绿水青山的决策。但习惯了靠山吃山的余村哪那么容易在关矿、停厂后就有金饭碗可捧，这样就停停关关、关一开一、开一停二的日子持续了好一段时间。我回村工作的过程就是一个说明……”潘文革说，他作为杭州商学院的委培生毕业后，正在镇党政办任副主任兼旅游办主任岗位上干得“出劲”的时候，当时的余村支书潘德贤就一次次来找他，动员其回村主抓旅游开发。

“我好不容易从‘泥腿子’成了‘穿皮鞋’的镇干部，再回村里去湿脚呀？”潘文革笑笑，然后摇头。

“湿湿脚有啥不好！接地气，还长寿呢！”老支书说。

“就我们村？到处乌烟瘴气、山崩地裂，还啥长寿！”潘文革嘲讽道。

老支书的脸阴了，很难看了好一会儿。然后抬起头，两眼紧紧盯着年华正当的潘文革，一字一句道：“我来找你，就是觉得我们余村再不能靠开矿、办水泥厂过日子了，那会把全村的山和水，还有地，全给毁了，早晚也会把全村人都害死的。所以得改变开矿过日子的老路子了……”

“那干啥？”

“旅游。”

“村上办旅游？”

“是。为啥不能？”老支书很犟地说：“人家城里人爱看好山好水，我们有山有水，为啥不能搞点旅游？”

“这个……”潘文革有些犹豫地说：“旅游可不是个简单的事，得有好环境和好景点，最主要的要有一批专业管理的人。”

“我已经寻思过了，环境和景点，我们余村不缺好山好水，就是现在被开矿办厂弄坏了，石灰窑和厂子准备下一步要关掉一些。说到旅游管理人才嘛，我早心里有底了。”说到这儿，老支书狡黠地朝潘文革挤挤眼：“你不是镇上的旅游办主任吗？你是最合适的人，又是我们余村人，还有谁比你更合适吗？”

“我……”

“你啥？我看你只要记住一句话：我是余村人，我就该想法不让自己村上的人受苦受难，要让他们富起来！开开心心过好日子！”

“那时我就是被老支书这样一番话‘激将’回到了村里。”潘文革举目美丽如画的今日家乡，感慨万千道：“20年了，余村的变化，真的饱含了一代又一代人的努力与梦想，期间的曲曲折折、坎坎坷坷，一任任村干部都有刻骨铭心的记忆。”

“活着就要像像样样做个人，死了也要吸口干干净净的空气，还我们一个健健康康的身体，给子孙后代留个美丽家园比啥都强。” 2005年3月，新任村支书鲍新民和村委会主任胡加仁，就是怀着这样的强烈愿望，从前任支书刘忠华一班人的手中接过“接力棒”后，带着新班子全体成员，站在村南的那座名曰“青山”却没有一片绿叶的山前，以壮士断腕之气概，向村民们庄严宣布：从此关闭全村所有矿山企业，彻底停止“靠山吃山”做法，调整发展模式，还小村绿水青山！

“其实那个时候我们作出这样的决定，非常不容易。”那天访问已经退休在家的老书记鲍新民时，他这样说。

现在六十周岁的鲍新民， 2011年离开村干部岗位，调到余村所在的天荒坪镇“农整办”工作。在余村同样当了二十年干部的他，其间曾做了一届支委、一届村长、两届村支书。这是个言语很少的实干型农村干部，却经历了余村两个不同的“富裕”年代。“现在我们余村是真富，是百姓心里舒畅和生活幸福美满的富。过去余村在安吉全县也是‘首富村’，可那时的‘富’不是真富，其实大家心里都很痛……”鲍新民说。

1992年，36岁的鲍新民被老支书俞万光看中，向新一届村委会推荐为村支部委员。俞万兴是1952年入党的农村老革命，“改天换地”“让庄稼人过好日子”，一直是这位“老支书”的心愿。但在“农业学大寨”的岁月里，俞万兴、陈其新等村干部带领余村人没日没夜地扒竹林、种水稻，却从没有让村里人真正富裕过。后来听说太湖对岸的苏州乡镇企业搞得好，尤其是华西村在搞的“工业”，干部们商量，说广东、苏州包括浙江萧山在内的所有富裕的村庄，都走了一条亦工亦农的道路。我们余村是山区，交通没有别人方便，但余村历史上有过铜矿银矿的开采历史，山里藏着宝贝疙瘩哩！“要想富，就挖矿”，我们也来试试咋样？

“行啊，只要能富，掘地翻山，怎么都行！”从未富裕过的余村人，太渴望那些已经住上楼房、有电视看的农民兄弟姐妹们的生活了！

“我当村干部之前，几任村干部就带领村上人挖山开矿了好几年。我最早是石灰窑矿的拖拉机手，就是把炸开的石头拉到窑上，再把烧成的石灰拖出山卖给客户……靠这样一点一滴地开山卖石灰，我们余村人慢慢地也有了钱，村干部出去开会也能偶尔从口袋里掏出一包‘中华烟’馋馋其他村的干部了。”一直低着头说话的鲍新民，说到这儿默默地一笑。他接着说：“我开始当村长的时候，赶上了全国都在风风火火搞经济、各行各业都在争取大发展的时期。那个时候，在我们农村谁能把集体经济搞上去就是好样的，先是‘十万元村’，再后来是‘百万元村’。到九十年代中后期，像苏州、广东，包括我们浙江萧山等地方已经有‘千万元村’、‘亿元村’了！那时电视、报纸上几乎天天都在高喊让我们学习、赶超他们。可安吉穷啊，出不了‘千万元村’‘亿元村’，靠挖石卖石头能年收入达到一二百万元的我们余村，成了安吉县的富裕村——‘首富村’。那份荣誉确实也让余村露脸了许多年……”

余村人至今仍然怀念俞万兴、陈其新和后来的潘领元、赵万芳、陈长法、潘德贤等老一代村干部。因为是在他们手上，余村村民第一次喝上了自来水、当上了安吉县第一个“电视村”“电话村”等等让外村人眼红的许多“第一”。

然而，地处绿水青山的安吉腹地的余村，靠挖矿致富的路也引发了当地其他乡村的不同看法，尤其是后来余村的集体经济收入一直在二百万元左右的水平上徘徊了好几年，加之当时安吉县委力排众议、顶住压力，在全国率先提出“生态立县”的主张后，余村的发展思路开始从单一的开山挖矿致富，被动地转向开发旅游资源、走绿色生态发展的路子。

以当时的县委书记戚才祥为班长的安吉县委，对老典型余村发展建设生态村庄方面给予了支持和帮助，请来专家为余村设计了一个结合山区特点、因地制宜发展生态旅游的《余村村庄规划》。

2000 年 7 月 5 日，安吉县委还在余村召开了“首个生态型山区村庄”建设研讨会。“其实，戚才祥书记提出‘生态立县’的口号时，他和县委压力非常大。戚书记到上面开会，有领导就当面责问他：安吉 GDP 倒数第一，你提生态立县能当饭吃吗？在这种情况下，县委也想通过余村这个老典型，在生态立县、立乡、立村上有所突破……”安吉县和浙江省的多位老干部都曾这样对我说：其实“生态立县”“生态立省”，这条道路并没有像现在大家所看到的那么平坦、那么平常，甚至可以说，它从一开始就非常艰难，因为它关乎我们要从走了几十年的传统发展道路上，转到一条全新的发展思路上来。

浙江的同志，给我绘声绘色地讲述了许多今天听起来不可思议的事——

浦阳江是浙江境内的一条重要河流，自古以来，就有“歌水画田”之说，尤其是元代大文学家的一首《潮溪夜渔》，将浦阳江描绘得像位“梦中情人”一样，令人朝思暮想。但上世纪八十年代开始的大规模水晶加工业，使得这条美丽江河，渐渐变成了“墨水河”“牛奶河”。有位在江边长大、后来成了著名学者的上海教授，看到故乡的河变得如此拙形，一气之下，20 年不曾回过老家。在浦阳江边住的王蓝英大妈，不到三年之内，眼睁睁地看着 4 位邻居相继患癌症而亡。曾有一段时间，浦江民间流传这样一则心惊肉跳的传闻，说杭州半山的肿瘤医院里，尽是说浦江土话的人……

“江河咽，人愁绝。浊污横溢随城堞。船无泽，山凋色，乱花明灭，一川烟积，泣，泣，泣！”一位当地诗人这样悲嚎。

七旬老人王蓝英等10名妇女，不堪目睹如此人间悲剧，连续七年奔走呼吁，县上也曾组织几次声势浩大的水晶加工业治理整治行动，但却屡屡失败而告终。

原因并不太复杂，有厂家、也有工商税务的，自然更有政府部门的人，他们拿地方的“GDP”指标和“利税”数据跟你说话，于是其他的所有努力化为乌有。

“老实说，世纪之交的那些年里，我们真不知抬腿往哪条发展路上走。作报告，计成绩，离不开GDP。但到下面一走，看看儿时那些碧绿清澈的河水，怎么就成‘墨水河’了！”嘉兴市一位老领导感叹道。

“所以，有人把习近平同志的‘绿水青山就是金山银山’的理论，看作同当年毛泽东在遵义会议上重新出山指挥红军的事件一样重要，这是有道理的。”社科界的专家这样说。

呵，这样的认识，这样的理解，在安吉、在浙江，要比其他地方、其他人早了几年、十几年……这是因为他们在十几年前就有了一个人民的好领导、好领袖。

这样的好领导、好领袖，人民始终记着：

——记着毛泽东帮助他们推翻了压在头上的三座大山；

——记着邓小平“发展是硬道理”，领着他们解决了吃饭问题、过上了小康生活；

——记着习近平给了一个持续发展、全面小康的幸福生活和温馨美丽的家园与强盛的国家……

马克思曾经说过，革命的领袖是在革命的伟大实践中诞生的。从毛泽东思想、邓小平理论，到三个代表、科学发展观，一代代中国共产党的杰出领袖们，就是这样在一个个不同时期的伟大实践中产生的。

“绿水青山就是金山银山”这一如今被人简称为“两山”理论的社会新发展理念，再次证实了马克思的英明论断：伟大领袖诞生于伟大实践。

世纪之交的浙江大地，当时正发生着两种完全不同的发展思路和发展形态：一种是继续以破坏生态为代价的所谓“高速经济”，它的“亮点”是可以在“百强县”“亿元乡”的名单上登榜，当然那里的干部提拔重用也会更快些；另一种是寻找新的出路，将生态经济作为未来发展的方向，当然那些干部因为“GDP”上不去而很可能官位一直“原地踏步”。两种思路、两种作为，冲突很大，甚至在有的地方到了“你死我活”的地步。

那些年，浙江的不少地区、许多企业不顾一切地在追求GDP而不惜破坏生态、破坏自然和祖宗留下的绿水青山，致使群山秃皮无林，江河死鱼泛滥，一个个“癌症村”“怪胎村”“早死村”……频频而出。即使在余村近邻，也有人提出“开山劈岭，三年赶超‘首富村’”的口号。

小小余村，恰逢这样的环境，能不能顶住压力，其实是一场需要勇气和智慧的生死抉择。“我是2004年底刚刚接替村支书的职务。那时村上的几个污染严重的石灰窑都先后关了，连水泥厂也在考虑关停阶段。从环境讲，确实因为关停了这些窑厂后大有改观，山也变绿了，水也变清了，但村集体的经济收入也降到了最低点，由过去的二三百万元，降到了二三十万元……这么点钱，交掉这个费、那个税，别说再给百姓办好事，就连村干部的工资都发不起了。过惯了“富”日子的村民们开始议论纷纷，甚至有人当面指着我的鼻子骂骂咧咧，说：你们又关矿又封山，是想让我们再回到出去讨饭当乞丐的日子啊？有好几次，我站在村口的那棵老银杏树前，瞅着它发新芽的嫩枝，默默问老银杏：你说我们余村的路到底怎么走啊？可老银杏树并不回答我。那些日子，我真的愁得不行，做事也犹豫不决……”鲍新民的内心其实丰富细腻，其心灵闸门一旦打开，情感便如潮汐般汹涌而出——

“余村真正开始关窑转产是从那年国家的‘零点行动’开始的，那时我担任村长，几乎所有难事都要亲自去处理。可以说，关个窑、停个厂，远比开窑办厂复杂得多！”鲍新民理理头上的银丝，苦笑道：“这些白发都是在那个时候长出来的。”

鲍新民说的是实话。余村从粗放型经济发展，重回“绿水青山”生态经济发展之路，其实经历的是一个痛苦过程。

“记得村上开干部会，讨论关石灰窑时，一半以上的干部思想拐不过弯来。他们说，关窑停厂容易，但关了窑、停了厂，村里的收入从哪儿来呀？老百姓更不干，你问为啥？简单啊，老百姓问我：你把窑、把矿、把厂关了，我们上哪儿挣工资？你村长还发不发一个月两三千块钱呀？我回答不上来。村民说，你既然回答不上来，窑还应该开、矿还应该办，工厂更不能关。我就解释，这些企业污染太大，把山整秃了，把水弄脏，人还患上病了。村民就跟我斗嘴，说你村长讲得对啊，我们也不想这样活法，但还有啥路子可走？都出去打工？家里的事谁管？留在家里，就得有口饭吃，还要养家糊口，你停了厂关了窑，也是让我们等死。跟开窑开厂等着被毒死差不多呗！听村民说这些话，我心里真的很苦。更有甚者，村里许多村民的拖拉机是刚刚买的，一部拖拉机少说也得三五万元，他们是倾尽了全力买的'吃饭工具'，本来是想到矿上窑上拉活挣钱的，现在我们把矿窑和工厂停了，不等于要他们的命嘛！"说到这里，老支书鲍新民连连摇摇，然后长叹一声，道："当时真有几个小年轻，他们闹到我家里，指着我的鼻尖，责问我：说你村长敢绝我活路，我就敢先断你子孙……当时的矛盾确实很尖锐。根本的问题还不在这里，对我们村干部来说，最要命的还是关了窑、关了矿、停了厂，村上的经济收入一下子就几十万、几十万地往下降，这一降，全村原来开门做的一些事就转不动了，这是真要命的啊！所以，我们余村当初关矿停厂的思想转变也不是一下子通的，前后用了六七年里，可以说是关关停停、犹犹豫豫了好一段时间……"

从上世纪末的国家"零点行动"，至2004年8月，余村的五座石灰窑，及规模比较大的化工厂和水泥厂才全部关停，而关停也是先由小再到大慢慢完成的。"之所以这么做，就是大家一方面感觉，再不能以牺牲绿水青山和百姓的健康，来换取所谓的'致富'和壮大集体经济了，另一方面又对绿的水、青的山能不能真正让百姓富起来缺乏信心。"鲍新民说。

春去夏至，江南大地到处绿意盎然，鸟语花香。正当鲍新民和余村处在犹豫不决的十字路口时，习近平来到了这个小山村。

“我是头一回见习书记那么大的领导。当时心里蛮紧张的。本来习书记是来检查研究我们的民主法治村建设情况的，我从村长转任支书才几个月，也没有啥准备，又本来嘴就笨，所以等镇上的韩书记汇报完后，我就开始讲村里关掉石灰窑、水泥厂和化工厂后，准备搞旅游的事。习书记听后便问我开水泥厂和化工厂一年收入有多少，我说好的时候几百万。他又问我为什么要关掉。我说污染太严重。我们余村是在一条溪流的上游，从厂矿排出的污水带给下游的村庄和百姓非常大的危害，而且我们余村自己这些年由于挖矿烧石灰，长年灰尘笼罩，乌烟瘴气，大家都像生活在有毒的牢笼里似的，即使口袋里有几个钱，也都送到医院去了。习书记听后便明了果断地告诉我：你们关矿停厂，是高明之举！听到习书记这样评价我们余村的做法，我的心头豁然感到明朗和感动！他可是大领导啊！他的话不仅表扬和肯定了我们过去关矿封山、还乡村绿水青山的做法是正确的，尤其是听他接下去说的‘绿水青山就是金山银山’时，我过去脑子里留下的许多顾虑和犹豫，这下子全都烟消云散了！”时隔多年，余村老支书说到此处，仍然激动地连拍三下大腿，站了起来。

令鲍新民永远难忘的是，那天习近平书记在那间狭小的村委会的会议室里，不顾闷热的环境，帮助他和其他干部分析“生态经济”为什么是余村这样的地方的必由之路和充满前景的发展道路。鲍新民回忆说：“那天习书记在我们余村前后停留了近两个小时，有一半时间是在给我们几个村干部分析像余村这样的浙北山区乡村的发展思路，他语重心长地告诉我们：生态资源是你们最可贵的资源，搞经济，抓发展，不能见什么好就都要，更不能以牺牲环境为代价，要有所为有所不为。一定不能迷恋过去的那种发展模式。习书记不仅平易近人，而且格外真心地为我们指方向，他说你们安吉这里是块宝地，离上海、苏州和杭州，都只有一两个小时的车程，经济发展到一定程度时，逆城市化现象会更加明显，他让我们一定要抓好度假旅游这件事……看看余村，再看看安吉的今天，习书记当年说的事，现在我们全都实现了！水绿了，山青了，上海、杭州还有苏州，甚至外国人都跑到我们这里来旅游度假，给我们口袋里送钱！十二年前啊，习书记就有这么英明的远见……”

走在熟悉而美丽的村庄大道上，鲍新民时不时地感叹着，他的眼里闪动着晶莹：“做梦都想不到，习书记当年给我们指引的这条路，让我们的村庄彻底地改变了，变得连我们自己都想不到的美；村上的人，现在不仅生活幸福了，情操和品位也大大上了台阶。今天再看余村，感觉就是换了一个时代！”

是啊，在余村，在余村所在的安吉、湖州，以及整个浙江大地，我与鲍新民一样，眼见为实地看到了一个发生在身边的全新的、如旭日冉冉升起的新时代，这个时代叫“中国时代”！她正如拂面的春风，扑面而来，是那样清爽而炽热，激荡而朝气，幸福而美丽……

是的，一个伟大而全新的时代已从这里开始——

第二章

林鸣与大桥

这是一座跨越大海、连接香港、澳门和祖国大陆的大桥。55公里的长度，使它一举成为无可争议的“世界第一跨海大桥”……

这是一座连接历史与未来、通达四方、凝聚人心的大桥。壮丽、唯美和彩虹一般的曲线，以及与海、与海豚、与群山岛屿及蔚蓝天色融为一体的大桥……

习近平总书记称这桥是“圆梦桥”“同心桥”“自信桥”“复兴桥”……呵，大桥啊，你承载了史无前例的使命与荣耀，你让十三亿中国人骄傲，也让这个世界为你而发狂！

而我知道，关于这座大桥还有更多奇妙与伟大之处：近13公里长的海底隧道在伶仃洋的腹地轻盈地穿越，几座像翡翠一般嵌在蓝色海洋中的人工岛，以及稳稳躺在海底深处的每一节段重量堪比航母的33节沉管串成一线，任凭车水马龙风驰电掣地在它腹中穿行……

我当然还知道，仅在这十几公里的海底隧道施工中，中国的工程师创造了537项专利、24项国家和省部级科研成果，以及十余项“世界第一”、两项国际工程大奖！历史如此，稀有一项历时十余年岁月、耗资一千亿元的重大建筑工程可以在验收时获得满分。但港珠澳大桥的核心工程——岛隧工程则由三地评估专家在严格评审之后给出了99.63的分数，近乎完美！其实，它已经完美。

自然，人们很想知道创造这奇迹的是谁……

他叫林鸣。大桥核心控制工程——岛隧工程项目的总经理、总工程师。

一个原本与伶仃洋毫无关系的工程师，因为造桥，使他跟这片大海结下了不解之缘。林鸣在参与港珠澳大桥之前，已经为珠海造过两座大桥——珠海大桥与淇澳大桥，前者是珠海特区最初的交道命脉，后者是香港、澳门和珠海三地人民探寻跨海相通的第一个梦想。当二十年之后的林鸣再次踏上珠海大地时，他已经是中国交通建设集团的总工程师了！

林鸣新一天的使命是投身港珠澳大桥建设，并且作为大桥控制性工程的总承包人和技术总负责。

从接受任务的第一天起，富有激情和冲劲的林鸣给自己立了一个誓言：每天晨跑十公里，让自己的步履与漫长的大桥建设岁月一起奔跑……

这一跑，林鸣一直跑到了大桥建成的那一天，整整十三年。

最初他迎着晨风、沿伶仃洋海岸跑的时候，那飘来的海风挟带的海水是苦涩的。于是他想起了文天祥那“惶恐滩头说惶恐，伶仃洋里叹伶仃”的千古绝唱。后来，一天又一天晨光里的奔跑中，大桥在海洋里延伸，慢慢地，林鸣感觉这片伶仃洋的海水有些甜了、一直甜到了他的心坎上。

啊，这感觉美极了！

后来， 55 公里长的港珠澳大桥正式动工开建时，林鸣领受了那段穿越海底的关键性任务——6.7 公里长的岛隧工程。那一天晨跑中，林鸣感觉自己一下阔如大海，无比激荡……

所谓“岛隧工程”，就是在大海中垒起一个或若干个“人工岛”，随后利用其再深入挖掘并铺设海底隧道。这种风险极高的海洋工程，在国外虽有个别先例，但像港珠澳大桥如此长距离、最深处达四五十米的海底隧道，绝无仅有。

中国人又想创造“世界海洋第一工程”？难道他们不怕在伶仃洋上步先人后尘吗？外国同行在远远的地方以嘲讽的姿态看着林鸣他们。来自伶仃洋另一岸的同行也在摇头：大陆工程师有能力把桥修建起来，但想建穿越海底的隧道，怕是力不从心！

奔跑中的林鸣在默默地下着决心：为什么我们不能干？中国人应该干出世界超一流的工程来！但奔跑中的林鸣，却被迎面扑来的海水刺痛了：所有的工程建筑标准得按国际标准，而且大桥的建筑设计寿命应是 120 年，而不是中国标准的 100 年……

林鸣抹抹脸上的海水，坚定而自信的回答：我们不仅要按国际标准施工，而且还要按最高的一档实施，整个岛隧工程必须做到

“滴水不漏”！

海那边的权威笑了：说这话就意味着有所“漏水”，因为世界上同类工程还没有哪个能保证不滴水！林鸣回敬：“滴水不漏”，这是我所担任总指挥和总工程师的这个大桥项目的“唯一标准”和“基本标准”。

林鸣就是这样的人，他认为：港珠澳大桥是气吞山河的大工程，没有气吞山河、至高无上的高标准和“零瑕疵”的严要求，那就不是他和他的团队们所干的活。

一个有远大理想和抱负的完美主义者，其胸怀就是一片浪漫与诗的世界，你不曾抵达他心灵和情怀深处时，是无法理解的。

大桥岛隧道工程包括了最基本的项目：海上“人工岛”建设、海底软基加固及沉管预制和安装等。

在离岸数十里的深海区建“人工岛”、在数十米深的软基海底上挖筑一条十几里路长、壁基差异不得大于 0.5 厘米、且必须经得起巨大海水压力的基槽和预制并安装 33 个类似航空母舰分量的沉管，并确保整个工程在 120 年的寿命中“滴水不漏”！有人嘲讽林鸣是准备在伶仃洋上为自己设计一个“壮丽的海葬”。

没有人敢对一个一千多亿元的投资项目开玩笑，而且港珠澳大桥，关系到的是香港、澳门和大陆三地人民的百年梦想和国家大战略。林鸣那轮廓分明的脸庞上用严峻回答了别人的疑问。

“陆军”战将要干“海军”将领擅长的“超级海战”，能行吗？有人怀疑也在情理之中。毕竟，林鸣作为建桥筑路的国家队——中国交通建设集团的总工程师，他和他的团队虽在全国各地的陆地和江河上建桥筑路，早已功成名就，但在深海建隧道还是头一回，其实中国人也是头一回承担如此庞大而复杂的超级工程。世界海洋工程权威专家、丹麦科研公司资深经理穆勒先生说：“在珠江三角洲建造一条世界最长海底隧道是前所未有的，工程难度直逼技术极限，这是一项破世界纪录的工程。”

世界也在期待中国又一伟大奇迹的诞生。自然，最企盼这奇迹早日变成现实的，是千百年来吃尽隔海之苦的港、珠、澳三地的百姓们。

数十年南征北战于祖国交通战线的林鸣，早已心怀国家“大交通”情结。在他心目中：修桥筑路，何止是为了解决人的出行问题，那是标志一个国家强盛的步履，更是一个时代的人民迈向幸福的企盼。“港珠澳大桥关系着港、珠、澳三地人民的未来百年幸福和珠江三角洲的大湾区国家发展战略。作为建设者，我们唯有按照最高标准来为大桥量身定做，再无其他选择。”林鸣无数次对着大海心誓。

举世瞩目的工程，总是有非同寻常的开端与过程。

中国人畅想了百年、又历经了数十年动议和反复论证的“世界级跨海通道”，终于在 2009 年 12 月 15 日拉开了西线“桥头堡”的填海开工战幕。随即，大桥最关键性的“岛隧工程”项目，也以“设计施工总承包”的方式，紧锣密鼓地开展起来。

垒筑“人工岛”是第一个硬仗。在外伶仃洋的大海深处，建筑一条全封闭的海底隧道，为的是能让日通 5000 余艘船只的繁忙航道正常行驶和保护区内的白豚能够仍旧自由游弋。但林鸣和建设者即遇到了挑战：如果选择世界上惯用的抛石填海法，一则将惊扰和破坏中华白海豚保护区，二则不会少于三年的工期。

“两者皆不可取！”林鸣断然决定另找办法。可在辽阔的大海上能什么办法快速地“圈”出一个可以保证坚固120年的“岛”来呢？

“痴心妄想吧！”国内自然无先例。到国外救助，人家给出的结论能噎死人。

林鸣又在奔跑了……奔跑的每一步都在回想他的人生往事，就像电影一样。突然，一个童年时代在湖塘戏水的灵感跃入林鸣的脑海：可以用一个个大钢圆筒替代抛石填海的围岛方法吗？如果成，不就避免了工期、白海豚等等“麻烦事”嘛！

“王工，我想用个新法子围海填岛……你好好帮我论证一下！”林鸣激动得立即向建筑工程勘察设计大师王汝凯求教。

“哈，亏你想出这个妙法啊！”手机那一头，王汝凯兴奋道。不过他说：“围填十万平方米的人工岛，每个大钢圆筒的直径不能少于20米，而且钢圆筒的高度应有五六十米，这是那里的水深所决定的。这样的话，大钢圆筒的钢板厚度也该有六七厘米……真是个庞然大物啊！”

“可不，一个‘大家伙’的面积，就等于一个篮球场大，还要向海底直插几十米深！不知稳定性如何？”林鸣急切地想获得结论。

“这需要测试和实验。但我更担心的是，有没有那么大的振沉装备将这些大‘钢筒’准确无误地安装到位，这很关键。”王汝凯说的“振沉装备”，一种使用振动方法使桩具振动而沉入地层的桩工机械。有没有这样的设备决定是否采用大钢圆筒的关键。

“我们一定想法解决振沉装备问题！”林鸣知道，国内根本没有这样的装备，国外也只有一次使用两台振沉器的先例，而他现在构想的每一个大钢圆筒重达七千余吨，将如此庞然大物插入海底，则需要八台以上的振沉器同时作业。这样的装备全球无处可觅。

林鸣从体育比赛中的“组合拳”获得了联想，于是从美国APE公司引进一批集震力超大的APE600型液压振动设备，并请我国振华重工厂家研制完成了八台以上的振沉设备联动组装系统。

“经过多项测试，你的大钢圆筒围岛法可行。”三个月后，王汝凯将团队的成果告诉了林鸣。

“太好了！”欣喜不已的林鸣这时却给对方提出了另一个请求：你们再给做一个大钢圆筒围岛的“不可行性”课题。“对百年大计的工程，作为项目总负责人的这种反向思维特别重要。”与林鸣并肩战斗数个大桥项目的港珠澳大桥岛隧工程总设计师刘晓东这样说。

后来王汝凯的团队给出了大钢圆筒围岛无“不可行性”的结论。

所有“纸上谈兵”的设计和实验都已顺利圆满完成。由6万吨特种钢材制成的120个“大钢筒”，振华重工用了半年多时间全部制作完工。这些巨大无比的“天兵天将”们，几乎把振华重工的上海长兴基地所有空地全给“撑”满了。

2010年5月15日那天，当第一个大钢圆筒在万吨巨轮的载运下，稳稳地进入伶仃洋海面时，林鸣带着千余名施工人员在海上列队迎接。大桥东西岸的建设工地上更有万千目光在热切地关注着……

伶仃洋海上开始沸腾起来：只见拥有1600吨起重力的“振浮8号”，伸出长长的吊索，稳稳将振沉系统和大钢圆筒一起吊起，再由施工方自主研发的“钢圆筒打设定位精度管理系统”引导下，正确定位于海水之中。这时，只听现场一声“振沉开始”的号令，8台振动“大锤”同时发声发力——这是世界上最大一套海上振沉系统在负载运转，其势其威，足让云风缓步，足让海水止流。四周，白海豚以优美的姿势，在欢快地跳跃。

此刻，现场所有的施工人员，一起屏住呼吸，目光全都盯在“大桶”与“大锤”之间的均衡振沉点上：一分钟、二分钟；五分钟、十分钟……“振沉成功——！”

“这不可能！不可能这么顺利嘛！”林鸣似乎不敢相信眼前所发生的一切，快步跑到现场指挥孟凡利的身边，急切地问：“大孟，好了？”

“好了。”

“钢筒垂直吗？”这是林鸣最紧张的事。

“直。没有比这更直的了，偏差在1/1000之下……”。孟凡利两眼眯成一条线，自豪得不行。

“好你个家伙！”林鸣释怀地抡起拳头，朝爱将的胸前重重砸去，然后说：“第一个打得这么好，回去你写篇题为‘每一次都是第一次’的文章，好让大桥工程上的所有施工都按今天这个标准做！”

“记住了：‘每一次都是第一次’！”从此，“每一次都是第一次”成为了大桥岛隧工程建设中的一个基本要求。

大钢圆筒深海筑岛，创下一项世界纪录，而且林鸣带领筑岛团队以快马加鞭的劳动干劲，将两个人工岛的筑岛工期整整缩短了两年。

“世界纪录”再次被刷新。那些曾经抱有极大怀疑态度的外国专家开始叹服起来，甚至说：林鸣创造的钢圆筒快速围岛方法，“掀开了海洋造岛的一个新时代。”

奔跑在“拔地而起”的人工岛上的林鸣，此刻，眺望着被伶仃洋相隔了千百年的两岸同胞，感觉自己的步履更加铿锵、方向格外清晰。因为，在这之前，他有一段近似耻辱的经历——

为了给繁忙的伶仃洋预留 30 万吨级巨轮航运通道和保护中华白海豚的珍贵栖息地，大桥必须有十几公里长的海底隧道。而在四五十米以下的深海软土层安置沉管来实现海底的来回六车道公交等设施，无疑又是一个世界工程史上的“前所未有”。

荷兰籍国际海洋隧道专家汉斯·德威在听说中国要建港珠澳大桥时，就这样断言：这是“全球最具挑战性的跨海项目，其中岛隧工程是迄今为止最为复杂的一项工程。谁突破了它，谁就登上了世界海洋工程建设的制高点。”

有人把深海工程与航天工程相提并论，是有其道理的。根据大桥工程设计，林鸣他们承担的岛隧工程的沉管部分，共 6.7 公里，按照每节沉管平均 180 米左右的长度计算，就需要 33 节沉管。不说每节沉管中需要配制的几十条错综复杂的各种线路与装置，仅每个长 180 米左右、宽 38 米、高 13 米的沉管，其单体体量也超过了“辽宁号”航母。设想，要将这 33 个“大家伙”沉入四五十米深的海底、还必须实现分毫不差的合缝对接和“滴水不漏”的密封，并确保 120 年里安然无恙，是何等功夫和难度?

“最初，我们的工程技术人员听了一些深海沉管的基本知识，就有种恐惧感。因为这样的工程和技术远远超出了我们以往的经验与能力。”林鸣说。

选择引进同类装备和求助有经验的国外专家是明智的做法。林鸣他们不敢贸然行动，于是便四处寻求合作者。结果十分意外，曾经用过沉管技术的荷兰、丹麦与韩国，其制造沉管的设备早已废弃，至于相关的技术，人家似乎并不情愿出让。“相对友好的公司，也只是让我们远远地看一眼，连最基本的原理都不想向我们公开。”中方总设计师刘晓东说：“后来我们就是靠着一本《隧道》杂志上刊登的一点基本知识，开始了世界海洋工程的顶级技术攻关……”

那些日子，林鸣奔跑的脚步慢了下来，一个严峻的现实摆在他的面前：几十米的海洋深处，就像魔宫一样，谁能确保几十个“航母”般的沉管安装不出一点意外、之后又怎能保证它 120 年内“滴水不漏”?

工程遇上了超级难题。

为求绝对保险，林鸣不得不面带谦和的笑容，去国外寻求那些曾经做过沉管安装的专业团队。

有人“接单”了。条件是：可派28名专业人员，但只在大桥沉管安装时前往中国施工点负责现场咨询服务——“整个安装仍由你们自己的人员负责操作”。

那么这样的现场技术指导是什么价呢？林鸣谨慎地问。

1.6亿欧元。对方写了一个数字，并说：韩国的巨加跨海大桥海底隧道所采取的方式与你们是一样的。

“这相当于15亿人民币哪！可我们的沉管安装预算总共才只有4亿人民币！”林鸣回忆起最后一次与这家公司的谈判时，声音有些颤抖：“我问他们：如果我们拿出3亿元人民币的话，能给什么样的服务？对方微微一笑，说：‘只能给你们唱一首祈祷歌！’”

“那只能由我们自己干了！”林鸣起身站起的那一刻，他的胸膛像大海一样起伏激荡……

但真要自己干又谈何容易！首先，林鸣与之谈判的那家公司在中国注册了相关专利，并且明确告诉林鸣：如果现在不签合作协议，以后再来找他们的话，十倍价！

显然，人家是要逼林鸣就范。

回国的那一天，林鸣站在伶仃洋上，脑海里回荡的尽是文天祥的那句脍炙人口的诗句：留取丹心照汗青……那一天，他理解了文天祥的悲壮心境：国家不强大，民族何处存？

“坦率地说，中央批准建造港珠澳大桥的那天，就标志着我们国家已经有能力和实力，朝着建世界级大桥的目标前进了！这个信仰，对我们战胜一切困难极其重要。”林鸣说。

国家真的强大了。当林鸣他们选择了“工厂法”预制沉管后，十亿元投资的沉管制造厂在外伶仃洋中的一个叫“桂子岛”的无人岛上建起。这是全世界最现代化的海洋工程预制厂。起初有人说，一个临时工厂，值得这样应有尽有吗？林鸣回答：要在此造一流的装备，就得有一流的工匠。要让近两千名的工匠在这孤岛工作和生活六个春秋，就得建一流的服务体系。于是他亲自上岛指挥建设者用了 14 个月打造出一座花园式工厂，甚至还为青年员工修建了一条环岛“情侣路”……“让劳动者获得尊严，才可能让劳动创造出有尊严的工作成果。”这是林鸣一直挂在嘴边的话。无论上岛还是下海域的施工船上，林鸣第一件事就是去看一看正在打扫卫生的工人和最底舱的值班海员。

即使精密的沉管内部制造，也离不开人工捆扎钢筋和搅捣混凝土的细致劳动。地处亚热带的伶仃洋上，一年有三季时间炎热异常。每一个沉管制造过程中，那些搅捣混凝土的工人们常常需要深入十多米深、仅有几十厘米狭窄的管槽内作业。为了改善工作环境，林鸣要求现场安设鼓风装备，用冰块带出的冷气，让工人们获得舒适的劳动条件。

“一个沉管，造价就是一亿多元。每一道设计工序和制作工艺，都是我们自己摸索完成的，所以林总要求我们每时每刻既要有搏浪战海的胆略，又得具备穿针引线般的精细，还要像海豚一样灵敏与机智。”刘晓东认为近两千名沉管制造者就是用这种劳动态度，坚守孤岛六年，为大桥岛隧工程出色完成了 33 节巨型沉管的制造。

然而，制造出沉管，仅是整个大桥岛隧工程的“万里长征第一步”。林鸣团队紧接着所面临的考验，是被国际工程界称为“直逼技术极限”的沉管深埋问题。对此毫无经验的林鸣清楚：倘若他们的工作在某一环节失手，毁的何止是海底隧道，而是整座跨海大桥和国家信誉。

关于沉管的深海埋接方法，有经验的国外权威专家给出的方案仍是“深埋浅做”，但这需要增加十多亿元投资，而且工期至少延长一年多。林鸣紧皱眉头：按“深埋浅做”法，尚可向各方交待。但这不是林鸣所要的，他希望能够找出一条高性价比的新路子。

“晓东，看我们能不能在刚性和柔性之间找到第三条出路。”林鸣把刘晓东叫到办公室，俩人连续扎在资料堆里几天几夜，像两匹倔犟的野马，蹿奔在沉管深埋技术的“刚性”与“柔性”的丛林之中……一时又找不到方向。

“把所有能用得上的人都动员起来！”林鸣说。

攻关的技术人员们又陆续来到大家所熟悉的“智囊室”——这是林鸣为解决项目技术问题而特设的一间会议室。“除了工地，这里是最热闹的地方！”一位工程师对我说：“有一天午后，林总召集我们讨论一个技术方案。因为要放 PPT，所以把窗帘拉上了。之后激烈的讨论一直延续了很长时间，等到讨论有结果时，林总伸伸胳膊，欣然宣布散会，并说：今晚我请你们吃夜宵。这时有人拉开帘子，说：林总，太阳都出来了呀！”

“他就是这样一个人：从接下大桥的工程任务起，每天都在想工程上的事。”刘晓东说，“曾经有几个月，我们就是走不出刚性与柔性的沉管结构理论胡同，搞得很绝望。突然有一天凌晨 5 点 10

分左右，我的手机上收到一条短信：‘尝试研究一下半刚性’。发信人就是他林鸣。我一下被他的‘半刚性’激得兴奋得从床上跳了起来，随即与他进行了一个多小时的热议……”

林鸣和刘晓东越说越激动，最后连早饭都顾不上吃，便一起来到办公室，比比划划，开始草拟“半刚性”沉管深埋新办法。

一个月后，林鸣正式对外宣布将采用“半刚性”深埋沉管。一时间质疑四起，尤其是那些国外权威，竟毫不客气地冲他说：“你们不要刚会走路就想跑！”

林鸣自信而淡然道：任何科学创新，都是留给那些别无办法的探索者的。当我们无路可走时，奔跑就不失为一种选择。他进而解释自己的创新思路：沉管深埋采用“半刚性”的新结构，恰好兼具了刚性和柔性的优点，只需将原来设计的临时预应力替换成新型预力体系，它是可以成为解决深埋沉管的一个好办法。

经过 200 多天反复试验与论证，证明“半刚性”结构机理完全过硬可靠。随后，林鸣他们邀请 6 家国外专业机构，进行“背靠背”的分析计算，结果完全趋同。

“半刚性”沉管深埋方法，一举成为中国工程界又一世界级创新。国际沉管权威专家汉斯先生这样评价：这是中国工程师被迫创新出来的一项世界先进技术，它使复杂的沉管深埋机理有了一个全新的方向。

大海总在向挑战者挑战。

现在，林鸣和全体建桥人要接受他们早已渴望看到的第一个考验：将第一节沉管安放到预定的大海深处……

这是伶仃洋上前所未有的一场奇观：8万吨重的一节沉管，从桂子岛的深坞内拖出，到大桥建设的海面，需要拖运14公里的海路，与之一路相伴的拖运船舶就需40余艘，可谓浩浩荡荡，堪比一次军事演习。然而这是中国海洋工程史上的一次空前实战，因为沉管出坞，犹如卫星发射，有去不能回。

“安装前的一周左右，我们每天夜里就看他的房间灯光总是彻夜长明……”项目的同事们说。

“睡不着啊！毕竟，谁也没做过的事，你得把18大类、300多项风险，像看电影胶片似的逐一翻遍了还生怕有漏……”沉管安放前夜，林鸣就蹲在安装船上，连启动吊车的“船老大”的睡眠他都关照到。尽管在这之前进行过4次沉管安装的预演，但在一月只有两个“窗口”期的海域进行沉管实地安装有太多的不确定性！

2013年“五一”劳动节后的第一天，庞大的第一节沉管被固定在两艘专用安装船上，再由8艘大马力拖轮牵引、8艘锚艇相陪、12艘海事船警戒护航，徐徐地向大桥建设的指定点行驶。14公里的水路，“大家伙”整整走了13个小时。

5月6日10时许，沉管开始“深海之吻”……只见两艘沉管核心安装船启动各自的动力系统，有序地控制着数万吨重的“大家伙”渐渐沉入海中，并通过吊索与人工岛上的管节实行对接。“听起来似乎只是两个管节之间的对接，但一个在海面、一个在深海，又都是庞然大物，要实现在斜悬之间分毫不差的对接，其实比穿引绣花针还难！”工程项目部副总工程师尹海卿告诉我：在先前的四次模拟演习中，每一次沉管对接都出现了各种不同的问题。“海水是运动着的，天气等因素也在不断变化。即使我们选择了‘风平浪静’的所谓‘窗口’，也是相对而言，现场的所有可能都会出现。”

果不其然。本以为“万事俱备”的安装现场，出现了意料不到的问题：当沉管沉放到入海底基槽时，没有到达设定的位置便停住了！

“潜水员，下——！”林鸣急令。

十几分钟后，一群潜水员探出水面，报告道：海底水流局部形成小漩涡，一些泥沙被带入基槽上。“多的地方有六七厘米！”

林鸣本想指挥在一旁待命的“金雄”抓斗船上阵，这也是预案之一，但这种个别的小漩涡所形成的基槽浮泥，机械和人工刨除同时进行也许更实际。于是，他向“金雄”船长和潜水员们同时下达命令：“你们双管齐下，迅速清除浮泥！”

数小时后，潜水员和抓斗船同时报告：基槽内沉积的浮泥已被清除。与此同时，海底侦察系统的传感数据也送达林鸣手中：沉管可以下潜入槽。

于是，浮悬在水中的“大家伙”又一次开始下潜，直到与早已固定在海底的基槽合缝。此时，安装在沉管上的拉合系统开始发威，一幕最激动人心的情景出现了：那庞大而斜卧在海底的管节，在远程控制的拉合千斤顶拉合下，缓慢而精确地向预定的方向开始移动，最后与人工岛上的那个同样身材的固定管节“热烈拥抱”在一起……而这并不是沉管对接的全部工序。林鸣和工程师们知道，两个数十万吨重的管节之间的真正对接，还须通过预先安装在各自端面上的一个环状钢板圈和另一个特种橡胶圈，通过巨大的水压使这一刚一柔的管节两端实现严丝合缝的工业对接。之后，还要利用海水涨潮的压力，使管节之间再度进行物理性水压对接。最后的工序是：当两个管节实现上述对接后，形成密闭系统，建设者通过人工岛上的固定管节，打开沉管预设的操作门，然而通过计算机系统，对两节已经“紧紧拥抱”着的沉管作进一步的科学微调，直到理想精度……

“报告林总：E1 沉管安装对接完毕，技术标准和精度完全实现！”当现场操作员前来报告时，林鸣长叹一声：总算圆满。他看看表，心算了一下：安装全程，共花去 96 个小时！

这是惊心动魄的 96 小时。当林鸣从紧张的状态中回过神时，人工岛上已经有人点燃起鞭炮和烟火，大桥两岸的欢呼声也随之掠过伶仃洋海面，沉管对接现场一片沸腾。

有人发现，此刻的总指挥林鸣则默默地站在一旁，目光格外严峻地凝视着大海……

副总工程师尹海卿悄悄走到他身边，轻声问：想什么呢？

林鸣说：这仅是一场三十三分之一的鏖战，不知今后的每一次安装会遇到什么样的事啊！

尹海卿轻轻一笑：知行合一，心诚则灵！

知行合一，心诚则灵！对啊，只要心思到家，便可实现“知成一体”！林鸣似乎又来了精神。

然而大海并不会轻易顺从人意。

2014 年 11 月 15 日，是安装 E15 节沉管的“窗口”。出发前的

13 日，多波探测小组的专家对沉管隧道基床进行的三维扫测证明，安放沉管基床的轮廓清晰，无任何影响施工的异物。但 14 日再次扫测时，发现基床的垄沟有三四厘米浮泥。但此刻的 E15 节沉管已被拖出坞区，正在伶仃洋面上。

怎么办？箭在弦上，前方、后方四千余人等着总指挥林鸣的令声。

林鸣神情凝重，一言不发。

“报告——：潜水员刚下海底检测，浮泥密度已经在减小！”

“继续前行！”这回，林鸣断然命令道。

浩荡的船队重新开始向预定的大桥建设点前进。数十艘拖运沉管的船队抵达目的地时，已经又过八九个小时。林鸣命令潜水员作安装前的再次下潜检测基床情况。

“当时我们内心都很忐忑，怕浮泥卷土而来。哪想果不其然，这时的浮泥像疯狂的妖魔一样有意跟我们作对！”项目总设计师刘晓东说：“但按照国际标准，我们还是有可能对沉管实施安装的。可是林总为了实现工程‘滴水不漏’，他选择了放弃，命令将这节沉管返回坞区。这个选择对林总和所有人来说，都极为痛苦……”

庞大的沉管一次出坞就达数千万元费用，而在安装设计中就没有“返回”一说，且不言回拖一次沉管同样需要几千万元的费用，谁又能确保娇气十足的“大家伙”经得起来回折腾？

“基础不牢，地动山摇！如果继续安装，未来的沉管隧道就存在极大的不确定性。更何况，一旦安装时出现不测，八万吨的‘大家伙’要是沉入海底，世界上还没有一台设备可以将其提起，这对中国最繁忙的珠江口航道意味着什么？”林鸣嚎着沙哑的嗓门说：“这是港珠澳大桥的一条生命线，我们绝不能拿大桥的质量和沉管安全作赌注。中止安装，沉管回航！”

17 日 16 时，E15 节沉管回航，编队船顶着五六级大风，小心翼翼地用了 24 小时，才把“大家伙”安然地拖回了深坞。尽管这是一次无功的回程，但也创造了世界海洋建桥史上的一项奇迹。

险情倏然而至，方向又在何处？安装 E15 管节时的海底淤泥来势之凶猛和积聚的数量之多，远不是 E1 时的那种可以让潜水员和简便抓挖机能清除得了的。于是林鸣紧急请来各路专家商议，最后仍是众说纷纭，没有结果。

大海啊大海，是谁给了你如此神秘莫测的天性与本领？是谁让你如此肆无忌惮地狂妄作对？那些无奈和揪心的日子里，林鸣常常独自蹲在人工岛上，迎着伶仃洋的海风，时不时地掬起一捧水，无数次地这样询问大海。

大海无声。大海似乎也在痛苦地呜咽……林鸣的心突然一颤：难道非海过，而是人之罪吗？

“晓东，咱们走！到上游去看看！”林鸣立即起身，叫上刘晓东等，登上小快艇，直向珠江口上游飞速而去。

天哪！这么多挖沙船呀！最先发出如此感叹的是刘晓东，因为他和林鸣等看到就在他们大桥施工不很远的珠江口上游两岸，竟然有林一般的挖沙船在那里热火朝天的作业着。令下游安装沉管发怵的“恶魔”——海水中的巨量泥沙正是发源于此。

“恶魔！恶魔！”林鸣心中悲愤。但当他们靠近那些挖沙船，打听到这些船只都是“有证”挖沙时，便哭笑不得了！

无奈，为了大桥，林鸣上书广东省政府，恳请政府出面调停珠江口挖沙船的作业时间。“我们马上协调。”省政府二话没说，即发通知。

伶仃洋的海域泥沙含量迅速下降。林鸣立即命令：E15 沉管再次出坞。因为有关部门给出的上游停止挖沙时间是当年的 2 月 11 至 5 月 1 日。而林鸣发出 E15 再度出坞的日子是这一年的正月初四。等待了数月的大桥沉管安装的数千名员工，早已摩拳擦掌。

但 E15 被拖至距目的地还有三分之一的海域时，前方的对讲机里传来林鸣那近似哽咽的命令：现在我宣布，本次安装推迟， E15 再回坞区……

什么？这是为什么？上一次我们几百人 72 小时连续工作没打个盹，可那次失败了……这回我们铆足了劲要打一场漂亮仗，可为什么又……？山东大汉宿发强在安装船上跺着双脚，边哭边嚎着，他这一嚎一哭，惹得安装沉管现场的前方、后方一片悲情。

“你们哭什么？有什么可嚎的？海底突然发现了基床尾部有 2000 多方的淤积物，而且高达八九十厘米，像小山一样的堆垒在那里，我们能把宝贝 E15 往那里搁吗？啊，你们说能往上搁吗？”林鸣也嚎了，嗓子沙哑着嚎，一直嚎到他发不出声音，只有眼泪在面颊上流个不停……

“这是一次基床石壁像雪崩一样的倒塌，纯属意外，但它给我们的教训是深刻的。”负责海底清淤的工程师梁桁说：“林总认为，认识世界的过程，就是为改造世界提供了准备和前提。有些代价必须付出。”

善于思考和解决问题的林鸣，开始找到海洋气象部门和科技单位，研发一套海洋泥沙预报系统和研发一台高精度清淤设备。当上述问题获得圆满结果后， E15 先前遇到的意外便迎刃而解。当年 3 月 24 日，历尽周折和磨难的 E15 沉管，第三次踏浪出海，在 40 多米深的海底与等候那里许久的 E14 沉管“亲密拥抱”成功!

这一天，林鸣笑了。数千名现场安装人员笑得更灿烂，许多人笑得溅出了泪花。

“大海无情亦有情，就看你如何对待它了。”常听林鸣这样说。而在建设大桥的日子里，他还有一句话：“我的生命已经联着大海，离开一天，全身上下就会产生紧张感。”

真的吗？大桥建设者告诉我：在建设大桥的七年里，除了到外地开会的 100 来天外，他林鸣没有一天不是在海上的工程现场。“33 节沉管，每节制造过程和安装过程，都像是我的孩子出生过程，我能舍得离开吗？”他这样比喻。

他更是这样做的。

大桥在不断向大海延伸。海底隧道一节连着一节在向远方延展……

突然有一天，正在工作着的林鸣胸襟前一片血迹。“林总，你的鼻子怎么啦？”身旁的人惊叫起来。

“怎么啦？我……”林鸣低头一看，好家伙，鼻血流了一身。

“赶紧送医院！”同事们手忙脚乱地帮他止血，但鼻血仍旧畅流不停，于是赶紧将他送到附近的某医院。哪知，竟然在医院内出现了一次错误的手术，结果导致林鸣的鼻血如注地往外喷涌……“一下喷了小半盆！医生和我们全都吓坏了！”项目组党委副书记樊建华说。

“林总，无论如何你不能睡着，必须开动脑筋，想你要想的问题！”惊慌失措的医生一边叮嘱林鸣，一边紧急启动抢救方案，并请求上级火速调集专家来援助。

“那之后的十多个小时里，我们紧张得不停叫唤林总，不让他眯盹，怕出意外。而林总则泰然置之，反倒安慰我们，说：我的脑袋里装满了大桥工程的事，有的事情可以想呢！”樊建华感慨道：“他就是台‘激情机器’，每根神经连着大海、连着大桥……”

“你怎么可以跑步呀？”大手术第二天，医生早晨起来，看到鼻子上绑着厚厚纱布的林鸣竟然在楼道里小跑步，惊得直叫。

林鸣笑笑：“习惯了。不走走浑身不舒服。”

第七天，他披着毛毯，悄悄溜出医院，奔跑着上了人工岛，因为这一天又有沉管要在海底安装……“我们都知道走钢丝很艰难，每一次海底安装沉管，就是一次千人走钢丝的过程，我是总指挥，不可能脱离现场！”林鸣经常对自己的团队这样说：“我们每一个人都是在‘走钢丝’的人，而且走的是世界上最长、最细的‘钢丝’。要实现海底隧道120年滴水不漏，每个人、每一天、每一个工序都不能懈怠，这就是港珠澳大桥对我们建桥人的历史性要求。”

大桥建设七年，岛隧工程是这七年中最艰巨和艰辛的核心工程。用中交公司建设者们的话说，林鸣就是在这七年中每时每刻都举着显微镜在“走钢丝”的那个工程总指挥。

2017 年 5 月 2 日凌晨 5 点 50 分，当朝阳把第一缕曙光撒向伶仃洋时，万名大桥建设者翘首期盼的海底隧道的最后接头安装的时刻终于到来!

最后一刻，总是最为激动人心和格外壮观：拥有 12000 吨吊力的我国自制装备“振华 30”吊装船首次出场。只见它伸出长长的吊臂，将静待在“振驳 28”运输船上的那个重达 6000 吨的沉管最终接头稳稳吊起，然后一个 90 度的漂亮旋转，在相继完成“脐带缆”连接、姿态调整、海底条件、基床回淤等等情况复核后，将 12 米宽的最终接头缓缓沉入 30 多米深的海底，与早已在那里迎接它的 E29、 E30 沉管合缝对接。这样的一次超高难度的“三巨头会师”误差，必须小于 1. 5 厘米……

当晚 22 点 33 分。林鸣激动地宣布：最终接头完美着床，平面误差不足 0. 5 厘米!

“奇迹! ”“世界奇迹! ”

后来，令亿万中国人激动无比的电影《厉害了，我的国》中的第一个镜头，就是林鸣指挥沉管隧道最终接头的现场情形。跟着镜头走的是林鸣的一段旁白：如果每一个行业都去实现一个梦想，那这个国家将会变得无比强大。

2018 年 10 月 23 日，党的总书记、国家主席习近平来到大桥，宣布“港珠澳大桥正式开通”。后来，习总书记在四周烟波浩渺、海天一色的东人工岛上，与林鸣和他的建桥团队骨干一一握手，并与之亲切交谈。习总书记指出，港珠澳大桥是国家工程、国之重器。你们参与了大桥的设计、建设，发挥聪明才智，克服了许多世界级难题，集成了世界上最先进的管理技术和经验，保质保量地完成了任务，我为你们的成就感到自豪。

合影时，林鸣就站在习总书记的身边。那一刻，林鸣感到无限幸福，眼里不停地闪动着泪光……

后来，他告诉我，那天当他看着自己和万余名建桥团队成员用了整整七年时间建起的大桥上出现车水马龙的情景时，他才真切地明白了大桥的意义。第二天，他发来一张背景是大桥的晨跑照片。他说，他和他的团队，已经遵照习近平总书记的教导，重整行装又将奔赴新一座大桥的建设现场。

呵，那瞬间，我突然神思飞扬起来：林鸣和他的团队，不就是担负祖国重任的“大桥”吗？这“大桥”如时代奔涌的海潮，在不断向未来延伸、延伸……

第三章

“敢闯”“敢笑”的当代铁人王启民

再次采访王启民，是在他荣获中央表彰的百名“改革先锋”之一的崇高称号之后。

岁月匆匆，难掩沧桑。记得20年前第一次见这位被誉为“新时期铁人”的石油专家时，他是那样的意气风发，激情澎湃！20年过后，我再度来到大庆见到王启民先生时，他一再说自己“老了”“老了”，“八十二岁了还能不算老了嘛”！

如果从年岁和身姿看，现在的王启民先生和20年前他走路如风一般的样儿相比，真的有些显老。然而当我们面对面坐下开腔谈事后，他那爽朗的笑声和坦率的高论，仍然风采不减当年，令我印象深刻。

在松辽石油大会战时的1960年，王启民作为北京石油学院的应届毕业生，选择到大庆油田实习，后来毕业又正式分配到这个石油熔炉的大战场工作，至今再没有离开过一步。我知道王启民先生的老家在浙江湖州，那是个山青水绿湖波荡漾的人间天堂，像他家乡的人和他那个年龄的人，很少会跑到遥远的北大荒一带工作，而且一去不返。“我是个例。当年考大学，在班级里我不是成绩最好的，所以拼不过成绩好的同学们，他们选择清华、上海交大，我就避开他们选择冷门的石油大学。到了大学毕业时，许多人不愿到东北艰苦的地方，我想人家不愿去的地方，我去了不是可以多发挥作用嘛！所以我就坚决要求到大庆去。那个时候的大庆处在会战初期，吃没吃的，睡没睡的，极其艰苦。我是大学生，一到那儿，组织上很信任我，就把我送到井台当技术员。但那时的技术员跟生产队的记工员差不多，每天就到油井上记记数字，统计和汇总材料，几乎日复一日干那些活。你根本不会直接感受到有什么惊天动地和轰轰烈烈的伟业……”王启民最初的工作就是这个状态。

或许换成另一个人、另一位知识青年，他可能就想离开这样一个乏味、呆板和感受不到“激情”的工作岗位，或者即使留下来也不会专心致志。然而王启民不是。

“那个时候，我留在井上的几年里，得以有机会把油田上的各种采油井的‘脾气’和它们所处的‘地下情况’都摸得一清二楚，而且对这些油井在各种条件下可能出现的各种情况娴熟于心，就像一位登山者熟悉整座山脉的每一条通向高峰的崎岖小道和每一块岩石、崖壁的所有情况一样，甚至对它们在各种风向、天气等环境下的情况，也都了如指掌。”王启民说到初来大庆油田的那几年在采油队当技术员的经历时，格外动情。他说在他年轻时，他身后是一身泥、一身油的石油工人们；在他前面，是一群又一群留过学、上过洋学堂的大专家们……他是介于这两类人之间的一颗“油砂粒”。在石油工人面前，他是一位同在一个井台、同住一条炕铺的“队友”，什么活儿、什么苦难、什么粗糙的话语都“不见外”；在那些大专家眼里，他是满身带着油渍、满腔冒着热气和有棱有角的“井队人”。

很多年前，王启民在领导和石油工人眼里，就是这样一位“油砂粒”，似乎并不起眼，似乎又与众不同。王启民的可贵与成功之处，就在于他对这些满不在乎，他在乎的是他的油井和油井下面的“地下情况”。他比纯粹的打井和守井的石油工人更多地了解井的实际和理论知识；又比那些高谈阔论的大专家们更多地掌握和了解油井的表与里、上与下、内与外、始与末的所有情况，如同一个孩子的父母，远比这个孩子的老师要了解和熟知其脾气与性格，教育孩子，家长的影响力和作用远胜过学校的教书先生。油井的沉与浮、劣与优、高产与低产，他王启民可以道出一千种、一万种的“情况”，像一位中医先生对患者的脉象的诊断般清晰明了……

大庆油田上之所以出现“铁人”王进喜这样一个石油工人的硬汉形象和中国工人伟大精神的典型，就是因为在那个极端困苦、要啥没啥的年代里，王进喜以“宁可少活20年，拼命也要拿下大油田”“石油工人一声吼，地球也要抖三抖”的冲天气概与拼命精神，为大庆油田上义无反顾地奉献出自己全部的热血和精力。

王进喜是大庆的第一位“铁人”。

外貌文质彬彬、看上去有些弱不禁风的知识分子王启民，之所以被大庆人称为“新时期铁人”，就是因为王启民近六十年来自始至终、坚定不移地站在油井和油田这块大地上从未挪过步子、从未移开过自己的眼神、也从未有过一次对油田前景的迷茫。

王启民的“铁人”特质，是一位爱国、爱岗、爱事业、爱石油的中国知识分子的信仰力量、工作精神以及人格光芒。

在没有人关注他的时候，他笃守和履行着一位普通基层技术人员的职责，用一丝不苟的工作精神，默默地做着绣娘一样的工作，将每一根丝线勾扎在正确的地方，其针针线线的活儿是饱满的和无瑕疵的。

当有一天有人关注和需要他的时候，他毫不犹豫并无所畏惧地说出自己的见解——像一束夜幕下的光束，去照亮那些黑暗的地方，直到正确的方向、最终的目标实现的那一刻，他都会全力以赴、奉献出所有的能量……

王启民就是这样的“铁人”。

那些几十年来一直在大庆工作和生活的人都经历过油田一次又一次的沉与浮，也目睹过从康世恩到田在艺、闵豫、张文昭、杨继良、王德民、蒋其垲、严世才等等一批又一批工程技术专家们为开发油田而付出的努力，或者说他们都为油田的高产稳产作出了自己的不懈努力并贡献了可贵的智慧。需要指出的是，在“文革”结束的前夕，以宋振明为首的一批领导，他们在油田生产面临严重下滑、油田“地下情况”几度危急的关键时刻，一方面高扬起“大干社会主义有理”“大干社会主义有功”“大干社会主义光荣”“大干了还要大干”的旗帜，另一方面采取了几项对油田起着方向性作用的重大举措：一是地质大调查，二是跳出构造探三肇。

这里特别要说的是“跳出构造探三肇”，指的是随着萨尔图、杏树岗、喇叭甸三大主力油田全面投入开发，大庆长垣七个构造当中储油量最丰富的三个油藏皆面临产量下降且不可逆转的宿命。大庆油田面临着向何处发展、能不能突破年产5000万吨和能否按照国家意愿持续长久的保持年产5000万吨的大命题，在党中央和当时的石油部领导下，当时的大庆领导者作出了一个新的重大战略决策：向一个面积达5740平方公里的新地方，即三肇凹陷区进行勘探找油……这“三肇”指的是肇东、肇州和肇源地区。

“太吸引人了！”当时任大庆油田负责人的宋振明在“大庆油田外围勘探技术座谈会”上刚刚讲完“战略意图”，在场的几百名技术人员的心就都激荡了起来。接着，油田总地质师闵豫用了一个星期将“战略意图”的详细计划向技术人员们全部公开：首先是要对滨北地区的大片未知领域进行地质概查和勘探，加深对那里的地质情况的全面了解；其二，对最具吸引力的三肇地区用模拟磁带地震仪尝试性做一条6次覆盖地震剖面，探明其地层结构；其三是对长垣西部比较熟悉的地区继续进行预探和详探。

“为了确保以上勘探调查和实际效果，我建议：将油田开发研究院改称为大庆油田勘探开发研究院，以侧重恢复油田的勘探工作和勘探科研。同时建议在原有的地质综合研究室基础上扩展七个专业研究室，其中计算机站增设地质资料处理室……”闵豫不愧是位地质战略家，他的布局得到了宋振明等油田领导的全力支持。

当时的大庆油田，宋振明、闵豫为何如此“兴师动众”大搞勘探，是因为自大会战之后的近十年里，油田的主要任务就是为国家多产油，打井主要是打采油井和注水井，为后续油田的发现而进行的勘探井基本停滞了。当闵豫他们真正重新实施勘探战略时，便发现此时的油田勘探技术装备已经全面落后，而此时世界石油勘探技术则已进入模拟磁带时代，钻井也发展到了钻头定向引导，试油也已经出现了地震测试仪，测井则与电子计算机联姻大大提高了分辨率。然而大庆的勘探仍然在大会战的“旧兵器时代”——靠普通而笨重的老式钻机。然而，大庆人就有那么一股劲，越困难，他们干得越欢；越难攀登的高峰，越让他们斗志昂扬、满怀激情。

向长垣外围寻找新油田是大庆油田的一个历史性事件和重要转折点。这一举动带来的开发大庆油田的新思路，是“大庆外围找大庆，大庆底下找大庆”的宏愿。它预示着大庆自“松基三井”后的大会战之后，在松辽大地的上空响起了一声震天的春雷……

呵，深层的勘探初步结果让地质技术人员们眼界大开，仿佛走出粗劣阴暗的沙丘之后见到了一片柳绿花红之景：要知道，最初的大庆人是一不小心“掉”进了油海之中，后来由于技术不够过硬，油海日益让人烦心，生产严重不稳，地下情况愈加复杂。这个时候，松辽盆地上靠撒大网捕大鱼的好光景一去难复返。以往长垣底下的油田好比大锅里的大白米饭，石油人再轻而易举用勺盛进自己的口中似乎难了，而长垣外围的“小米粥”“五谷杂粮”，正遍地飘香……经过第二次大勘探的大庆，宛如遇到“柳暗花明又一村”的好前景。

“大庆油田五千万（吨）稳产十年！”这个口号喊出来的第一

个回声就震撼神州大地。因为，全面经济建设更需要石油，人民生活提升也更需要石油，国防现代化同样更需要石油，一句话：中国要实现四个现代，要在东方崛起，但石油紧缺。

紧缺，就意味着国人的目光再次盯上了大庆和大庆油田。口号既是大庆人的豪言壮语，更是祖国和全国人民的期待。但“地下情况”并非按人的意志为转移的，它们早已在寻找各种机会“报复”和折磨人……

这个时候，王启民站到了大庆油田技术新革命的前沿阵地。

出生于1937年的王启民自己说，他的“命”里就跟大庆油田同生死，因为他的生日（9月26日）就是大庆油田的生日。

“大庆油田开发初期，我们对此毫无经验。苏联专家嘲笑我们最初搞的采油试验，说：你们搞的十大试验就是把一块很好的西服料子挖了个洞，做了裤衩，非常可笑的事。我们当时刚从学校出来，心头不服，就想自己干番有为的事业，便拿出铁人王进喜的精神，从最基础的一点一滴做起。”王启民开场白就给我讲了一个他刚到大庆油井队的故事，他说那时兴写对联，他和同学们就在自己住的“干打垒”的门口贴了一副对联：莫看毛头小伙子；敢笑天下第一流。横批：闯将在此。他把“闯”字里的“马”写得特别的大——“在当时我就想，别的国家的专家能做到的事，我们中国人一定也能闯出来！我内心誓言做一匹闯荡在大庆油田上的骏马！”

王启民“敢闯”“敢笑”的人生便从那个时候开始……

他所遇的问题，并非是王进喜的“有条件上，没条件创造条件也要上”的问题，而是在相当长的一段时间里，大庆油田所认为的

“灵丹妙药”——温和注水，却挖不出地下的“定时炸弹”——康世恩语。

大庆油田在最“光芒四射”的时候，其实也埋藏了一颗惊天的“定时炸弹”，这就是至1975年时，油田主力油层的产量下降幅度增大，而油井的普遍含水量平均上升到54%，也就是说，油田命运再度危急，面临新的考验。

“油田到底发生了什么情况，大家恨不得都钻到地底下去弄个明白。但就是一下子弄不明白……”王启民说。

被奉为油田开发经典的“温和注水”法，其实是一套外国油田开发的基本方法。顾名思义，它重点在“温和”两字上，对于一些油藏而言，注水要考虑裂缝发育状况，优化注水参量、注水压力等，避免油水过早暴性水淹而提出的控制注水的一种注水思路。中国的油田包括大庆早期开发和后来的如胜利油田、长庆油田等等，都采用“温和注水”实现了顺利开发并保持了一定阶段的稳产，所以大庆油田一直到开采十几年后仍然采用了这种传统的温和注水法。但由于松辽平原地下情况的特殊性，以及大庆油田的“抽油”力度远远高于中外其他油田的速度与强度，温和注水后来带给大庆油田的油层压力令人无比担忧，这直接关联到中国能源危机和现代化进程的大业，故从中央和石油部、再到大庆油田，对此问题都极为关切。

“那个时候，连普通的钻井工和采油工都能明眼知晓，咱们大庆油田遇上了大麻烦，因为油田的许多地方地层压力下降，油井一口比一口快的在递减产油量，而且已经出现了近一半油井被水淹，平均油井的采收率仅为5%……这还了得嘛！别说中央着急，我们的普通石油工人也跟着着急了！”王启民回想当初，如此感慨道。

“王工，你在油井上滚打了十几年，咱们就这样眼看着吃尽千辛万苦找到的油田就这样一天不如一天下去？总得想个办法出来嘛！”井队的领导和工友们找来王启民一个劲儿地问。那个时候王启民还不是“总工”，而是主任工程师，但在井队和采油工眼里，他王启民就是“技术权威”——井队的情况他啥都知道，啥困难都能解决。

“办法总是有的，就看我们敢不敢用！”王启民回答得非常肯定。

“你真有办法？”油田领导知道后，就来找王启民。

“我认为有办法！”王启民如此这般地说了一通自己的意见。

“你这跟以前的‘温和注水’方法有点背道而驰呀！”领导听后有些吃惊。

“是这样，不然就没有突破的希望。如果你们信得过，我就带几个人去高产区块上做试验去，成功了，你们推广，失败了就永不使用我！”别看王启民瘦细条一个，但骨头很硬，他像下军令状似的这样说。

“这个人很有闯劲。让他闯一闯不是不可。”领导终于发话了。

王启民第一次如鱼得水，也第一次有了指挥团队的权力了。

试验组由王启民亲自挑选了4个人，他们分别由搞地质和采油开发的几位技术人员组成，在一口含油量达60%的高产井上作试验。“当时油田上为了防止注入水‘突进’，提出要消灭高产井，即日产百吨以上的高产井不能再保留。我想我们是搞开发研究的，高产井来之不易，为何必须‘消灭’嘛！关键是要搞清‘低速’与‘突进’的问题，不能简单地形成固定思维，所以试验组是专门朝培养高产井的方向进行试验分析……”根据王启民长期在油井上的细致观察，其实高产井也分有两种：一种是长命的高产井，另一种是短命的高产井。而所谓的“长命”与“短命”都是因为地下的不同情况所决定的。

“那么弄清楚储油的地层情况是关键。”王启民回忆说，他当时调了一位女技术员，专门研究地下情况。这位女技术员有位老师是地质大专家，所以王启民要求她把井上观察到的地质情况及时报告给她的老师，然后请老师解答其奥妙所在。

地质情况搞清后，再经过对井下砂体进行对比和追踪分析，明确了易水淹的高产短命井一般处于河床沉积的下切部位，其底部渗透率最高。而相对长命的高产井则处在河床下切带边部，所以相对含水上升慢。在此基础上，王启民再让搞流体力学的技术员精心画出注入水的流线分布图，其意图是想破解均匀注水的问题所在。

王启民的办法看起来似乎有点拙劣，但他的功夫用在摸清不同高产油井的地下规律，这个“功夫”后来被大专家们盛赞对开发大庆油田高产稳产具有“启民意义”。因为王启民通过多口井的对比，发现注入水突进是有规律的。比如S-1-3-27油井，就是一口典型的高产井，它处于几个时期河道边部叠加的厚油层，日产上百吨，累计产油达到100万吨。后来产量下滑，主要原因是含水上升慢，而它边部处于河床下切带的井厚度较大，所以成了短命井。而另外一些井的情况则与之相反。

“经过反复试验后，我们对不同高产井的地下情况得出初步结论：原来我们开发的几个主力油层，其实并不是湖相沉积，而是河流相沉积，且是由多条河流沉积的储层组成一个相对大平面的储油面积体，这个发现首先是地质学家的认识转变和突破。有了这个正确认识之后，对于我们搞开发动态的人来说，也就初步懂得了注入水突进是油层沉积条件造成的客观规律，而不是‘定时炸弹’。这个认识实在是太重要了，它打破和摆脱了我们原先的固定思维模式，这个认识上的飞跃，让我们可以根据新的认识规律来进行对油田的注水开发工作了。高产油不再是以往的那种‘长命’和‘短命’的了，它都应该是相对的稳定寿命了……”当王启民把试验组的结论向领导汇报之后，油田领导宋振明高兴得直拍大腿，问王启民：我给你再大一点的区块试验，你能不能成功?

道理一个样，我会搞成功的！王启民毫不含糊道。

行，他要啥给啥，你们听着啊！宋振明干事向来军人作风。

这回王启民真的感到天地如此之大：他的试验战场比之前的地盘不知大了多少……

稳产高产的奥妙嘛，还是在他的“细功”上：利用动静结合的方法，让地质人员重新修正主要油层原来的砂体图，然后再在主体带部位上加强注水。对高含水的油井，则进行分层堵水，控制含水，其目的是利用主要油层的主体带先提高产量，然后再利用水淹带堵水和继续加强注水，使产量向主体带两侧转移进行接替，保持整个区域所有油井的稳产——这就是他的“王氏非均匀注水法”。结果，王启民试验的这一区块采油速度由1.1%提高到2%，并保持了5年稳产。

别小看了这从1.1%到2%的产油率的提高，它对拥有几万口井的大庆来说，简直就是个天文数字！事实上王启民及他的团队进行这样的试验，也并非像我用了这么简单的几十个文字就顺利完成的。其实这一大区块试验耗了王启民近10年工夫。这10年间他和团队的同事不论春夏秋冬，一年四季都在野外的油田上与地下的油和水之间摸索着，这种摸索不是一般人所能坚持得下去的，光是采集和分析的数据就达1000多万个！

“其实，任何科学都并非人们想象的那么高深和奥妙，它常常在我们的细微工作之中的发现和摸索。”王启民说，当初他就要求试验组人员一不怕苦，二不怕烦，三不怕重复繁琐。特别是在搞清“六分四清”过程中工作非常辛苦，他首先要求大家深刻领会余部长、康部长所说的“岗位在地下，斗争对象是油层”的准确含意，其次要求试验组成员要敢下笨功夫，争当“地层活字典”和“地下好警察”。也正是在这种要求和精神下，王启民带领团队依靠双脚、双眼和双手采集来的1000多万个数据，研发出了一套“分层开采，接替稳产”的注水采油新模式。同样，也正是依靠这些数据的科学和合理的运用，他们为整个大庆油田绘制出了第一套高含水期地下油水饱和度图，从而摸清了油水在平面和剖面上的分布情况，揭示了油田不同含水期开采的基本规律和稳产手段。

王启民的成果获得验证之后，宋振明异常高兴，他像当年余秋里、康世恩给铁人王进喜等“五面红旗”披红戴花一样，给王启民记功授奖。

“5000万吨，稳产它个十年！”宋振明在中央和石油部领导面前拍胸脯。

稳产10年？10个5000万吨年产？这对大庆油田是一个惊天的目标呵！

1976年，大庆第一次实现了年产原油5030万吨，也意味着它第一次跨入了世界特大型油田的行列，从而开创了中国石油工业发展的新纪元！

这个时间非常重要，因为国家的改革开放就是在这之后的第二年全面开启，而从1978年之后国家各行各业所需的外汇成倍地增加。大庆人曾经骄傲地告诉我，因为他们油田的出口量成倍增长，大庆对改革开放初期全国的外汇贡献量最高时，每100元外汇中就有大庆人创造的14元——14％的份额确实值得石油人骄傲。

现在，大庆为了国家建设快速发展的需要，必须加足马力，力争每年为国家奉献5000万吨原油。

“十年连续5000万吨？不会是在说梦话吧？”有人提出严重质疑。之所以称这质疑“严重”，是因为了解大庆油田的人都知道，当时的大庆油田并非像油田之外的人认为的大庆地底下全是“咕嘟咕嘟”的油海，而实际情况是：整个油田的油井抽出来的“油”中含水量已经超过95％……

一次又一次地布井、一次又一次地在井之间加密；一次又一次的技术突破和攻关……然而仍然难以改变油田“今年不知明年”的生产局面，领导们和职工们都深感压力，一方面大庆红旗要高高飘扬，另一方面地底下的情况“越来越不争气”。在这种情况下，大庆人从上到下都在质疑：到底油田能不能实现较长时期的高产稳产，到底还有什么“高招”呢?

“王总，你说说吧！”王启民此时已经是研究院的总工程师。

王启民说，自己当时回答是：油田开发要学会“先吃肥、后吃瘦、再啃骨头，最后还要吸骨髓”。意思是大庆油田不仅主力油层平面上非均质性很严重，纵向上非主力差油层非均质性也很严重，即纵向上层数很多，渗透率很低，级差很大，但储量很丰富。只要我们会把这些差油层逐步地开发动用起来，就可以实现油田较长时间的接替稳产。

换种说法，由于二次加密调整井的对象是表外储层，它相当于做衣服时要扔掉的“边角料”，理当不能划为有效厚度的储层。但这样的“边角料”在广阔的松辽平原上，加起来就不是一般的量了！所以王启民对此激动万分，而假如这个“边角料”成立并能够开采的话，对正面临石油产量压力日益增加的大庆油田的领导甚至石油部领导来说，将是个振奋人心的喜讯。

然而，“边角料”是否可以成为一种资源，当时的分歧不小。首先是来自油田的技术专家层面。“启民啊，咱们的油田地下情况极为复杂。第一次加密井后已经出现了许多让我们头痛的现象，你现在再提出要搞第二次加密井，绝对是冒大风险的事啊！谨慎为好，可不要到处乱讲！”跟王启民说话的是油田的一位副总地质师，而且他非常尖锐地提出了这种意图获取“边角料”地层储量的油井有可能影响到其他原有的油井开采，甚至破坏整个储油层的地质压力均衡，从而对油田造成严重伤害。

权威专家的这些意见绝非没有道理，但问题是王启民在研究开采“边角料”时就已经意识到上述问题。现在，他需要的是通过试验来论证这种开采“边角料”的过程并不会影响现有油井开采，也不会改变整个油田的地下情况。科学便是如此，牛顿发现苹果从树上落下，再到提出“万有引力”理论花的时间不下十年。王启民现在提出的开采油田“边角料”观点也需要他自己去寻找到实践的“证据”——

王启民之所以被大庆人誉为“新时期铁人”，就是因为他身上有股当年王进喜的精神——只要能为祖国多献石油，什么困难都不在话下。1988年和1989年两年中，他在中南三区表外储层布置了近20口井，进行开采性试验，以观察表外储层是否有一定的产能和可开采的可行性。

“那个时候，我们吃住在野外，像当年大会战一样，啥苦都吃过。但心里并不觉得苦，因为我们想着如果‘边角料’开采可以获得成功，就又给整个油田连续创造年产5000万吨创造了新的条件。有了这份心思，啥都不在话下！”82岁的王启民回忆起这段历历在目的往事，依然豪气冲天。

经过对在不同试验区内的不同油井提取的岩心分析表明：表外储层都具有物性很差的薄差油层，它们属于泥质粉砂岩，其含油产状均以油斑、油迹为特征，然而其产状厚度都较大，即便那些只有1.5米或2米的隔厚层内，仍旧有一定的厚度可供挖潜开采。“通过试验，再次证明，这样的‘边角料’确是一种特殊的储量资源，由于它不能按原规范划有效厚度，所以我们称其为‘表外储层’……”王启民说。

“既然‘边角料’也能成衣，那就请王工先做几套给我们看看呗！”油田领导很支持王启民的油田开发创新理论。

在杏十一区三口井上进行试验，结果一试采油，初期平均日产6.41吨，经80天的试采后仍达日产2.69吨！

“好嘛！别说一口井是产2吨多，就是一天产一吨油，对油田来说，也是巨大的胜利！”油田领导听说后，专门跑到杏十一区油田现场向王启民表示祝贺。

然而，此时也有人还在观望王启民的另一个“难点”能否突破——开采了“边角料”，会不会形成对原有油井的“偷油”现象。

这一关比开采“边角料”有没有油更复杂和要命。王启民当然清楚，所以他在此问题上所下的功夫也更精到。他首先认为：表外储层不是孤立的砂岩体，它与表内层为同一水动力系统，而且表外层的开采可依托表内层而发挥作用。同时在邻近表内层注水条件下，通过压裂后不仅可以采出表外层自身储量，更重要的是可以采出表内层的部分储量。只有这样，才可能实现它的开采效果不仅好，而且不会“偷”其他油井。

杏五区的8口油井成了这一结论的成败关键！专家和油田上的很多人都在等待王启民的试验结果。

“要心平气和，沉着冷静。”王启民在“决战”时候，表现出了大将风度。

这个试验的复杂性和高难度，超乎想象。而要让人相信他王启民打的“边角料”井抽上来的油是来自“表外储层”而不是“偷”了“表内储层”，这必须有“硬功夫”上手。

“我们就对所布下的8口井按照本身井网不注水的条件下开采，而且连续19个月进行开采试验，结果油产量令人极为满意，日产油在19个月时还能达到9吨，含水也只有10%。8口井在19个月中累计产油达5757吨，效果比较理想。”王启民用铁的事实，再次证明了他的“边角料”存油理论和实际效果。

“什么？边角料也能产油！”北京方面听说了王启民的创新发明实验及其效果后，立即命他亲赴石油部汇报。

“启民同志，你的这个‘边角料’可是成宝贝了啊！”部里的专家会后，严敦实总地质师把王启民叫到自己的办公室，拍拍他的肩膀，兴奋道：“余、康二位部长对你的‘边角料’采油极感兴趣，约你当面向他们汇报……”

王启民听后，当晚激动得久久不能入睡。这距他当年离开北京石油大学参加大会战已经整20年了！这20年中，王启民想，自己从一个普通地质技术员，成长为油田的一名高级工程师，这中间如果没有余、康两位部长正确地带领包括几万名石油铁军苦干巧干、不断探索着干，就不可能有大庆油田的今天，当然也不会有他王启民发挥才智的机会和战场……想到这儿，王启民从床头爬起，奋笔疾书，写了长长的汇报提纲。

第二天，他来到康世恩家，见到了久别的两位老部长。

“放开讲！”已从政治局委员和兼石油部主任退任为中[illegible]委员会常委的余秋里一甩空袖，说道。

于是王启民就原原本本地[illegible]边角料”理[illegible]的老部长听。

[illegible]是立大功的一个找油新理论啊！你说呢？”余秋里听王启民介绍后，大喜。

康世恩频频点头，连称“是这样”！然后对王启民说，你们发现表外储层也是资源，这是一个理论和实践的重要突破，它很具有工业开采价值！我认为，据此进行油田二次加密调整工作具有实际的指导意义。建议油田尽快实施方案。

余秋里又道：鉴于“边角料”的特殊性，油田可以暂不列入油田储量之中，也不用向上面报，这样有利于鼓励油田创新发展。你们觉得怎么样？

王启民和同去汇报的石油部领导一听这话，深受鼓舞。

有了余、康两位老部长的表态和支持，大庆油田依据王启民及团队创造的表外储层理论，开始对整个油田的二次加密工作迅速作了全面布局。由此，油田再次开启持续年产 5000 万吨的快速航程。到 1985 年，油田不仅胜利实现了 10 年稳产 5000 万吨，还攀上了年产 5500 万吨的高峰，再创世界油田开发史上的奇迹。

1984 年，王启民受命承担了大庆油田 1986—1995 年第二个 5000 万吨稳产 10 年规划的编制任务。这绝非是件轻松的事。科学来不得半点虚假，油田也不是万能的聚宝盆，相反，此时的大庆主力油田的含水量已经升至了历史最高水平。怎么办？

王启民发扬“有条件要上，没有条件创造条件也要上”的“铁人”精神，再次向难啃的骨头和骨髓——更稀薄的表外储层要油。他主持研究并提出了“分阶段多次布井开发调整”理论，让只有几十厘米厚的表外储层也获得开发利用，打破了国内外公认的“不能开采的禁区”，真正实现了“变废为宝”的目标。之后的 5 年间，王启民主持了油田高含水后期“稳油控水”项目研究，不但有效地控制了产液量剧增，而且与国家审定的“八五”油田开发指标相比，累计多产原油 610 多万吨，累计增收节支 150 亿元。

“新时期铁人”的脚步从未停止，之后王启民又创新研制出能适应油田污水配置的超高分子量聚合物，使大庆油田成为世界上规模最大的聚合物驱油提高采收率新技术应用油田，使油田年产 5000 万吨的高峰一直延至 2002 年……

连续 27 年年产原油 5000 万吨啊！这样的纪录，世界石油史上前所未有！中国大庆油田由此成为世界石油界独一无二的存在。

为石油而生、为石油而痴的王启民不仅是这一奇迹的见证者，更是创造这一奇迹的功臣。他因此无愧于祖国给予他的“改革先锋”“新时期铁人”和“新中国成立以来感动中国人物”等等崇高荣誉。

第四章

山神黄大发

在大山住久了的人，一定会相信山神的存在。山神具有超凡的力量，那力量来自大山强大的意志与信仰，那是大山的精气与灵魂。山神，就是大山的精气与灵魂的融合体。

2017年11月17日，我的主人公真的成了“山神”。习近平总书记亲自为他让座，“山神”从此受万众瞩目与崇敬，被奉为当代英雄。

——题记

如果突然有一天，在毫无准备的情况下，你会把自己的命托给一个陌生人吗？这个问题有些荒诞，恐怕一般人的回答非常坚定：绝对不！

人之常情。完全可以理解。

但最近的我，偏偏遇到了这样的事：在一个毫无准备的日子和情形下，我把命突然交给了一位82岁的老人——这位老人住在贵州的一座大山深处。

据当地人讲，过去没有通公路时，要进到这位老人的村子，从县城出发，需要步行整整两天，还得翻山越岭，抄熟悉的山道近路走。如今，即便像贵州这样的边远地区，村村也都通了公路。然而，到这位老人的村上，小轿车从高速公路下来，仍要用两个来小时的时间方能到达。那条七拐八弯的盘山路，我让同行的人数了一下，共有200多个弯。第一天进山，我的大脑就被转晕了……

当下山后，我把2017年8月间"三上绝命悬崖"采访一位老共产党人的事告诉了家人和母亲时，他们竟然联手整整把我关了十余天"禁闭"：不让出门，禁止我所有外出活动。

老母亲不止一次流泪说，你也一把年纪了，别再折腾了好不好，让娘多活几年吧！

仍然让年近九旬的老母亲牵挂，作为儿子的我非常愧疚，但又不得不说，妈，儿身为作家，写了一辈子，似乎今天才明白，以前所有的人和事都可以不写，但这个人不能不写。我的话说得绝对些，但这位名叫"黄大发"的老共产党员，实在令人敬佩和感叹，我甚至觉得他本身就是一个神话。

他到底是啥人？母亲不解。

我说，他叫黄大发。跟我父亲同辈，也是个村支书，不过他是在贵州的大山深处当村支书。在那个地方当村支书同我父亲那辈人在江南水乡当村支书相比，可以说，一个在地下，一个在天上！

母亲抬起了疑惑的眼神，问，有啥不一样？

我说，不一样。那个地方的人喝不上一口干净水。如果不下雨，人会渴死，庄稼会枯死，颗粒无收……

作孽啊！母亲长叹一声，摇头。

但就是那样的地方，我去采访的那个黄大发老支书，用了30多年时间，带着乡亲们，几乎是赤手空拳，硬是在千米高的山崖上凿出了一条几十里长的水渠，引来涓涓清泉，让村里人有了水喝，吃上了大米饭……

[illegible]高的地方能凿道渠？不成天渠了吗？母亲惊诧万分，睁大了眼睛。

是，所以我才去写他。我轻轻说。

母亲看着我，半晌不语。然后长叹一声，你父亲当干部带领大伙干已经非常不易了，但他命苦，早早走了。可那个黄大发更稀罕啊！

想起早逝的父亲，我的鼻子有些酸。可，面对眼前的黄大发，我收起了眼泪，有了一种冒死也要为这样的人去书写的情感，不然怎能对得起这样的人呢？黄大发这样的人确实稀罕，所以儿才冒了命去采访他……当我再抬头时，发现母亲也在抹泪。

你父亲他们那个时候的人都一样。母亲喃喃地说了一句，默默地离我而去。

房间里，空空的只留下我一个人。但就在这一刻，我的眼前突然一阵恍惚：有两个人同时出现在眼前，一个是黄大发，一个是我父亲……

父亲是幻影。他给了我生命。

黄大发是真实的。就在前些天，他带我上了一条命悬一线的"天渠"——天上本没有渠，"天渠"是黄大发领着村民们用几十年时间凿出的一条悬于云崖之端的渠道，顾名思义，百姓所赐之名。

从贵州回京已近一个月了，我右脚的脚板越发疼痛……无法想象，青年时期因劳作而落下的骨伤，竟然在40多年后的这次采访中复发。那是少年时代的一个冬天，在参加长江堤坝的加固工程劳动中，十五岁的我[illegible]"[illegible]"，稚嫩的脚骨因此造成扭伤致轻残，当兵体检时差点被淘汰。没想到几十年后的这回冒命走"天渠"，因连续用力过度、过紧张，致使旧伤复发。

数十天的脚骨疼痛，使我从生理上有机会与情感同行，念念不忘那几天与黄大发老书记一起走天渠的情景——

同行的当地干部早已落得见不得人影，走！往前。再往前走一点！已经82岁高龄的黄大发，一直在相距我三五米前的石渠沿上带路，边走边一次次地放慢脚步回头鼓励着我。

我们各自拿着一根竹竿作拐杖，另一只手则撑着雨伞，当时天正下着雨。如果在平地上或者一般的山路上行走，并没有什么了不起；但现在我和黄大发老人是在千米之上，高悬于绝壁上的那条被当地人称为“天渠”的堤沿崖子上行走，而走这条“天渠”需过三道绝壁，穿三道险崖，紧贴我身子的左侧，即是嶙峋的山体，岩石凹凸不平，令你时时躲闪不及，一个不小心就会撞到脑袋。右边则是万丈深渊，雨雾中更显幽深无底，此时山脚底下的公路，已宛如一根细细的银丝线。我们的双脚之间，便是黄大发老书记当年凿出来的这条令我慕名而来的如今已被乡亲们叫作“大发渠”的天险之渠。

所谓“天渠”，其实是在山体边缘凿出来的一条大约宽六七十厘米、平均深五十厘米的石渠。该渠一边傍着大山山体，一边是峭壁悬崖。站在山的底端往上看去，“天渠”犹如刻在大山颈部的一条缝线；平行观察，“天渠”宛如一条系在山腰上的银丝绸带，那清凌凌的泉水，潺潺而流，即便是我们去的当日，老天下着中雨，但看着流动着清泉的“天渠”，仍然赏心悦目。

这是纯天然的矿泉水。黄大发老书记用手掌做示范往嘴里捧掬了好几口清泉水。我随之学其样连喝几口——感觉像第一次品尝纯天然的矿泉水：清爽的甜！

小心啊，这石板滑！走在前头的黄大发，时不时地回头或者停下步子来拉我的手。一回可以，两回、三回也可以，但数公里、数小时让一位八十几岁的老人这么拉着我，实在过意不去。

并非我逞强，只是想不能再让已经吃了不少苦的黄大发老人为我这样的“走马观花”者费力费心了。然而，我的这份心思却着实苦了自己——命悬一线。

这绝非夸张！

悬崖上的水渠沿子仅有二十厘米左右，黄大发老人可以在上面稳健行走，甚至可以用“健步如飞”来形容，因为在这么窄的“石沿沿”上——我这样形容脚下的“天路”，黄大发老书记已经走了几十年，我在后面看着他前行的身影，无法不佩服：稳稳当当，敦实有力。不到1米6的个头，在如此山崖上行走，身子骨儿丝毫不晃不摇，不像我，近1米8的个头，瘦溜溜的，每走一步，左右摇晃，仿佛随时会被一阵山风刮倒在几百米深的山崖底下……那一天看水渠，是身体斜倚着左侧的山体行走，右边是深渊，所以整个行进中，黄大发告诉我，身子得往左边倾斜一点儿。也就是说，有意将身子重心贴向山体，一旦摇晃，也是撞在石崖上。我心想：如果真的摇晃起来，撞在石崖上的一定是头部，那也得头破血流啊！但，比起朝右边的悬崖滑去，身子骨掉进万丈深渊，我自然宁可选择撞在山体上头破血流，而不愿去尝试身子滚下万丈悬崖的后果。

这就是第一次跟黄大发老书记去看“天渠”的现场感受与经历。

小石渠的外沿与山体一般有七八十厘米左右的距离，一根竹竿保持着我的身子与山体的这个距离，设想一下，假如在行走的过程中，身子完全倾斜着倒向内侧的山体，首先与凹凸不平的山体岩石撞击的肯定是头部，这个距离与这个角度，受撞的头部毫无疑问将头破血流，且难免撞成重伤。老实说，那天我一直准备着经历这样的头破血流，而且我一直暗暗地这样想：宁肯头破血流，也决不身子往右倒……右倒是无法挽回的“彻底”了！

何作家，就到这儿吧！别往前走了！当地的同志一次次地劝道。开始我很坚定地回答，不，再走一段看看……

往前再走一段，是越走越无法迈出步子的险要之处。那一段像我这样近 1 米 8 的个头必须弓着身子走了——水渠已是嵌在悬崖的“脖颈”底下了。

还走不走？我感到极其为难。双腿已经酸痛万分。

还有多长？我问走在前面的黄大发老书记。

刚走一小半……他说。说完又转身只管往前走。显然，他并没有意识到我已经力不从心了。

又经一阵“排除万难”后，看着我不停地擦着脸上的不知是雨水还是汗珠时，当地的干部非常坚决地拦住道，不能再往前了！看到这儿就可以了……

她的话，其实正合我意。说实在，我已精疲力竭，再走下去，危险程度必将成倍增加。

但我不能自己说不走了，因为走在前面一二十米的黄大发根本没有止步的意思。老书记，你不能再让何作家往前走啦！最后是当地的干部有些厉声地喝住了他的步子。

82 岁的黄大发老人回过头，走到距我五六米处，止步看着我，他一语不发。那坚毅的目光，紧盯着我，显然是让我自己选择。那一瞬间，我从老人的目光中获得了一份强烈的信息，性格很犟的他，是多么希望我多看看他的水渠，而且从他的目光中，我读懂了一件事：那水渠是他的全部成就，值得一生夸耀的事。如果我不能走到他最想让我看到的地方，老人会感觉遗憾的，而遗憾的当然还有我，一个准备写他的访问者。

走吧。再往前走！多看一点水渠，就能多了解一下老书记当年的艰苦奋斗精神……我这么说，也就跟着迈开了步子。

黄大发的脸上顿时露出一丝满意的微笑。他把手伸出来，拉着我的手——我们就这样继续前行。

水渠越走越险，后面的人已经没有几个了。

而那一天，我完全或者根本不可能把自己当作什么"部级干部""著名作家"的。我只觉得，一个82岁的老人在前行，甚至不时拉着我的手往前行，我有何理由退缩与止步呢？

与黄大发站在一起时，我强烈地感受到：只要有他在，我绝对不会出事。尽管他没有说过半句这样打保票的话，但他的目光告诉我他有这个保证。我甚至知道，一旦我往山下滚，那垫在我身子底下的一定是他黄大发……

再过几百米，就到水渠最险的擦耳岩了。黄大发说。看他的神色和听他的口气，分明像是参加过上甘岭战役的老志愿军战士带着某种荣耀重回战场似的。

擦耳岩这名字，听着就有些毛骨悚然。果不其然，近看"擦耳岩"，那耳边就传来"飕飕"冷风，仿佛有锋利之物在你耳边削过。山岩是倒着长的，上凸下凹，头顶上看不到天，是斜凸的山崖顶在你头上；下面是斜凹的峭壁，人在水渠上行走，只能双脚嵌入水渠中间……在接近擦耳岩的水渠上，设着一道小铁门，一般人到这儿就不让再往前了。村上的人说。

当地干部看着我和黄大发，显得十分无奈。我朝她笑笑说，来一趟不容易。老书记跑了近半个世纪，而且是开山辟崖凿出来的路，他走了大半辈子，我们才来一次……

不知是我的话激励了黄大发，还是太想让我了解他的“丰功伟绩”，老人竟然又十分欢实地走在了水渠的茬口上，真的有点健步如飞！

老书记，您还是小心一点为好。我们走水渠吧！我用另一种比较温和的口气跟黄大发说。

管些用。老人家朝我一笑，说，没事。我走了几十年，熟悉这里每一块山崖的脾气……再看看他的走崖姿势，双腿迈出，稳如磐石，每一落足，犹如铁钎凿在石窝里，四平八稳。这架势，分明就是飞檐走壁之功，你无法不服。八十又二的老人，却完全不像我们这般每走一步，瞻前顾后，方小心翼翼地挪动一步，身子仍然在摇摇晃晃之中……

我感觉后背的汗水比雨滴流得还要多。老实说，在黄大发面前我深感惭愧。

到了——终于到了擦耳岩！

这个时候，除了我和黄大发外，已经没有几个跟随者了。县里的一位同志甚至半鼓励似的对我说，你或许能够创造到这“天渠”的最高级别的干部纪录了！他说，一般领导干部都不会上这么危险的地方。

我想：我这算什么？我仅仅是黄大发的采访者而已。而一般的凡人是无法与黄大发相比的。他是大山的儿子，他是大山的神，他本人就是一座巍峨的大山！只要他出现，大山就不会抖动，而他的身躯，我甚至觉得就是大山的一部分，与山岩不可分。所以，再险、再峻峭，在黄大发那里，根本不是什么危险，只是一些可有可无的基本概念。

但，峻峭的大山，悬崖与绝壁，对我们这些普通人来说，它在很多时候是无法逾越的“天堑”，甚至是“鬼门关”。

现在，我身临的擦耳岩。举目环视一番之后，内心无比惊叹：他黄大发竟然能在这么个地方开山凿渠！在这里，你即使站立于几十厘米宽的水渠中，双腿也会感觉是酥软的，身体仿佛像一枝无根须的小树苗，没有风吹，你已在不停地摇晃。所谓的水渠，其实就像刻在悬崖上的一条细细的石槽而已，稍稍身子往外倾斜，那几百米深的绝壁悬崖肯定会让你粉身碎骨。

黄大发似乎早已看出我有许多疑惑的问题要向他提出，然而他却偏偏不接话茬，而是实实在在地让我在现场感受“天渠”之“天”的一面。

凿这一段渠，我们整整用了半年时间。人多了没用，光一两个人也不知凿到何年何月，所以那半年里，基本上都是我带着村上五六个骨干吃住在这里……黄大发一边用手捞着清澈的泉水，一边跟我聊着他的“渠”。

慢慢，老支书！我打断他的话，你说你们当年就吃住在这里？

对呀！就吃住在这里。黄大发肯定地朝我点头。

这个地方……能住？我左右环顾，无法找到答案。

来，再往前走十几米。他又拉我前行——是弓着腰、捂着脑袋的那种前行，因为有的地方的渠道和凸出来的岩石之间只有一米多一点儿，我们只能把身子弓得低低的。

看，我们就住在里面……猫腰一段后，黄大发老书记让我直起腰看“奇景”：嘿，一个小山洞啊！

想不到在悬崖绝壁上，竟然有个约一个平方米空间的洞穴，其高度与我身高接近。洞穴内还残存着一些灰渣和岩壁上的某些人工印痕。

都是我们干活时留下的……黄大发显得很自豪地告诉我。

那个时候你们就吃住在里边？

是。有这么一块好地方，天赐的！老人的脸上乐开了花。

我能想象，那个时候他和村民是如何蜷曲着身子在这洞穴里，或看着天上的星星，或淋着飘落进来的雨水，一天又一天地等着开山凿渠的早日收工，其情其景，有苦有乐，真是一群不屈的山民！

雨，越下越大。“天渠”到擦耳岩并非是收笔之处，前面还有十几里长，黄大发说还有两处非常险要的地方，跟擦耳岩差不多，就不用看了。从他的眼神看出，对我能跟他到了擦耳岩已非常满足。

明天带你去看水源……他说。

这也是我的愿望。如此一个伟大壮举，其潺潺而流的清泉，自然极大地诱发了我去探秘一下源头的想法。我想亲眼看一下当年黄大发为何如此强烈地渴望把这么好的泉水引到自己的村里，那水一定让黄大发太着迷，不然他不可能花几十年的全部心血去凿这么一条老天爷都做不到的“天渠”。

第二天我们整装出发。从黄大发所在的草王坝村到水源地螺丝河有 20 多分钟的汽车行程。小车在山谷之底行走，黄大发让司机在半途停下车子。

喏，你看我的渠在那儿——黄大发待我推开车门，便拉着我指指与天接壤的大山顶端，说。

我仰头看去……看到了：在大山的颈部，有一道浅浅的“刀痕”清晰地刻在那里。

就它。这儿看上去就像头发丝似的……黄大发开心地比喻道。

在山底看去，如今被百姓称为“大发渠”的水渠，确实如天渠一般，令人肃然起敬。你，这个——这一刻，我觉得任何其他语言来表达对黄大发老支书的敬意都不太准确，所以只是向他连连伸出大拇指。

他再次满意地笑笑。走，到螺丝河。

螺丝河，我已经对你极其向往了——这是因为黄大发和他的“天渠”的缘故，你让我浮想联翩、神往情诉，并一路在想象你的气势、你的磅礴和你的浩荡，我甚至想，你或许无法与我故乡的太湖之水相比，但你也应该有一个宽阔似塘的容貌，因为你是“天渠”的水源，你定像平展展的一面银镜，你也许还像黄果树瀑布那样秀丽壮美……总之你应该是一处宽阔浩荡的水域，我甚至想象着像到了杭州一样去看看西湖之美——迈着轻松的步子、怀着休闲的心境……

可，我完全错了。错到了家！

黄大发的“天渠”水源地，再次差点让我送了命——

从小车上下来，再到水源地，用黄大发的话说“就在前面”；

按他外孙的话说“大约两里路”。我们城里人到山区，千万别轻易相信山里人口中所说的路程。他们的路程是他们生命的一部分，完全不是按实际计量计算的，那只是一种习惯的感觉而已，同实际意义上的里程无关。

这一回我竟天真无邪、毫无半点怀疑地信了他们；为此，我差点丢掉了小命。不过，结果是，就像前面已经说过的那样：只要黄大发在，我不可能有事！

然而，我的双脚并不像我的心一样笃定与虔诚，因为从土公路上下来，黄大发领着我们往一片草林密布的山里走去。依然没有路，“路”便是通向草王坝“天渠”的渠头的渠壁。由于不同的海拔，所以这里的水渠基本是贴在十来米高的一条山谷溪流之上的岩壁上。此处的水渠大小仍然与几公里之外的“天渠”差不多，不同之处是这里的渠壁简易得多——内壁是山体石壁，外壁则比前一日行走在高山的水渠宽度窄了一半，平均也就十来厘米，且长满青苔，许多地方被草木掩盖着，湿淋淋的奇滑无比。

这能走吗？我一看，便惊出了半身冷汗。

维维，你看好何作家！黄大发没有跟我说话，而是对同行的他外孙况维嘀咕了一句，我没全听懂。只是看到刚大学毕业回乡来看外公黄大发的况维，用普通话跟我说，你抓住我的手。

我感觉有些无奈，因为我必须抓住他的手上行，否则今天根本不可能看到水源！我内心有些后悔：为什么非要来看水源呢！

但已晚矣。黄大发想让我看水源的决心从他连头都很少回一下的步伐就能知道。80多岁的老人，竟然一边在前面披荆斩棘，一边双脚踩在狭窄的渠沿上如履平地，而且他的心情完全没了前一天带我上山看“天渠”的那份陌生感，似乎一位勤劳的农民在秋天带朋友去看他那丰收的庄稼一般，满怀喜悦、精神爽爽……

今天，不是死定，就是摔个头破血流！我预感这两种结果中无论如何也很难逃脱其一，前者也许言重了，后者实在无法避免。

心，真的紧张极了。

先是一个流着水的陡坡……一番前拉后推，总算把我“送”到了“路”上。还好，只湿透了皮鞋和裤腿，没有伤筋动骨。

但之后的“路”就是“两万五千里长征”：那已经好几年没有人走过的十来厘米宽窄的渠沿上，不仅有青苔，而且还有不少残泥，两者混在一起，再加天下着蒙蒙细雨，这就让人“五岭逶迤腾细浪”了——你每一次抬腿，必须慎之又慎，直到先迈出的那只腿稳稳落定、待没有滑佘时方可再抬后一条腿，这样才能保持身子重心不失衡而影响后一条腿的抬移。然而，人在几乎悬空的十多厘米的石壁上行走，宛如一个从没有练过平衡木的人，一下让你上去比赛开练，身体绝对很难保证左右不摇晃。

如此一步一移，不出三五十步，我已感觉后背湿透……

黄大发则在前面悠然自得地继续“披荆斩棘”，继续“如履平地”，并不时地用我听不懂的土话吩咐外孙“保护”好我。但同行在狭窄的石壁上，小伙子即使想严格地“保护”我，有时也无法实现，因为他拉着我的手，却无法管住我的双脚随时被滑佘的青苔所愚弄。更何况，多数水渠的石壁甚至已经残断残失，小伙子自身都很难保。

已经到了这个份上，任何后悔和怨言都没有用。只有向黄大发学习，而且你也必须向他学习——他八十有二的老人在前行，你差一大段年岁有何脸面胆怯畏退？

唯有向前！唯有准备摔个头破血流！我做好了两个准备：尽可能地摔得不那么惨，而且绝不能掉下去！因为如此往前行，不摔似乎不太可能，“有准备”地摔，或许会减少点头破血流的“牺牲”。老实说，我不敢再往下想了，毕竟已非青春年少，在悬崖峭壁上摔一跤，我无法想象会是啥样——听天由命吧！

谁让我认识黄大发的！他是山神，我来写他，他不保护我还有谁能保护我？这一天，我把自己的命彻底交给了黄大发，交给了“山神”。从小在江南水乡长大的我，又多数时间在京城里工作与生活，虽然也曾去过许多名岳大山，但真正像现在身体与灵魂和大山如此贴近、深入，全部交付于它，还是第一次。也就是在这种境遇下，我的脑海里跳出不知是哪位旅行家说过的一句话：当你将命运交给苍茫的大山时，不要想别的，能做的事就是去用心灵去与山神交流。

心灵与山神如何交流？只有你自己去感受和体会。

我停下了脚步。擦了擦额上的水，竟不知是汗还是雨滴，然后深深地吸了口气，环视了四周一遍，心中忐忑不安。黄大发的外孙在距离一两步的地方等着我。要不……他用目光征求我。

没事。我摇摇头。反问况维，你走过这里吗？

小时候经常走。小伙子说。

是吗？我感到惊诧。为什么？跟着外公来看他们开山凿渠？不对，那个时候，这孩子还没有出生呢！我自己心里笑起来。

我家住在这山的后面。小时候到外公家没有公路，抄近路就从这渠崖崖上走……小伙子说。

我内心一震：这就是大山里的孩子！不害怕？没摔过？我关切地问。

他摇摇头，没有。

这么厉害呀！

开始是外公接送的。后来就自己走了……小伙子解释。

明白了。大山里的人都有山神保护着哩！

可今天谁来保护我呢？我突然感觉为什么要怕呢？大山里的人有山神保护着，我则有黄大发和他外孙等大山里的众乡亲们保护着，有什么可怕的！

倒下了，再爬起来呗！头破血流了，只要还有一口气，他黄大发和小伙子能丢下我不管吗？我“阿Q”式地鼓足了勇气，而这份“阿Q”式的勇气真的管点用。

走，跟上你外公！我感觉山神就在身边。

我感觉自己的双腿找到了在峭壁上行走的诀窍和要领——每一次抬腿的时候，必须将脚板或左或右地在原来的姿势上改变30度左右，并尽可能地将脚板横落在水渠的石壁上，这样就减少了青苔的滑汆——当然保持时刻的小心翼翼和坚定的勇气是前提。

快了！再有几十米就到了。对黄大发和他人说的这样的话，我也不再去计较了。你越说“快了”“快了”，越说只有“几十米”了，我越在内心给自己暗示：加油，还早着呢！至少还有几百米呢！

我们继续跟着黄大发前行。我竟然有些吃惊，十来个人，走着走着，一点儿声响都没了，谁也不说话。为什么？我趁着歇口气时，前后细细观察了一下：噢，原来这“路”越走越险，就连黄大发和草王坝的乡亲们都那么目不斜视、全神贯注地注意自己的脚下……

那一瞬间，我感觉我成功了——我与大家一样，大家与我一样，我们的心都紧贴在了这危险异常的水渠上，都融入了大山。

那一瞬，我感觉山神一定在一旁默默地笑了。

你们听——有水声了！黄大发突然在前面喊了一声。是，你听——“哗哗……”的水声，而且是比较湍急的水声。

看水源的队伍顿时开始热闹了！

这时，我突然感觉有一阵冷风飕飕吹来，全身格外清爽。抬头一看，原来有一个十几米宽的大洞穴，洞形如一只张开嘴的海蛤，冷风就是从里面回吹出来的。

当年我们筑水坝时，正值冬天，就住在这里近半个月……黄大发一串箭步，冲到了洞内的一块巨石上，随后有几位村民也跟着冲了上去。他们居高临下地边观察洞穴，边七嘴八舌地回忆着当年的开山凿渠的峥嵘岁月。

冬天住在这儿不冷？我感觉洞内吹出的风像刚打开的冰箱，寒气很冲。

这里冬暖夏凉。黄大发回答我时脸像一朵绽开已久的菊花。噢——我一下明白过来，但同时内心又一阵心酸：中国的农民就是这个命，他们把最苦的生活中的一份意外的乐趣，视为幸福并满足。

“天渠”的水源真容出现了！它让我意外，因为它完全没有我想象中的波澜壮阔，更没有如湖般的壮观，也没有平展如镜的气象……它只是从高山往下流淌的一条溪沟，一条比较大的溪沟而已。就这样一条溪沟，让黄大发和草王坝的几位与它久别的村民们，如见久别的老友一般欢欣，他们甚至连蹦带跳地下到了溪水中，有的狂喝起来，有的一掬又一掬地往自己的脸上泼水，有的则站着不停地傻笑着，嘴里嘀咕着“真清”“真好”一类的话。黄大发也一样，像孩童般地将水往古铜色的胸前拍打着……

这是一幅独特的“戏水图”，一幅祖辈缺水的山民“戏水图”，一幅以自己的勇敢和勇气创造了奇迹并尝到了甜头的山民“戏水图”……

我也被黄大发和草王坝村民们的情景所感染，不由蹲下身子，捧起一掬清泉放入口中，啊，真的很甜、很甜！

难怪黄大发发了生命之誓要把它引入几十里之外的村庄与家园……

这一刻，我似乎才明白，这条叫螺丝河的“河”，它在黄大发的心目中是如何的崇高和神圣，也明白了他为什么非要引我到此一睹的深意。因为，这是他心目中的神。

山神并不一定就是石头的化身。山神有可能是从石头中流淌出的精气，这螺丝河通过黄大发开凿出的“天渠”中那潺潺而流淌的清泉，难道不正是这大山的石头里涌出的精气吗？

呵，大山、大发，还有“天渠”、草王坝，你们和你们的这些名字，都是大山深处的灵性之物，你们不都是一个个山神吗？

现在，我来啦——要将这山神用精气砍出一条“天渠”的故事告诉世人，让全世界永远记着中国有这样一位山神，他用为人民服务、让人民过上好日子的共产党人的理想和信仰干成了一件前无古人、后无来者的旷世壮举、人间奇迹——

1992年，对中国来说，是个有故事的年份。因为在这一年，中国改革开放的总设计师邓小平走出京城，到了南方视察，并发表了影响整个中国发展进程的“视察南方重要讲话”。之后的中国，如春风沐浴，一片万物复苏之景象，到处生机勃勃，万马奔腾……

1992年的贵州山区，其实还处在极其闭塞和落后的状态，外面的世界对这些地方而言，仍然是遥远而不可及的“童话世界”。

1992年的草王坝，更是封闭、落后甚至有些与世隔绝的。

那时的草王坝还没有电视，也没有电话，连广播也没有，全村没有一台收音机，黄大发手上的是一本《毛主席语录》，还有就是他心头熟烂了的入党誓言。毛主席说的话和入党誓言，黄大发多数能倒背如流，但最重要的两句话他一直放在胸口上，一句是“共产党员要为实现共产主义奋斗终生”，另一句是“全心全意为人民服务”。合在一起，现实中的他，要做到的就是让草王坝人吃上白米饭。吃上白米饭，就得靠上山筑渠引水……这是黄大发的信念与理想，也是他当村支书的“第一要务”。那个时候，人们还不会说

“第一要务”这话，只是黄大发心头压着这样一件“头等大事”。

天塌下来，最多脑壳破了流点血，但草王坝没有水的日子是要命和断命的日子，解决水源问题是百姓甩掉贫困帽子的必经之路。黄大发认准了这个方向，矢志不渝。杨春发说得对，他黄大发再披战袍上阵开山辟岩筑水渠时，已经是吃尽人间辛酸苦辣、根根筋骨弯折数遍的60多岁的老汉了，但没有一个人能挡住他前行的脚步，他事无巨细地管理与指挥着整个筑渠工程的每一个环节。

如果按照今天的市场价值和劳动标准来看，无法想象黄大发是如何运营与管理着这样一个几乎一无所有的水利工程的。

上山劳动再苦再累，再险再难，一律没有报酬，所有上山投入开山辟道的劳动，都是义务与公益的。你不用喊吃亏还是占便宜，因为在这个水利工程上干活的人，除了那个县上派来的“监工”黄文斗外，其余人员一律完全的志愿劳动——像第一次上山筑渠的战斗一样，按全村每家每户的土改水稻田面积决定你该完成多少工程。提前完成和保质保量完成者，依然没有任何报酬，只有继续挥汗帮助那些家中劳力少的和老弱病残者。黄大发与所有村干部更不用说，他们除了干好干完自己家的那份活外，更多的精力和时间是指挥协调整个工程的进度，还有安全要求与每个细节。1992年时的草王坝是个什么样，到目前为止还没有一张照片留存、一段文字做过记录；1992年再上水利工程的黄大发是个什么样，我们更无任何影像与照片可看。1992年的草王坝经历了一场有史以来的惊天大事——从螺丝河直通草王坝的7.2公里长的水渠，将穿越数座悬崖峭壁，如一道映照天际的长虹，划破仡佬族人居住的沉默大山，成为镌刻在名城遵义历史上的又一部光辉诗史。

依然叫人不可思议的是黄大发此次再上大山深处筑渠，没有一张照片，没有一段公开的媒体文字作记录与记述，就如秋叶落地一般，轻轻地流逝于时间的长河之中，走得无影无踪。唯有那些山的躯体上留有记忆——石渠的痕印。

在采访的时间里，我细细观察了如今被百姓称之为“大发渠”的石渠，除了张发奎他们完成的勘察测量的设计工作之外，在实际施工时至少要完成炸山、搬运石块、凿垒渠道、砌壁防渗几大步骤，而所有这些貌似简单的工作对悬在高山峭壁崖谷上的黄大发他们来说，每向前延伸一米，都是一场惊心动魄的生死之战。

我们先来看看炸山——

“轰隆隆——”

“轰隆、轰隆——”

这是炸山的声音。一次炸山的声音可以让太阳山、太阴山和整个野彪乡的山脉都在回响，也就是说这方圆十里的人都可以听到黄大发他们在山上开山筑渠的每一次炸山的爆破声。

那炸山的声音，最初听上去像是一阵闷雷，然后是大山发出的一连串回声，回声虽不如闷雷脆响，但其“隆隆”不绝的声响，给人的心理感受是可怕的，因为这种声音会震碎人的神经，听多了会感觉大地在颤抖，大山在摇晃……

从螺丝河到草王坝的直线距离也就 10 余里路，但绕山而行的水渠线却足足多出了 20 余里，这中间隔着几座大山，有十几个峰。黄大发他们的开山筑渠施工就在这中间展开。

炸山是第一场战斗。

那些日子，炸山是草王坝人最想听到的声音，又是草王坝最怕听到的声音。草王坝的一位老人如此对我说，20世纪60年代到70年代，黄大发带领村上人上山挖渠，每天都有轰隆声，那时我们一点儿不怕，因为我们等水的心情比啥都迫切，不知困难，不怕死亡，只一心想把螺丝河水引到村里来。后来失败了，失败了再听炸山声就感到心里发闷，闷得有点胸口疼。唉，说老实话，百姓对自己流些汗、淌几摊血也不太在乎，在乎的是我们会不会再白干！其实白干也没啥了不起的，咱农民，咱山里人，白干的事还少吗？一场雨下了，我们赶紧栽种禾苗，结果一个来月，老天滴水未下，所有的禾苗成了一把燃不着的枯草；春天来了，全村人忙着整坡地，一场山洪下来，一转眼又啥都没了，连石头都滚到了山下……白干，几乎是山里人的家常便饭。

黄大发动员草王坝男人们上山挖渠，应该是可以保证最高的出勤率的，因为男人们想的是有朝一日把清清的泉水引到村里后，等地里的水稻种熟，再产出大米，就可以蒸出香喷喷的白米饭了。那个时候，邻村的女人就会跑到咱草王坝村来，那时草王坝的男人再也不用打光棍了。草王坝的男人们其实愿意跟着黄大发上山，那山上可以撒野，可以跟大山，可以跟山里的野猪野驴，甚至可以跟自己野。男人们在工地上，几百号人在一起，不像在村里时各家各户，躲在大山的弯弯角角、边边缘缘，有时几个月谁也不见谁，就是你死去了十天八天，如果不是发丧，估计也没有人知道你是活着还是死了。没有了集体劳动的时候，山里人就像荒坡上的野花，艳了还是衰了，都不会有人关注和在乎你。上山挖渠，几百人在一起抡锤挥钎，比试高低，男人们就爱显耀自己的力量和勇气，所以苦和累成了次要，每天干劲冲天，梦里打呼噜都在喊我要当第一。

筑渠引水，让草王坝人重新有了做人的尊严和做人的意义。老人说这是黄大发的本事所在，也是他为什么能通过修渠引水这件事让全村人劲往一处使、心往一处想，因为草王坝人实在不想过没有水的日子了。

但现在草王坝的人都有些害怕上山了，因为第一次上山十几年挖渠没成，黄大发筑渠的事把大家弄怕了。十几年哪！大伙流了多少汗？吃了多少苦？没有算过这笔账，但我们这些弯了的腰杆、蜷曲的手指，还都记得那些年里上山吃的苦和累。老人弓着九十度的腰，伸出无法直挺的十指，告诉我当年他们在冰天雪地用双手扳动石块的筑渠生涯……

那个时候我们连苞谷秆都吃不上了，满山的树皮能啃的都啃光了，剩下的草根都被当作佳肴，只有在炸大石头的紧张劳动后才能吃到。老乡张开嘴巴，让我看一腔早已脱落了牙齿的牙根肉，那是一圈紫黑色的“U”形牙床，肉根是塌陷的，看上去很可怕。老人说，都是那段时间留下的苦根，吃不饱肚子，还要干要命的活。

“轰隆隆——”

“轰隆！轰隆——”

“轰隆隆！轰隆隆——”

山上的爆炸声，以前所未有的声势向世人再一次宣言：草王坝的水渠又要开凿了！

这黄大发真是个人物，他人不死，开山筑渠的心也不死啊！大山深处七邻八乡的人都在这样议论黄大发，议论他的水渠。30多年了，草王坝人再次成为人们议论的对象。

30多年了，黄大发从一名20多岁的愣头毛小伙，到60来岁的小老头，风雨交加，岁月磨石，山头的老树几多折枝残断，但人们发现，一上山的黄大发，依然双脚生风，抡起大锤，双臂仍然有力如初。

老伯，这里有我呢！你在一边指挥指挥就是了。快躲躲吧！

26岁的村委会主任张元华，是黄大发前几个月才看中提拔上来的年轻干部，这回被任命为引水工程的前线指挥长。第一天放炮的当口，张元华发现老支书黄大发不知什么时候也出现在了炮眼跟前，便赶紧掩护他后撤。

小子，你甭担心你老伯。我的命硬着呢！再说，这回炸山，我不到现场瞅两眼，哪能放得下心嘛！黄大发双手叉腰，昂着头，左右环顾一串刚刚凿好的炮眼，对张元华说，你现在是现场指挥长，要特别注意布置好几个关键环节，一是清点好炮眼数，二是记住炸山炮声的响声，两者都全时证明爆炸全部成功，没有隐患。如果两者数字不对，就要一一排查。排查时绝不能有两个人，只能是一个人，这时人越少越好，因为要以防万一。谁去呢？当然是我们当干部的，做指挥长的。

记住了吗？黄大发说完后用锐利的目光死死地盯了一眼张

元华。

记住了！你放心，肯定我上。张元华说。

好样的小子！黄大发满意地点点头，又说，如果心里有些嘀咕时，你马上叫我，听明白了吗？老伯毕竟比你大几轮呢……

嗯。张元华感激地点头，眼眶有些发红。

黄大发将右手重重地搁在26岁的年轻村委会主任肩上，颇为感慨地说了一句，第一次上山炸山挖渠时，我也是你这个年岁……

懂行的人知道，炸山前需要有两个重要的步骤：一是凿炮眼，二是要装炸药。凿炮眼，要的是力气，但光有力气也不行，尤其是在悬崖上凿炮眼，人需要系上一根绳子，被吊在半空，再左右臂膀抡锤凿洞，力气和技巧必须统一协调，才可能将一串串炮眼凿好。这样的炮眼，凿一个就可能一小时甚至两小时才能完成。许多人不是因为力气支持不住，就是半空中的身子不停地摇晃而被石头撞得浑身青一块紫一块，伤痕累累。难免有些年轻人紧张和害怕。黄大发知道了，便带着徐开伦、杨春友和黄大明几位“老把式”，干在了前头——

一二三！哎哟嗨！

拿稳钎，抡准锤！

四五六，加油干！

加油干个抡准锤！

抡准锤个拿稳钎！

拿稳钎个凿炮眼哟嗨！

开山的钢锤击打着岩石，劳动的号子在大山里回荡。有人曾说过，要看世界上劳动最有热情的人群，唯中国；要看中国劳动热情最高的时代，唯 20 世纪 50 年代到 60 年代。黄大发第一次领着村民们凿山筑渠的那种劳动干劲，可以说是中国式劳动的杰出典型场面。但相对于 60 年代、 70 年代的那场开山筑渠战斗， 90 年代的再度开山筑渠的施工现场，你看到更多的是草王坝人更有目的、更有方向的劳动激情。

60 岁的黄大发一到劳动现场，你很难想象他是一个年已花甲的老人，因为他的个子不高，但身板总是挺得直直的，因为他骨子里有股不屈的精气神儿，又因为他走起路来风尘仆仆，所以工地上的黄大发永远像一个小伙子，什么事，他总在前头。炸山前的放雷管和点响是最危险和关键的事，早年这些事都是他黄大发亲自干，决不允许别人碰。为什么？有人不服，非要替他。黄大发就急，说，把你炸死了我向谁交代？别人就跟他横，反问他，那你炸死了谁向你交代？黄大发便拿出一个小红本，有些骄傲地扬扬，说，我有组织，有党啊！你们谁入了党，就能与我有一样的资格。当年第一回开山筑渠时，黄大发就这样吸收了一批村骨干分子入了党。这回第二次与“大山决战”——动员大会上，他黄大发依然用上了这一招：火线入党。村委会主任张元华就是一例。这小伙子有些文化，人正直，又实在，也舍得为他人做事出力。黄大发看中了他，便着意培养他。 1992 年初的村委会选举前，黄大发介绍小伙子入了党，后又被推荐并被选举上了新一届草王坝村村委会主任。新的开山筑渠战斗打响后，村里成立了“八人指挥部”，黄大发任总指挥，张元华任施工现场指挥长，另有六人，分别是会计保管员黄大明和各路负责人杨春友、孙开成、徐国泰、夏时刚、杨洪伦。炸山前的放置雷管和点爆是非常危险的工序，这回由张元华负责。但在点爆前，黄大发必到。

老支书，我的腿脚比你灵活些，这里的事由我负责，你就尽管放心。张元华看着满头白发的黄大发仍然在山崖上爬来爬去，不忍心地劝道。

黄大发摆摆手，说，这里的活不仅是靠腿脚灵活，更多的是要靠心细和脑子清醒。

我在北京看他的事迹材料时就想着见面时一定要好好问一问黄大发这一“不解之谜”——

黄大发听我的问题后，竟然轻松地微微一笑，说，真的可能是我的命硬，几次都没让我死成……

他说有几次快“碰鬼”了。一次是在点炮时，发现少响了一眼炮，后来检查时就是查不出来。炸药眼响了后再去检查是最危险的事，有一次就碰到这种情况，一般情况下，我不会让别人去检查的，都是自己去的。这次也是，明明点火的时候是21眼，可响的时候只响了20响，还有一响查不出来。最后查到时已经超出了规定的时间，也就是说其他爆炸点都响过十来分钟后，你才能去检查那些没有响的炸眼点，早了不行，太晚了也不成，必须在一定的时间限度内去检查。那次我也是按照这个限定时间内去检查，在我一个个检查完那些已爆点后，刚走出来不到10米时，突然身后发出异常声音，我知道“后生炮”——我们称那些晚爆的眼点叫后生炮，快要炸了，我下意识地就用眨眼的工夫一个“驴打滚”，躲藏到一块岩石后面，又用背篼套在头上，那背篼刚套上脑壳，炮眼就“轰隆”一声炸开了……我的头上、身上至少落了十几块飞石，好在背篼保护了我的头才没受啥大伤。黄大发说，这样的事他遇上好几回，有一次爆完炸药眼点后，就是觉得还有一眼没响，可怎么检查就是发现不了。后来发现，是自己把一处残眼点也列在了放炸药的爆眼点之中。有了这几回“有惊无险”的经历后，我就把这项最危险的工作揽在自己手上，也就是说只能由我来做。其二，在点爆炸眼和点爆炸这个环节上，不能仅凭一个人的工作仔细和现场清点的记录，因为一个人再精细和认真，总有“万中漏一”。后来我就在这些环节上安排了至少三个人一起来完成，也就是说，你清点一次，我再清点一次，再派一个人清点一次，汇总起来再核对是多少，这样就不会出现盲点和盲记的情况。咱农民掌握不了高新尖的技术，但心细不细是可以掌握的、练就的，既然女人能细到绣花，我们男人就不能把几个炮眼点数清核对好？你问整个筑渠砸了多少炮眼？一万次反正不止，几万次里没砸死过一个人……黄著文曾经对我说过这样的话，黄大发了不起的地方很多，其中干了这么大的一个工程，在那么长时间里，开山辟路，轰轰炸炸，竟然没死一个人，这本身就是奇迹。

但石头是不长眼的，尤其是在山上，一炮响起，石头飞溅几十米甚至上百米远，它才不管你张三李四。几十里筑渠工地，沿线数个村庄非草王坝之地，在别人的地盘施工，踩坏一棵树木花草，大度者笑笑而已，计较者理所当然要出来与你理论一番，轻则叫你客气一声，重则赔款出血也属正常。但草王坝人穷得连自己都是饿着肚子上山的，赔钱的事，几乎做不到。做不到你别伤人坏地呀！邻村人的话完全在理。但确实黄大发弄的这个水利工程大到天边，绕过数个村庄、数个山头，你整天“轰隆”“轰隆”的已经够烦人，还石头乱飞，谁受得了？

黄大发又上山挖沟了？他 20 年前干的臭事烂沟没灭他心气儿？邻村的人一听山上不断的轰鸣声，心头就来火。来火也没用，人家草王坝搞的这个水利工程是“国家”批准的，“国家”批准的，对老实的山民们来说，不能公开反对呀！上级，不管你是大队还是乡镇，别说是县里省里，在老百姓心目中这都是“国家”。所以黄大发的水利工程经县上批准后，乡里一道指令，沿途各乡、各村立即无条件“配合执行”。但沿途老百姓有气存在心里，到了“气候”时就会爆发。这不来了嘛——你黄大发炸的石头飞到我头顶，炸坏了我房顶，而且竟然还砸到了屋顶最不该撞坏的地方……

黄大发，你给我出来！一日，邻村的一老一少拿着铁棒树棍，凶神一样地来到工地，说非要见黄大发。那架势就是要打架，拼个死活。

坏了老支书，我们的石头砸在他们家的房顶，而且砸到里面去了。草王坝的人急呼呼地向黄大发通风报信，说，你赶紧躲一躲吧，否则人家一定饶不过你的！

瞧你说的！我能躲到哪儿去呀？黄大发脸一沉，说，再说本来就是我们不对，是我们没管住石头，它不长眼，乱飞一通，砸了人家的房顶，谁碰到这样的事不生气！

黄大发说完就主动从另一工地赶过来，和颜悦色地见了主人，拱手道歉，赔了一万个“对不起”。

少说废话，黄大发不是有能耐吗？说吧，这事你到底想怎么办！主人不买他账，怒发冲冠地用棒棍对着黄大发，逼他说出“条件”。

还是对不起，是我们错。你们说个数，看需要我们赔多少。黄大发依然和颜相对。

黄大发啊黄大发，你也是一把年岁了，你给我说说，有人砸了你祖宗牌位，你说给我出个价，到底你家的老祖宗值多少钱吧！对方不仅没灭怒火，反而更加火上浇油道。

坏了！黄大发心里暗暗叫苦：这石头怎么就这么不长眼嘛！飞到哪里不是，非飞到人家祖宗的牌位上……唉！这事麻烦了。

真不该！我们错，一万个错！黄大发有些不知说啥好了。

光说错有啥用？我祖宗不答应！对方不罢休，举起铁锤和树棍就要往黄大发头上砸……众村民一见不妙，纷纷冲上前去劝说阻拦，黄大发方躲过一劫。砸破房顶的主人在一片骂骂咧咧声中暂时离开工地，但事情并未平息。

当晚，黄大发立即召开干部会议，商量对策。大家一致认为，既然错在我方，确实应该主动去赔礼道歉，做应有的补偿。

我完全赞同大家的意见。现在你们全体一起跟我走。黄大发说着随手拎起一个纸袋，对几位干部说。

一个村的全体干部集体整整齐齐地跑到邻村的一户百姓家赔礼

道歉，这面子应该是给足了，问题是下面还有两出戏：一是黄大发率全体村干部一起向那家的祖上牌位鞠躬磕头，二是他自已拿出一罐装得满满的蜂蜜放在桌上，对这家主人说，这是我自家产的蜂蜜，本来是你老婶子留给我补身子的，一直没舍得吃，正好送你家人补补身子，算我一份心意……

山里人最实在，也最要面子，这回黄大发他们草王坝人又给面子又给礼物，让人咋整嘛！这家主人硬邦邦的心一下给软化了，拉着黄大发的手连声说，黄书记，你带领大伙修渠引水的事我们早知道，你是一个好干部，真党员，我们佩服你。瞧一点小事你这样认真，叫我们多不好意思！

不好意思的是我们，明儿我再派几个木匠瓦工把你房顶补好归拢，保证今后不再发生类似的事，你尽管放心，我们再不让石头飞到你房顶和院子里了！黄大发趁势说道。

唉，这也不是你黄书记的错，是它石头不长眼嘛！

那不行呀老哥，我们搞这么大的工程，已经给沿途的乡里邻里带来那么多麻烦，还弄坏你们的院子和房子，这是绝对不允许的。我们要管住石头，做好施工安全，就是石头也要让它长眼！黄大发说。

你真是个好书记！主人紧握黄大发的双手，万分感激道。

第二天，施工现场，安全会议再次召开，黄大发讲了一大通安全方面的基本要求外，最后强调说，我们在山上修渠，等于在别人的祖宗头上动土，在老天爷身子上拉刀，时时处处要小心翼翼，谨慎再谨慎，尤其是在爆炸和施工中，不能让我们的石头不长眼，要做到每一块经我们手、因我们施工原因而动过的石头，必须长着眼睛，绝对不能伤人家，伤人家的地，伤人家的院子，伤人家的房子，当然也不能伤我们自己！绝对不能！记住了吗？

记住了！施工的干部和所有施工人员后来确实全记住了，再没有出现过炸山炸到人家的屋顶，石头做到了“有眼有耳”地飞……这事说起来一句话，做起来太不容易。黄大发说，为这事他至少短了3年寿。

闹心的事何止这！

开山筑渠一直在向前延伸，碰到的事也越来越意想不到——

一日，黄大发带着唐恩良等几个年轻人到乡里背炸药，在回来的路上，被气喘吁吁赶来的村委主任张元华拦住，说，老支书今天你不能回去了！

啥事你弄得那么紧张？黄大发觉得奇怪，估摸着工地又出大事了，便放下篼子问。

张元华垂头丧气地报告道，炸山时又捅了“马蜂窝”……

我不是让你们炸山时一定要让石头长眼睛吗？怎么又没长眼呢？黄大发有些火了，问，炸死人了？

那倒没。可比炸死人还麻烦。张元华说。

炸坏了院子、房子？

炸坏了院子、房子是可以修的，倒不是问题了。张元华又说。

那到底炸坏了人家啥呀？黄大发问。

把人家的祖坟炸出了一个窟窿……

我的小祖宗啊，这还不是问题？是捅破天的大问题哟！黄大发连拍大腿，心里直叫苦。问，现在怎么样了？

人家来了十几个人，非要跟你论理，扬言说，这回绝不让你老站着回家……张元华没敢把话说透。

啥意思？黄大发的眼珠子瞪得圆圆的，问。

就是……

走，是祸是福，躲是躲不过去的。黄大发拔腿就要去闹事的地方。

张元华一把将其拉住，说，我看能躲还是躲一下好。

躲过初一躲得过十五吗？黄大发的鼻孔里“哼”了一声，重新背起筐篼，挥挥手，走，好心去跟人家赔不是去！

山路上，背着沉甸甸炸药的黄大发，望了一眼远去的唐恩良等人的背影，迈着吃力的步子，走在回工地的路上……

喏，不是嘛，他回来了！这时的张元华已经远远地站在一个山崖上，跟十几个前来闹事的邻村村民们站在一起，指着从山脚下正缓缓而来的黄大发的身影，说。

果真是他哟！这个黄大发真不简单嘛！有人窃窃私语道。

好啊，他有本事嘛！有本事我们就找他呗！更多的人说。

现在，所有的目光都聚焦到了身材矮小的黄大发身上。

大伙儿咋啦？还不过来搭一把手啊！想看我这个小老头早点去见阎王爷呀！黄大发一边喘着粗气，一边这么说着。看得出，他是想缓解一下现场的紧张气氛，佯装啥都不知。

你就是黄大发？闹事者中有人冲到黄大发跟前，责问道。

是呀，有事找我？黄大发以笑相对，在放下背篼的同时，用手做了个手势说，这儿没有凳没有椅，只能请客人在还没有修好的石渠沿上坐坐了……说着，他抹了抹额上的汗珠，先在石渠沿茬上坐下，然后一边招呼一边自语道，瞧这年纪，你不服不行啊！老了——

闹事者中有人骂了一声。

张元华等草王坝人愤怒了，上前要跟那个出言不逊的人论高低。黄大发赶紧站起来吆喝道，谁敢耍野？咋啦？黄大发冲草王坝村民呵斥道，人家是骂你了？骂你又怎么样啊？你在人家地盘上动土，你们有啥耀武扬威的？啊？

张元华等人被黄大发训斥后，很不情愿地退下阵来。但黄大发这一顿劈头盖脸的批评草王坝人的气势，让那些闹事者反倒一下感觉有些不知所措了。领头闹事的那个人似乎不甘这种结局，便站到黄大发跟前，说，你是黄大发？

嗯，我是。大兄弟，你看我们有啥做得不妥的地方你多包涵……黄大发一副笑脸和诚恳。

包涵？这事能包涵得了吗？闹事者的火气一下升高了，你把我们家的龙气给震散了知道吗？

哎哟！真有这事？黄大发惊叫一声，立马站起来，连鞠三躬，表示致歉。

别来这一套！不管用！你几个鞠躬顶屁用！我家的龙气冲坏了，你们必须抵冲！闹事者道。

咋个抵冲？黄大发仍然笑言相对。

我问你呢！闹事者勃然大怒，把喘着粗气的鼻子差不多已经对上了黄大发的鼻尖——现场气氛骤然紧张。

其余的双方人员都已捏紧拳头与“家伙”……一场血拼眼看着就要爆发。

兄弟息怒，息怒！千万别在这儿惹怒了山神，有话我们好说。黄大发还未把想要说的话说完，怎知对方有人带头抡起铁锤，就朝草王坝人刚刚筑好的石渠沿上猛击一阵，顿时那砌好的渠壁“稀里哗啦”地倒塌一片……

你们怎么能毁掉我们的水渠？你们想干什么？张元华等草王坝人急了，举起钢钎、扁担等欲上前拼个死活。

不许动！黄大发突然一声吼，那声音之大、之威，令在场的所有人一怔。但，这并不能制止闹事者，他们说，黄大发，我们知道你草王坝穷得除了想挖渠道外，一点儿狗屁的东西都搬不出来！今天你不说出个赔金山银山的道道来，我们就叫你的狗屁水渠翻个个你信不信？

说话间，这些闹事者继续狂砸刚刚筑好的水渠……

张元华等草王坝的男人们怎受得了这般耻辱，钢钎与扁担组成的反击队伍，三步两步地奔到了闹事者面前。

干什么你们？谁也不会想到，年已六旬、身材矮小的黄大发，此时像一头顶天立地的巨兽，以迅雷不及掩耳之势，出现在两支对立的队伍面前，他的那一声吼，在大山里久久震荡，又迅速折回，犹如巨雷般击得每一个在场者的胸膛在颤动……还愣什么？滚啊！黄大发用特异的目光给了张元华一个暗示。

我——我走……张元华先是一愣，然后立马折身从紧张的现场

“败阵”而撤，一溜烟往山上跑去。那样子，在外人看来，绝对是“落荒而逃”。

你们呢？还想干啥？黄大发又冲自己的村民们斥道。

村民们见自己的村支书如此怒威，只得放下手中的“家伙”。这一下那几个闹事的人觉得自己一下长了威风，随即将黄大发团团围住，责问他，你黄大发今天想把整个事都揽下来可以啊！说吧，你要渠还是要命！

黄大发听这话后，摆摆手，说，都不要说话太绝，是我们草王坝做错的事，我身为草王坝的支部书记，我承担全部责任，与其他村民无关……

那好，既然你承担，你们现在把我们的龙气冲坏了，你说怎么个弥补、赔偿吧！闹事者又把圈子围小了一圈，几乎所有人喘出的气都可以喷到黄大发的头顶！

弥补和赔偿肯定都得做，都得有。可你们都知道，我们草王坝穷的那个样，现在真是赔不出啥东西来。只有等我们的水渠修好了，大伙的日子富了，我保证加倍给你们赔偿、弥补……

别尽说好听的废话！现在就问你一句话，是要命还是要渠？还没等黄大发把话说完，几个闹事者已经上手将黄大发的一双胳膊架了起来，他们像老鹰抓小鸡似的将他悬吊在半空。

我——我啥都想要。黄大发的声音听上去没有一丝颤抖的，非常镇静。他喘着气，继续说，可你们不会让我啥都想要的呀，所以今天我只能选渠道，这渠道是我们草王坝人的命根子，也是我黄大发梦想了一辈子的事，我不能把渠道丢了。剩下的我只有一把老骨头了，只要你们能保证这渠道顺顺当当地通过这里，我愿意把老命给你们任意处置。

黄大发啊黄大发，你真是嘴比山崖还硬！再问你一句，到底你要命还是要这破渠道？

命只能听天、听你们诸位了！渠道绝对是要留住的。悬在半空的黄大发闭着双眼这么说。

好嘛，那也不能怪我们了，你不是要渠不要命吗？好，看我们怎么着你——来人，把他绑起来！

干什么你们？快放下老书记！就在这当口，突然不知从何处跳出五个穿制服的民警。

命悬于一线的惊险场面，一下变了另一种气氛……

黄大发“以命抵渠”的消息不胫而走。水渠沿途原本想捞一把的那些人这回纷纷前来与黄大发和草王坝人“热络”起来。这时的黄大发又是鞠躬又是拱手地对人说，咱草王坝修渠给邻居和周围的村民带来不少麻烦，该还的情，该赔的物，我们一分一毫不会少的。只求好邻居容得草王坝一点时间，我黄大发说话算数，若有半句谎言，雷劈山压！

而且，就在修渠当口，黄大发几次带着村委会主任张元华等干部，到修渠沿途的那些家庭困难的农户，送食送衣，掏家底进行慰问。

山里人本就实在，黄大发一片热心热肠的行动，如春风沐浴冰寒大地，很快解开了沿途因为施工而产生一些矛盾的邻村村民的心结，石渠在一声声激昂的劳动号子与如雨的汗水中向前延伸着……

现在你们该明白为啥我总说，既然我们想让渠道通水，能吃上白米饭，那就得让石头也要长眼睛。在漫漫的背炸药路途上，黄大发一边迈着沉重的双腿，一边低着头，向走在他后面的几位村民唠叨着。

老支书，我寻思着，如果不是你几番出场，他们才不会轻易放我们过他们的山崖与地盘呢！唐恩良说。

人心都是肉长的，你给人一份温暖，人家就会心里高兴。再说，我们修渠跑到了人家的地盘，人家本来好端端的，可你去闹人家、砸人家，人家不生气才怪！换了我们不也一样嘛！没准比人家更凶，更要别人命！黄大发这么一分析，草王坝人没有一个再怨天怨地怨他人了。

唐恩良更是感动道，老支书，我这辈子算服你了！跟着你走，就是跟着党走！一走到底，走到水渠通水，走到吃上大白米饭！

你这个小子，就这么点出息啊！黄大发半弯着腰，捡起路旁的一块小石子，往一溜烟走在前面的唐恩良扔过去。

哎哟哟，扔痛我了！扔痛我了！唐恩良佯装受了大伤似的在前面叫喊起来。

你小子，不给你点疼才不知道别人的恩呢！黄大发带着几分疼爱之心，这么说道。

老支书，你这把年纪了，把背炸药的事交给我就得了！干吗非要亲自干呢？唐恩良几次看着黄大发弯着腰、背着竹筐篼，整个人儿都快擦山岩时，心疼地劝道。

从水渠工地，到取炸药材料的地方，来回一趟就是三四十里路，且都是崎岖弯曲的山间羊肠小道，每一筐炸药材料，都有五六十斤重，就像唐恩良这样年轻力壮的村民走一趟也得三五天才能缓过劲。而在施工爆破最紧张时期，黄大发每三五天就要去背一次。有人说，干吗不用车用马去驮一次多拉些回来嘛！黄大发告诉我：一是当年对炸药材料的管理是非常严格的，不会一下让你多取，也就是说只能根据你的施工量来定量供应；二是黄大发知道炸药雷管等这类危险品是不能有丝毫的丢失与缺斤少两，这关系到的就更多了，甚至是生命安全问题、工程安全等等。

所以他才坚持要自己亲自去。村委会主任张元华说。

你可不知道，当时政府对炸药一类的材料管得不是一般的紧，而且一般搞运输的人又不敢揽这活。原平正乡乡长商顺模至今还记得，有一回乡里为草王坝修水渠批准给 50 件炸药材料，过路的汽车没有一辆敢拉。要等村子里的马车来拉，得绕路多走几十里，会影响工地开山爆炸的施工进度。黄大发二话没说，背起两件就走。那得几十斤重哪！商乡长说起这事，满是感动。我有几次都是亲眼所见，黄大发到乡里背炸药，都是赤着脚的，我问他为啥连鞋都不穿？他笑笑，说，走长路、山路，光脚是最好的。我一瞧他的脚板，全是血痕血迹和血斑……看着心疼和难过啊！

这算啥事！黄大发听我问他这事时，淡淡一笑，说，当时我一心想的是赶快把水渠修起来，通上水，能把这事做成，我苦点累点算啥？就是搭上这条老命也值得。我就是这么想的，所以不觉得苦。

黄大发说这话时，脸上都像乐开的花一样，丝毫没有作秀和假意，是那种从内心泛出来的情感。

而我知道，为了修这水渠，黄大发吃的苦，所干的事，有些是他人无法想象得到的——开山筑渠，两样物资最离不开：炸药与水泥。这两件物资在当时的贵州遵义，属于紧缺物资。前者我们已经说过，它不仅紧缺，且涉及危险与安全诸多方面工作；水泥相对简单，但水泥在水利工程特别是黄大发的高山悬崖上修渠，其用量之大，再加上严格的使用标准和要求，又是一项十分繁重而艰巨的物资与技术问题。黄大发说，对此他必须亲力亲为。

第一次修渠失败，根本上讲就是因为没有水泥这个基本材料。黄大发说，这回修渠时，上级政府给了我们水泥等物资供应，这对草王坝人来说，水泥好比我们的生命一样金贵。我得把好这一关，用好这金贵的东西。

为了用好这“金贵之物”，黄大发可是做到了倾心倾力——

几乎每次到区里拉运水泥，他都要亲自赶着马车去。一则他去后人家能够保证及时给他。黄大发修渠，精神可嘉，他的名声好，供应商不会压他拖他为难他，所以他亲自去拉能够节省施工时间，保证前方用水泥不耽误工程进度；更关键的是，他亲自去拉能够做到尽量不浪费半两水泥。

他黄大发每回来拉水泥，眼睛瞪得最圆，生怕我们少给他半斤一两；回到村上，卸货时他要把车厢内打扫得干干净净，哪怕一丁点儿也要入库。给他供货的人和村里的群众都这么说。有一回拉水泥的马车陷在离草王坝 30 多公里的一个水坑里，怎么也出不来。此时天已黑，这对前不着店、后不着村的黄大发来说为难了，赶车的并不是草王坝人，人家一甩手就去找附近的农家借宿了，剩下黄大发一个人无计可施，问题是他怎么能舍下一车子水泥而不管呢？无奈的他，丝毫不犹豫，这一夜，他在水泥包上来了个露宿，与野山里蚊子“搏斗”了十来个小时，直到第二天找来帮忙的人，才让黄大发的一车水泥和他本人完成了“突围”……

说起“水泥”的事，黄大发的老伴徐开美说，你问修渠道时他背水泥的事？他就这么个人，凡是困难的事，凡是要紧的事，凡是别人不愿干的事，他就抢着去干，甚至一个人去干了。两次修渠道，都是靠人拉肩扛的。不只拉水泥，还有钢筋啥的，都是从几十里外背到工地上的，那时通草王坝的路只有小山路，就是有汽车都进不来的。都是他带着大伙靠两只肩膀挑进来和扛进去的。我心疼他的是，跑几次脚上就全是血泡了，都破了，后来结痂的伤口还没有好，他又去了。有一次回来，给他脱鞋时怎么也撕不开，后来泡了热水才撕开的，那脚再往水里一放，水一会儿全变成红的了……我这心疼哟！叫他能不能休息两天，他就朝我瞪眼珠，说你知道我两天不去工地会出啥事嘛！要是出了啥事，我黄大发能对得起谁嘛！几十年的修筑里，他每天早上出工是第一个，收工又是最后一个。没有一天不是这样，碰到山上施工困难时，干脆他就几天、几十天不着家。我就给他送吃的换的，他根本不顾家，也顾不上。我不埋怨他，只是心疼老头子。

徐开美老婶子开始是笑着跟我“闲说老头子”，后来是声音凝重地“诉说老头子”——

拉水泥、背炸药时双脚留下的伤口还没有愈合，他又在山上天天踩在水泥和黄沙里盯着拌水泥、砌渠壁的事。老婶子说，那些活本来是各家各户、别人的事，可他不放心，几乎所有拌水泥的事都要在现场看着人家怎么放水泥、放多少，是不是缺斤少两，是不是拌和搅匀了，多数时候他就踩在水泥和黄沙里自己拌，那一双脚，天天红肿得像条烫伤的猪腿，我管他，不让他再干那些活，他又瞪着眼对我说，知道为啥我第一次领着大家筑渠失败了吗？就是没有水泥，就是光用了黄泥巴砌渠壁，它不管用，照样渗水漏水。可你知道，现在用水泥是好，但如果比例不对，黄沙和水泥拌和的比例和时间不对的话，照样还会渗水漏水，如果这回渠道修到了草王坝，可到时水仍然进不了村里，你让我怎么向村民交代？我这条腿算啥？就是这条命都不算啥。可水泥与黄沙拌不均匀，拌不合格，那可比我黄大发的命不知要紧的多少倍啊！老伴你说说我的腿算啥？算啥呀！

老婶子说到这些事，已经在抹眼泪了。但说起“水泥”的事，还有让她更不愿提起的事——家里的老灶头有个地方掉了砖，我就想抓一把水泥再拌点泥巴，给老灶头补块缺，也能做顿好饭给老头子回来吃或招待个上面来的干部啥的。水泥就放在我家里，我这么想着，就让唐恩良小辈子帮我抓一小把水泥，结果被老头子看见了，冲过来把我手里的水泥抢走了，还不罢休，还臭骂了我一通。我好冤啊……

他几十年都在山上修渠道，自己累成那个样不算，家里的事从来不管，我整宿整天地提心吊胆，最怕山上传来话说出啥事了。可为了一把水泥，从来不向我发火的他，竟然骂了我……

年近80的老婶子在我面前哭泣，实在是一件叫人心酸、心痛和无奈的事。

这一天，徐开美到后来竟然收不住哭泣了，我惊愕而又不知所措。旁边的几位老村民，悄悄地朝我示意，意思是说不宜再问老人家了，由此我赶紧断了采访。

何作家你可不知，我们的黄大发为了修这条渠道，他的二闺女23岁就死了，13岁的孙子也夭折了……

啊！我惊得张了半天嘴。不是说黄大发带领村民靠一手一锤修渠30余年，在千米高山上挖了几十里路长的“大发渠”，竟然没死一个人、没重残一个村民嘛！

是这样。这个是奇迹。但在修渠中间，他黄大发第一次修渠时，那1961年出生的大闺女在他修渠最紧张的岁月里病死了。如果说那时是因为穷、因为孩子的病没及时赶上治，而让黄大发失去了一位亲人，这是那个年代许多家庭都可能会遇到的不幸，作为活着的人也许还能有些理由安抚内心的伤痛的话，那么第二次修渠时，黄大发一连失去最疼爱的23岁的二闺女和13岁的大孙子，这般打击与痛楚，让一位铁石心肠的大山汉子差点崩溃……

黄大发修筑天渠，何止皮肉之苦、筋骨裂碎和精神劳累，他的心、他的神、他的情，更无时不在经受着常人难以想象的痛苦与折磨，那种痛苦与折磨，有时如狂风暴雨的鞭抽，有时如抽筋扒皮的钻心切肤，有时如烈焰燃烧般焦煮，有时则如惊天巨雷在头顶突然爆响……黄大发，一个小个头男人，30余年里，他为修渠而经受的这类打击与摧残，岁岁月月都有，有时甚至一天一次、一天几次！

第五章

惊天动地的“两弹”功勋

他是一个特别神秘又特别有趣的人。他一生口头上说得最多的两个字就是“有趣”。而他从事的工作，就是国家最“有趣”、也是最高机密的事：研制核武器。

他实实在在、全程地参与了中国的“两弹”研制——原子弹、氢弹。在一长串功臣人物中，他的光芒可以用“无人可比”四个字来作定词，因为他是王淦昌。

一直以来，“王淦昌”这个名字多数中国人并不熟悉，就是因为在“两弹”工作开始到成功及之后的相当一段时间里，对从事这项工作的专家们的情况是保密的。多数重要的科研专家，是绝不允许公开身份，唯有钱学森、钱三强等少数担任国家领导职务的人是例外。而真正负有核心任务的一线科学家们必须长期隐姓埋名，王淦昌在这些大科学家里，可以说是排在最需要隐姓埋名的第一二号人物，因为在他受命从事领导核武器试验前，已经是世界著名的物理学科学家了，世界同行中都知道中国有个“最有希望获得诺贝尔奖的人”（上世纪五六十年代的美国纽约时报多次这样报导说）。

让我们还是回到当年王淦昌他们进行原子弹研制的惊心动魄的秘密历程吧。

当王淦昌从朝鲜战场回国，似乎还未来得及拍尽战争硝烟留在衣服和皮肤上的残味，一天，又被通知到二机部部长办公室开会。

什么事这么急呀？王淦昌走进部长刘杰的办公室时，见老朋友、好搭档钱三强教授也在。钱三强此时是二机部副部长兼原子能所所长，王淦昌内心的紧张似乎减少了一半。

“王先生，今天请您来，想让您做一件重要的事情。请您参加领导原子弹的研制工作。”刘杰部长开门见山，“毛主席和党中央已经作出决定，有人想卡我们，我们就要争口气！”

我们中国也要造原子弹？！王淦昌一阵激动，他看看钱三强。

钱三强朝他重重地点点头。

这是真的了！王淦昌只觉自己的手心热得很。作为核物理学研究专家，能向真正的原子弹进军、造出一颗实实在在的“家伙”来，这可是王淦昌的一生愿望，而这不是所有从事核物理学研究的科学家都有这种机会的。你如果在一个小国家，你怎么可能有造原子弹的机会呢？你如果是在一个穷国，你也恐怕难有机会造原子弹，哪有钱去烧呀！造核武器就是烧钱、烧大钱的事儿。但你在强大的国家里，你也同样未必可以直接参与制造原子弹的。造原子弹是任何一个国家的最高机密，参与核心工作的专家，都是核心之核心。美国当年造原子弹的人几乎无一例外被与外界隔断十年八年不等，在这期间这些人连同他们的家人和亲近的人，都要受到情报部门和军方的最严厉“管控”，甚至稍有违规，就受到惩罚。

原子弹的研制秘密从来就是一个国家比选举总统还要重要的事情。

现在，中国也要制造原子弹了！王淦昌能不高兴吗？没有原子弹的国家一定不会是个真正的大国，没有原子弹的大国即便人口超多、国土面积超大，也没有用，也仍然是受人欺负的弱国、小国而已。

王淦昌的思绪此刻激荡无比，联想多多……

“毛主席给原子弹研制工程定的代号是‘596工程’，是国家最高机密，从现在起必须长期隐姓埋名，不得跟任何人透露你的工作，即便是家人。还要断绝一切海外关系。”刘杰部长和钱三强同时用目光看着王淦昌，期待满意的答案。

知识分子出身的王淦昌，像刚入伍的战士，站起身来，毕恭毕敬地向刘杰部长和钱三强保证：“行，我能做到！”

“好！我们相信你能做到。”刘杰和钱三强顿时对视着笑了，请王淦昌坐下。

“为了工作需要，不用真名可也得有个化名吧？总不能叫王先生阿狗阿猫呀！”刘杰的一句话，使气氛异常的办公室里响出了一阵笑声。

王淦昌又噌地站立起来。他眨了眨眼睛，说："就叫王京吧。北京的京，怎么样？"

"好呀，王京同志！让我们一起为中国研制出原子弹吧！"刘杰高兴地上前握住王淦昌的手，一旁的钱三强也把自己的手放了上去……

从这天起外国科学界发现，即将要拥抱诺贝尔奖的著名物理学家、反西格马负超子的发现者王淦昌一下子"消失"了……

"咚——！""咚咚——！"

不知什么时候开始，在河北怀来县的燕山脚下，周围的百姓突然每天都能听到这阵阵震耳欲聋的爆炸声，随着隆隆爆炸声，总有一条"火龙"带着长长的尾巴窜出古长城，直刺天际……直到八十年代，这里的百姓才知道，原来当年一声声奇怪的爆炸和一条条"火龙"，都是科学家们为了研制原子弹进行的"小爆试验"。燕山脚下的这块当年的神秘爆炸地就是中国核试验历史上有名的"十七号工地"。

王淦昌和他的手下曾在这里前后进行了数年的几千次核小爆试验。今天当我们从历史的镜头中看到原子弹那巨大杀伤力时，很难想象得出最初的核爆炸竟与"囡囡玩爆竹"（王淦昌语）没什么两样。但研究原子弹的专家们知道，要成功进行杀伤力巨大核爆炸之前，这种不装核材料的"冷爆炸"是必不可少，而且是极其重要的。在神秘的"十七号工地"上，王淦昌指挥着中国核试验前的一系列土法"冷爆炸"。"我们开始什么都不懂，就知道按王淦昌先生他们提出的方案在沙丘上一次次地刨坑、装炸药，然后引爆……粗看看不出那是什么伟大的核试验，就跟我们打日本鬼子、跟蒋介石国民党军队干仗差不了多少。”一位参加引爆工程的老战士这么说道。其实，这些看起来很土的爆炸试验，科学家们心里明白这到底是为了什么。

当时，负责核心技术的科学家们进行着两大系统方面的决战：一是原子弹的整体理论设计；二是王淦昌他们的实际爆炸试验。“十七号工地”是完成后一任务。统率这支“爆炸队伍”的除王淦昌外，还有郭永怀、程开甲、陈能宽和苏耀光等人，都是实验物理学、炸药学、电子学方面的权威人物。在他们手下，有方正之、钱晋、任益民、陈党宜、刘长禄、林传骝、孙维昌等数十位有专长的年轻人，组成两个小组进行操作性的爆炸工作。工作条件的艰苦程度难以想象。大家都吃住在帐篷里，工地又正好在风沙口上，有时一顿饭会逢上几次刮沙，一碗饭里半碗是沙。可小伙子们谁都没怨言。为啥？一方面他们知道这是在为国家从事一项最光荣和了不起的事业，一方面像王淦昌这样的大科学家与他们同吃同住，甚至有时比他们过得还要艰苦，还说什么？

然而核试验毕竟不是“囡囡玩爆竹”，特别是原子弹爆炸实验中一个关键性的技术就是怎么实现炸药的内爆问题，即如何使外层高能炸药爆轰后所产生的冲击波符合内爆的要求。这中间会涉及流体动力学等其他学科，王淦昌是实验物理的高手，但流体动力学等毕竟不是专长。作为总技术负责人，他必须对每一门所涉及的技术有足够的熟悉和运用能力。

“王先生，今天我们的爆炸试验比前几次有了大的进步，但似乎仍不能达到特别的效果，我以为由于内爆的时间差的要求极高，必须制造出一种平面波和曲面波发生器，这样才可能使内爆的时间差得到相应控制和把握。”

王淦昌对助手们提出的问题认真地思索着，这个问题使他整整几天没有停止过一刻的分析和思考。“啊，有了，我们可以采用‘炸药透镜法’，即高低爆速法。简单地说，就是用高低爆速炸药透镜把发散的球面爆轰波高速为平面波，再使爆轰波从平面变成曲面。你们看……”王淦昌拿过一支笔，随手就在一张纸上画了起来。

“哎，圆乎乎的，正像个‘胖子’。”不知谁说了一句，惹得大伙都把头凑到王淦昌身旁，“这不，还真像个胖子哩！”

“嘿嘿。有趣，是有点像。”王淦昌又一次露出天真的笑容，说：“那就叫它‘胖子’吧！”

其实，像这样在一个个试验中创立的新技术、新方法，后来连王淦昌自己都记不清到底有多少了。原子弹太复杂，从孩子那样捏泥团团到将几十吨的庞然大物送入高空成功爆炸，王淦昌和无数科学家所付出的艰辛和探索不知其数。

“王先生，十七号的试验进展如何？能不能跟上前方需要？”

1963 年初的一天，王淦昌再次被周恩来请进西花厅。

“报告总理，我们刚刚完成一次微缩原子弹模型爆炸试验。一切正常。”王淦昌习惯地拍拍身上的尘埃，用科学家的准确语言向周恩来报告。

“好，太好了。看来我们有希望按照毛主席要求的时间完成原子弹的成功试验嘛！”周恩来兴奋地握住王淦昌的手，“下一步王先生看来又得让你更辛苦了。中央已经正式决定，你们在十七号工地上的试验要搬到西边去了……”

王淦昌听了很激动，他明白周恩来所说的“西边”，就是原子弹的引爆地——他和千千万万参与原子弹研制的科学家们向往的地方——罗布泊。

研制原子弹的工作紧张而艰苦。高原上的每一天都是一场生死战斗。五十余岁的“王老头”，跟着一群年轻人天天滚打在恶劣无比的环境下，这也让王淦昌在原子弹试验场上有了无人可比的威望。

遵照中央的指示，王淦昌和同事们几年来日日夜夜盼望成功的原子弹爆炸试验就要进入最后阶段了。地址：罗布泊。

呵，罗布泊，“死亡之海”！在王淦昌心目中，罗布泊却是个“希望之海”“生命之海”。为了让自己亲手研究的“小太阳”在罗布泊诞生和燃烧，习惯用数字来演奏生命进行曲的王淦昌，时不时哼出几声“罗布泊，罗布泊，你是心中的太阳，梦中的维纳斯……”

为什么要选择罗布泊那样的“死亡之海”进行举世瞩目的原子弹试验？王淦昌对我近似天真的问话只是淡淡一笑，说那儿没人，炸起来不会伤着什么。说来也巧，世界上第一个成功试验原子弹的美国人，当年选择的试验地也是“死亡之海”。王淦昌对美国人搞的那个“曼哈顿工程”心里是清楚的，美国将军格罗夫斯为了让自己的国家在二战后成为称霸世界的头号国家，要求奥本海默领导的数十万研制人类第一个核武器的勇士们最先完成的就是能吃得起和经受得起“死亡之海”的苦。但这还不是主要的，主要的是科学家给研制核武器的决策者一个信息，即原子弹的威力有可能使某个地区在瞬间彻底毁灭，因而不可能在任何有人类生存与集结的地方进行试验。当然，把一种新的威力无比的科学实验放在一个保密的状态下进行也是最重要的考虑因素。美国人当年研制原子弹时并没有告诉外人，他们在他们的“死亡之海”——阿拉默果尔地区爆炸第一颗原子弹时发了一份公报，谎称是“一座装有大量烈性炸药和烟火的军火仓库发生了爆炸”，直到 20 天后的 8 月 6 日广岛十几万人葬身火海，阿拉默果尔的原子弹试验场才不再成为被封锁的绝密地方。

中国同样不例外。罗布泊的选择与保密是中国政府的最高机密。

关于试验场地上的艰苦情形，王淦昌院士后来有过回忆。他说：“其实，比起饿肚子，真正艰苦的还是环境条件。基地在青海湖东边的海晏县，那里平均海拔在 3200 米以上，属于高寒地区，冬天很冷，风沙又大，气压低，水烧不开，馒头蒸不熟，走路快了要喘气，尤其是像我这样五十多岁的人，本来肺就不好，时常靠吸氧维持。但我不可能管自己身体那么多，必须到每个关键地方去检查，去落实，去一次次叮嘱，去一次次亲自看着每一个细节……原子弹的研制和试验，涉及几十个部门、几万人队伍，你哪个环节出了一点点问题，就会影响整个研制和爆炸结果。我是现场技术总负责，出了问题肯定我是第一责任人。我不出力、不吃苦，谁出力、谁吃苦嘛！”

“我常对年轻人讲，搞科学研究的人，特别是从事我们这样的国家核心机密的核武器的，不吃苦几乎是不可能的事。我们甚至在需要的时候过原始人的生活，这是核试验的条件所迫，你就得有这方面的准备，牺牲都必须准备，何况吃点苦！”

五十多岁的“王老头”就在这样的核试验现场给年轻人和全体部队官兵做榜样。基地上，曾经流传过“向王老头学习”的口号。

“有趣！他们竟然叫我‘王老头’了！我老了吗？我是王老头吗？”有几次，王淦昌打趣地问同事们。

“论年龄，你是整个基地的老头了！但论干劲，你是青春常在，永不见老。”有小滑头的干部这样回答他。

“有趣。你这样是在表扬我，还是在批评我呀？”王淦昌用手指头点点这位干部，然后自己哈哈大笑起来。

他就是这么一个可爱、可敬的“老头”——50来岁，在今天有时还会被当作“青年”，可在当时，在那高寒的青海湖边，一群年轻的原子弹试验科技人和军人队伍中，王淦昌是可贵的年岁最大的“老头儿。”

有一位国家领导人曾这样评价过王淦昌，说像王淦昌这样只知干活不求回报不计名利的大科学家，在世界上也是极少极少的。我们用王淦昌，就像用自然界的水和空气一样，好像根本没有想过一分钱的成本。

王淦昌就是上帝赐给中国科学事业的“空气”与“水”。

到达戈壁滩后王淦昌发现，这儿的一切远比王昌龄写的诗要苍凉和可怕得多。先说睡的地方，根本找不到一间房子——几万人集结的一个地方竟然没有一间房屋。然而，在我们这位老科学家的眼里，新中国和毛主席太了不起，一声号令，把整个“困着的”戈壁滩给“弄醒了”，而且到处“蛮开心”。王淦昌那腔常熟话细细听来很叫人解乏。在当时“上无飞鸟，下无走兽，只有我英雄战士”的试验基础上，任何一样东西都可能引起大家的一阵不小的欢乐。

“王老，你得住进‘高间’。”一到高原，基地司令和先前到那儿的李觉将军就把王淦昌接进被基地同志们叫做“高干房间”的石头房子里。所谓的“高间”实际上是战士们用小石头垒起的 3 间 10 平方米的掩体建筑，这是专门为军委领导准备的。

王淦昌说什么都不愿住进去。“我同大家一样，不搞特殊，帐篷很好。大家能住我为什么不能？”王淦昌说啥也要搬到帐篷里跟他的“娃娃博士”和朱光亚这些年轻人住在一起，而且还加了一条理由，“我们可以随时研究问题”。

战士们背后都叫王淦昌是“王老头”，王淦昌并不在乎，反倒经常跟那些小战士们开玩笑：“你们得好好谢我这个老头，这不，我一来你们的伙食就改善了！”原来，根据基地张蕴钰司令和李觉将军的指示，对王淦昌等科学家的待遇要像对待基地最高首长一样。因此王淦昌每到一地检查工作，有关单位的领导就把平时不舍得吃的好东西都拿出来招待，战士们趁机也能改善一下，故而大家特别盼着“王老头”出现。还有，“王老头”自己根本吃不了几口，好吃的都留给大家。

大家喜欢王淦昌的主要原因还不在这里，基地的上下都清楚，中国的原子弹什么时候真的开始爆炸试验，这只要看“王老头”的工作情况就明白了。别说是根本不掌握高级机密的普通士兵，就是基地司令也得看王淦昌他们的工作进展才能判断什么时候“争气弹”该耸立于长空了。

有人说：“基地机密虽多，但有‘王老头’这个活晴雨表，我们不比司令员知道得少。”这话多少也能说明一些问题。

王淦昌到基地一线是周恩来总理亲自过问的事。“你不去我不放心。”周恩来对王淦昌有过这样的交待。仅凭这么一句话，王淦昌肩头的担子便可知其分量。

当时他的主要工作是抓缩小尺寸的局部聚合爆炸实验。由于戈壁滩基地特殊的环境所决定，各种车间、工号、实验场相距都十分远，常常为办一件事情，得清晨出发，晚上才能赶到。远望戈壁滩似乎平展如镜，可当你坐在吉普车上飞速行进时，屁股就像坐在搓板上一样难受。年近花甲的王淦昌几乎每天都得在千里宽阔的戈壁滩上来来回回奔波。

1963 年 11 月 20 日，这在中国原子弹试验史上是应该记住的一天。这一天，虽说不是正式核爆炸，但却有着与核爆炸相似的重要。当时参加这项缩小尺寸的整体模型爆炸试验的人不多，可从技术角度而言，王淦昌心里明白：成功与否，意味着中国原子弹正式爆炸日的到来。王淦昌在获得中南海直接批准后，便与彭恒武、郭永怀、邓稼先、朱光亚等进入了紧张的实验实战。在那些日子里，王淦昌一天光跑研究室、车间和实验场就得好几个来回……终于有一天病倒了，血压一下高了起来，这可把基地上上下下吓坏了。

“你们怎么搞的？要是王先生有什么闪失，这怎么得了！”基地的人还没见张蕴钰司令这么严厉地训斥过部下。

“张司令，不能怪医生，我是上了年纪，有些高原反应罢了，不要紧的。”王淦昌赶快出来打圆场，为了不让大家担心，他有病也不多说，甚至当着众人的面连药都不吃。

“轰——”成功啦！成功啦！

缩小尺寸的实验性爆炸获得了绝对成功。王淦昌像年轻人一样，高兴得跳了起来：“好极了！我太高兴了！中国的原子弹可以正式进入爆炸准备了！”

1964年2月，中央一道命令，原二机部九所改为第九研究院，王淦昌被任命为副院长，继续主抓原子弹研制的生产与技术工作。4月，王淦昌和几位主要技术人员被北京派来的飞机突然接去。原来，周恩来总理亲自给他们下达了一项最机密的命令：“596”采取塔爆方式，于9月10日前做好试验前的一切准备，随时听从中央下达的正式爆炸的命令，要万无一失地做到“保响、保测、保安全，一次成功”。

“当时我们听了中央的这一精神，既兴奋，又紧张。兴奋的是多年的梦就要实现了，紧张的是假如爆炸试验中出一点差错，怎么对得起毛主席、党中央和全国人民呢！”王淦昌在事后的几十年，还这样感慨。

谁都企盼成功，但谁都不可能在没有失败的经历中获得成功。王淦昌曾经对自己的弟子说过这样的话：“我从不惧怕失败。正是一次次的失败使我激发了对下一次实验的兴趣。失败是成功之母，这是真理。”然而这一次没有失败，这一次不允许失败。虽然这对科学来说是有违规律的，但它必须是这种结果。你不管有什么理由，你一定得成功。这就是全中国、全民族给王淦昌等科学家的全部任务。

然而，就在各个系统按照中央确定的日子，全力准备在预定时间爆炸原子弹时，问题真的出来了！

“气泡！报告王院长，×××的三次模拟试验中出现了气泡！”这一天是“五一”国际劳动节前夕，基地本来对科学家们作出特殊安排：“五一”放假两天。但王淦昌没有休息，也无法休息。他刚从设在酒泉的原子能联合企业的工艺车间回到基地，一个紧急电话就跟到了他的屁股后面。

“我马上就来！”没有顾得上喝口水，王淦昌便带着卫兵和两名助手，又赶往酒泉。

“气泡事件”对当时整个原子弹爆炸试验带来不大不小的紧张气氛。基地上上下下都知道了要在当年的“国庆”进行原子弹实验核爆试验，这一严重的技术问题如果处理不掉，势必影响整个试验的时间表。能不急吗？

根据当时酒泉工艺车间负责人祝麟芳回忆：自一批浓铀 235 在兰州气体扩散厂生产出来后，经毛泽东亲自批准，第一套合格的铀 235 部件正式在酒泉原子能联合企业的工艺车间开始组合。这个铀

235部件是原子弹的“心脏”。原子弹是个比人的生命体更为复杂的特殊“生命体”，其“心脏”出现“气泡”就意味着爆炸试验彻底“泡汤”。不用多说，“气泡”问题已经牵动了无数人的心了。王淦昌赶到酒泉时，负责铀芯技术的物理学家姜圣阶总工程师早已忙得不可开交，并正在发动技术与生产骨干找问题找原因。大家一致的意见是：继续重复试验！

说来容易，做起来就比较艰巨和困难，当时我们国内即使是生产最精密的高新技术产品，用的却是最原始的设备。酒泉厂消灭“气泡”的整个战斗就是这个状况。技术人员和工人同志们土法上马，靠着真正意义上的自力更生精神，一炉一炉地重复着试验，一丝不苟地查找问题，终于在大家的努力下，彻底消灭了“气泡”这个幽灵。

“五一”清晨，原子弹的“心脏”——铀芯正式安装完毕，而且经王淦昌等科学家检测合格。

至此，中国的第一颗原子弹已经诞生。

“全体集合！准备行动！”此时，从中南海传来一声号令。这句暗语告诉所有参与原子弹试验与生产的部门，原子弹安装开始！各路兵马向罗布泊集中……

“我一定要去，不去心里不踏实。”在指挥部会议上，王淦昌第一个提出要亲自去西安和兰州等原子弹重要部件的安装与生产地护送“宝贝儿”到罗布泊来。

“王老，你年岁大了，有我各路精兵强将在，你还有什么不放心？”司令员张蕴钰和李觉院长劝王淦昌不要担当累差。但王淦昌说什么也不听："如今最后一步了，而且部件运送的安全与否责任重大，我是总管技术和生产的，出了问题怎么交待？不行，我一定得去！"

"好吧。王老要去，警卫部队的同志听着，你们要像保护原子弹部件一样一丝不苟保护好王院长，出了一点问题，军纪严处！"张司令员吩咐手下的一名师长。

这是真正的战斗。在"五一"节之后的那些日子里，王淦昌像接新娘似的从郑州、从西安、从兰州等生产原子弹部件的地方，率千军万马，将原子弹部件一个个护送到罗布泊基地……那都是一列列警卫森严的绝密专列，其警卫的级别与中央领导出访等同。每到一个站，全部清一色一级警卫，就连车站的负责人甚至当地的最高领导都不知专列上装的是什么东西。有一次回忆中王淦昌这样描述过当时参与护送原子弹部件的情景："我们都像天上掉下的神秘人物，不能跟车站或当地的领导同志说话，对方也不敢问我们一声是干什么的。有意思的是，那些保卫我的战士，只要我一行动，他们就左右前后地簇拥着，我真当了回大干部。太有趣了！"

大爆炸就在眼前。

6月26日，一座102米高的钢铁巨人在罗布泊湖边高高地耸立。这座由人民解放军124团等5000余名官兵苦战数月竖起的铁塔，是原子弹试验的最后地点。它的出现，意味着中国的原子弹爆炸试验已经进入倒计对。

9月中旬，王淦昌等基地技术与行政负责人全部被北京叫了去。

这无疑是党中央对基地最高领导层作最后的一次检查和动员，但爆炸时间却没有确定。“听中央和毛主席的决定。”周恩来总理在会议临结束时对在场的这些早已按捺不住的将军们和科学家们这样说，“在正式命令下达之前的时间里，我们不能有任何松懈，无论从技术还是从官兵的战斗情绪上，一定要一切从零做起……”

王淦昌和将军们如期回到罗布泊。基地所有人都明白，凭经验，中国的许多重要事件，一般都发生在“元旦”“五一”“七一”这样的喜庆日子。这回中央让 9 月 10 日前作好一切准备，这等于告诉大家：国庆前将进行原子弹正式爆炸试验！

……

“小太阳终于要闪光了！”王淦昌内心涌起一股难以抑制的激动。而作为现场的技术主要负责人，王淦昌又无法平静。在过去的几十天里，他和朱光亚、邓稼先、程开甲等已经不知多少次检查过每一个可能出现问题的接头、线路，或者装置，但毕竟这是第一次大爆炸，第一次真正的大爆炸，久经沙场的大科学家王淦昌心头紧张得直冒虚汗——他相信自己和同事们的能力，但他又担心可能会出现的问题。因为这毕竟是件太大的事了，只要有半点问题，就可能影响整个大爆炸，或者可能出现难以料想的可怕后果！啊，实在太可怕了！那绝对是不能想象的事！可又不能不朝那方面想一想。万一……万一怎么办呢？不，不能有这种万一，绝对不能有！可谁又能保证没有这种“万一”呢？

事后有人说那两天里的“王老头”真的像个老头，不管见什么人，都要不停地问你这到底怎么样了？那到底有没有问题？当别人清楚告诉他什么问题都没有时，他反倒又朝你瞪眼睛："你怎么就敢保证没有问题？"训完，他又自己蹲下身子重新检查，直到什么问题也没有发现才罢手，可等临要离开时，又在唠叨："再一起想想，看到底有没有问题呀！"

他心头的压力实在太大了！

14日傍晚7点20分原子弹放到铁塔，当那个巨大的圆锥体"家伙"傲然挺拔地耸立时，所有的人都紧张得有些不能自控，包括我们那些身经百战的将军们。

15日的一天是在检查再检查中度过的。大爆炸前的十几个小时是怎么度过的，我问过数位参加原子弹试验的人，他们都用了极其简单的"太紧张"或"稀里糊涂"这样的字眼来形容。好在我看到了张蕴钰司令员写的一篇题为《中国一日》的文章，他在文中细述了原子弹爆炸前那扣人心弦的情景——

……在10月15日那天晚上，我不知道在整个试验场区有多少人没有睡觉，至少在那个晚上没有人能像以往睡得踏实。多少年后我还记得那天晚上的月相：上弦月，呈半圆形，从顺时针方向看，右边发亮。试验场上几处强烈的灯光在朦胧的月色下却有些显得暗淡昏黄；我们住的帐篷内非常安静，听不见以往熟悉的呼噜声。在躺下之前我们都互相催促过，但能否真正睡着却又是另一回事。

第二天，我们的激动和不安似乎都已经稳定下来。按照张爱萍总指挥的指示，李觉、朱卿云和我在上午10时分乘两辆吉普车向铁塔驰去，很显然，铁塔上任何一项工作也不需要我们，更不要说伸手去干。对塔上操作的技术专家我们也没有丝毫的担心。但是过去我们总是怕它不响，现在却又担心假如在万一不受控的情况下“响”了怎么办？这种担心不是没有一点道理。我们这时来的目的，也正是在这里。在我们党内和军内有这个传统，就是在困难和危险的时刻，领导和同志们必须在一起。如果真的“响”了，我们和塔上的同志一起来个“太空葬”，那真是一种灿烂辉煌的荣耀，那时我们会成为最早庆祝我国首次核爆炸试验成功的人……

车到铁塔前，我们在警戒线外下车，简单地问候了值班的哨兵。李觉将军对上塔的同志说，张司令和朱主任都在下面，等一会儿再上去。我向操作吊车的卷扬机手致意。然后我们围着铁塔小步地来回走着，像在清闲地散步。不一会儿，李觉又钻进了铁塔旁的一间小砖房。这里安装着引爆电缆的电闸和一部与塔上通话的电话机。按程序，塔上正在进行接插雷管的工作，我在离小屋不远的地方席地而坐。太阳很好，碧空洁静，地面上有轻微的风。

对试验来说这真是一个顶好的天气。塔上缓慢地放下吊篮，几个操作手走下来，李觉将军从小砖房出来在铁塔下迎接他们。接着我和他登上吊篮，朱卿云主任留在塔下。

吊篮徐徐往上升，把我们送入了塔上的工具间内，为我们消除了身上的静电后，又登上了几级台梯才进入爆室。九院试验部副主任方正知和他的助手正在做最后的检查，他简单地对我们说："就完了。"然后又继续埋头检查。

这个核装置在安装时我已看过，现在再看忽然觉得它已经具有了活的灵魂，庄严、纯正，令人肃然起敬。检查完后，方正知在塔上的最后一件工作是合上了启爆电缆的电闸。我把墙上贴着的那张操作规程顺手取了下来，即时在上面签了字：

"1964年10月16日。张蕴钰。"

从塔上向四周眺望，极目所见的效应物都是静静地展开地雀地面上，整个情景就像是大战前的战场。

我突然摸了摸装在我口袋中的那把能够启爆这个核装置的钥匙。

在向下降落的吊篮里，我和方正知教授并肩站立，我们身材的高矮差不多相同，体态和面色也类似，只是他比我少一脸络腮胡子，他是一位很有成就的科学家，工作起来精力充沛，作风严谨，他的气质使他更像一个高级熟练工人，他的名字应该记在功臣榜上，使更多人记住他。

我们三人走下吊篮之后，李觉将军又特地嘱咐卷扬机手："请把毛主席像降下来，忘记了就是政治事故。"我们对面而立彼此相看着。这些日子在共同的工作中我们结下了深厚的友谊，之后不久他又回到他的青海大草原去。"苦命"的将军，一生戎马倥偬，从西藏到青海，从青海到罗布泊，在这里他才能够呼吸到充足的空气。他喜欢考古，一个念念不忘的心愿就是到周口店去考察那里的北京猿人遗址……

方正知教授又合上了小砖房内的电闸。从铁塔上的核装置到主控站的启爆电缆这时已经全部接通了，我又一次摸了摸那把钥匙，它还是那样紧贴在我的衬衣口袋里。

我们一起离开了铁塔，我的车是最后离开的。走出几百米，我又让车停下来，向塔看了最后一眼。这座铁塔在核爆炸后已经不再是本来面目，它的上部在那个惊天动地的瞬间化成了气体，塔身残骸扭曲着倒在地上，像一具巨大的恐龙骨架，更像一座造形奇特的纪念碑。22 年后，这里竖起了一个爆心纪念碑。其实，真正的纪念碑还是这座铁塔。

在返回途中我先到了主控制站，在主控站的领导同志还有基地的邓易飞副政委和基地研究所副所长程开甲教授。程开甲教授是 1950 年从英国归来的学者和技术负责人，是真正的一位老师。在试验各项准备工作就绪后，他曾不止一次地对我说："它不能不响。"他薄薄的嘴唇颤抖着，那样子像是在对原子弹祈祷。

在主控站，我将启动控制台的钥匙交给了在那里负责指挥的张震寰同志。

即将工作的启动控制系统是可靠的。主控站的门口堆放着许多沙袋，这些都是用来堵塞门洞的，以防止冲击波的压力。在上甘岭作战中我们也使用过米袋和面袋来构筑工事，今天这一方法又派上了用场。事实证明没有比这种办法更经济和更有利于争取时间了。

在主控站担任指令长的是忻贤杰同志。他学术一流，功底深厚，与人共事平易近人，是个很有声誉的研究室主任。今天，他带领这些科技人员将用自己的一双手去撞击这个世界。他1988年冬逝世时，我曾沉痛地向他遗体告别。

我来到白云岗指挥部的时候，张爱萍将军说“K1”指令已经发出。这时炊事人员送来包子，老远就闻到了香味，但吃到嘴里却一点也感觉不出来。吴际霖和我站在一起，这位核武器研制的领导者，我始终忘不了当时他的那种复杂表情，与平时的和颜悦色判若两人。

“K2”指令发出，我回到自己的位置。

“K3”指令发出后，仪器设备进入自动化程序。9、8、7、6……读秒的声音让我感到了一种无法形容的激动和紧张。我屏住了呼吸，我们面对着爆心的方向，戴着有深度黑色的防护眼镜，头朝下低着，等待着最后时刻的降临……

王淦昌这个时候在哪里?

在张蕴钰的视野里没有见到他的身影，这是为什么？这是因为王淦昌仍在布置一项项比司令员启动大爆炸似乎还重要的工作，那便是大爆炸后的科学数据的测试与采样——这是验证原子弹爆炸必须和最重要的事。将军和士兵们可以看到“蘑菇云”就算完成任务了，可对科学家来说，大爆炸仅仅是表象，获得各项数据和采集到各种样本才是根本的。王淦昌在忙着大爆炸前必须交代完的几十项细微的事。但毕竟眼前的大爆炸是最辉煌的，作为核武器的主要技术领导者，王淦昌比所有参加试验的官兵和将士们更期待亲眼看到自己研制的“小太阳”闪出万丈光芒!

一切安排就绪。但这并不意味就没有什么事做了。从决定16日爆炸试验倒计时48小时开始，所有技术问题已经全部准确无误地完成了。然而这不能按捺得住王淦昌那颗悬在嗓门口的心。

我与王淦昌先生本来有约，请他细说一下在原子弹爆炸24小时内的每一个细微的工作与他的心情。因他后来突然离开人世而未能实现。我从郭光甄、苏方学著的《娃娃博士邓稼先》一书中见到了有关王淦昌和他弟子邓稼先在大爆炸前的一段描写，可以一窥这位大科学家当时的情景：

> 当原子弹试验进入48小时准备程序之时，所有在场的人都紧张得几乎晕厥，其中最甚者数王淦昌教授和邓稼先。王教授总是不时地问身旁的人，某某测量仪器某个焊点牢不牢。他忽然于静思中惊叫一声，拉住人问，你看见那条导线按程序插进去了么？你确实看清楚了？没有丝毫差错吧？他甚至还要求打开已经贴上封条的工号大门，去检查线路，总担心有人不慎碰了哪条线路引起脱焊……

可以看出，大爆炸前王淦昌那根紧张得不得不绷紧的心弦是何等颤动！

是啊，庞大而无比复杂的原子弹工程试验中哪怕是一个焊接头、一根线路、一只螺帽的任何一点点的松动，便有可能使整个试验陷入可怕的后果！这样的问题，谁都不敢设想。可如果出现这样的问题呢？谁该负责？又有谁负得起这种责任？不管什么责任，不管负得起还是负不起，作为生产和技术总负责的王淦昌第一个跑不掉！

大爆炸前，他无疑是最最紧张和压力最最大的一个人。都说上了年岁的人不易激动，都说大科学家最沉得住气，但这回王淦昌比那些一二十岁的士兵更沉不住气了——“5、4、3……”读秒声使王淦昌的血压直线上升，似乎连心跳都停止了……

1964年10月16日下午3时，王淦昌在黑色防护镜下看到距他23公里远的爆心点突然闪了一道强光，只听一声惊天动地的巨响，随即大地开始剧烈地颤抖……在他前方有一颗硕大的火球轰鸣着、怒吼着，以雷霆万钧之势，携着百米高的沙尘，迅速托起一个蘑菇状烟云…

“成功啦！”不知是谁先喊了一声，于是躲在掩体里的千军万马齐声高呼，“成功啦！”“我们成功啦！”

那情景，王淦昌一辈子忘不了：士兵们纷纷摘下自己头上的帽子往空中扔去，将军们互相捶拳，科学家们抱成一团……他们喊呀叫呀，连王淦昌这样年纪的“老头儿”都兴奋得跟着年轻人在地上乱蹦乱跳。王淦昌突然感觉两眼模糊，用抹一抹，原来是泪水，是激动的泪水！

“王院长，我们成功啦！”

“王先生，我们终于胜利啦！”

邓稼先、程开甲等科学家们一齐围过来，一个劲地向王淦昌祝贺。

第六章

谢高华在义乌是座丰碑

说义乌小商品市场，有一个人是不能离开的，这就是谢高华，原义乌县县委书记。

谢高华，是 1982 年 4 月调任到义乌县当县委书记的，任期至 1984 年底。一个在义乌仅有两年多工作时间的县委书记，竟然成为了如今一直让义乌人民怀念的县委书记，这是不得不让我们深思的。

20 年前第一次到义乌时，我就采访过谢高华，知道那时的他就在百姓心目中具有崇高地位。那时我的文章中就有这样的记录：

“我来义乌便听说，前两年就有人自发起来集资，要为他们的谢书记立一座大理石碑，后来因为远在衢州过着退休生活的谢高华本人极力反对，才放弃了此事。”

20 年后的今天，当我再来义乌时，浙江省新任省委书记在

2018 年初的省委工作会议上号召全省干部向谢高华学习，其指示指出：要大力选树一批像谢高华同志这样敢于担当、积极作为的干部。

我知道，谢高华早已退休二十多年、离开义乌也有三十多年，这样的一位老干部，竟然还会被省委书记提出来号召全省干部向其学习，在浙江省，谢高华是唯一的一个。

省委书记提出向谢高华学习，正值 2018 年纪念改革开放 40 周年之际，是在浙江省召开的全省全面深化改革大会上正式提出的，其精神是“高举改革大旗、扛起改革担当，当好新时代全面深化改革的排头兵”。而中国正处在一个特别的历史发展阶段，国内国际各种问题交织在一起，形成了对发展的一种巨大压力。干部的工作状态直接影响到发展的趋势和方向。浙江省委在此时重提“谢高华精神”，其深意非一般。改革开放的总设计师邓小平早已说过：“没有一点闯的精神，没有一点‘冒’的精神，没有一股子气呀、劲呀，就走不出一条好路，走不出一条新路，就干不出新的事业。”正如浙江日报评论员文章指出的那样：“历史从来都眷顾那些与时偕行的奋进者、直面挑战的勇敢者、善作善成的实干者。回首改革开放以来的 40 年，浙江干部群众正是凭着一股闯劲，敢做前人没有做过的事情，敢做别人不敢做的事情，干成了许多大事业，闯出了一片新天地。而今，浙江已经进入全新的发展阶段：我们在越来越多的领域开始领跑，有越来越多的‘无人区’等着我们踩下第一个脚印。面对这样的新形势，广大党员干部特别是各级领导干部更要大力发扬敢闯敢冒的精神，把人民利益放在第一位，在利弊权衡的重大关头敢于决断，在深化改革的关键时刻豁得出去，当好改革的实干家，接力探索、赓续奋斗，把既定的改革部署进行到底，创造无愧于时代、无愧于人民的改革业绩。”

事实上，关于义乌市场最初的认识和开放，也是经历了一个阶段，这个阶段过程中的所谓“保守”与“开放”都不是什么简单的谁对、谁错的根本意义，而是当时整个时代造成我们许多干部认识态度上的不同而已。历史在后来证明谢高华做得更对、更实际一些，别的人犹豫和迟缓了，对义乌百姓摆地摊的开放行为上没能像谢高华如此旗帜鲜明，这在当时完全可以理解。

在谢高华到义乌任县委书记之前，关于义乌市场开放问题有过两次的“县长会议”，一次是 1982 年 3 月 9 日，另一次是 1982 年 3 月 26 日，可以看出，不足 20 天的时间里，就召开两次“县长会议”专门研究同一问题，证明当时自发的百姓摆地摊行为已经引起县政府领导们的高度重视。从会议记录的材料看出，以时任县长范华福和常务副县长吴璀桃为首的县政府领导们，对开放“地摊市场”是持正面态度的，而且是非常严肃认真地在思考到底如何在当时的形势环境下，有序地引导百姓“经商”——注意，那个时候提“经商”，实际上就是被批“搞资本主义”。义乌县政府领导能够高度重视，一次次听取工商部门对市场的认识和研究到底如何引领自发的“商贩”们的行为，其实是冒着极大的风险。后来的一些措施也是稳妥和积极的，比如“发证”，允许一部分有“证”的商贩继续合法经商，当然对无证者也采取了“取缔”措施。这在当时也是一种进步和宽松的办法。

“其实我们也是一只眼睛睁着，一只眼睛闭着……”有位老干部对我这样说。

这种态度在当时已经是非常可贵的了，因为实际上就是“纵容”了义乌百姓经商。

谢高华与这些义乌原领导的差别在于：他是旗帜鲜明地公开支持这个地摊市场的开放。

我们可以从当年的第三次“县长会议”的时间和内容上可以看出这一点：

第三次“县长会议”是1982年7月13日召开的，但是在这次会议之前的6月23日下午，新任县委书记谢高华主持了一次“常委会议”，出席这次会议的包括了县长范华福、常务副县长吴璀桃等七个常委。当时的会议记录有一段话，非常清晰地证明了谢高华来到义乌后对开放地摊市场的鲜明立场：

当列席会议的韩涛（县经贸办主任）汇报中提出，市场管理问题“稠城存在三多：经营工业品的单位多，除商业外，工交、二轻、社企都设了店；农民经商多，758户”摊贩没有许可证，待业青年只有49个，其余都是农民；小百货摊子多，459户是小百货，都是农民，大部分是义东区，还搞商品批发，与国家竞争，弄他不过”等问题后，谢高华书记旗帜鲜明地发表了自己对市场管理问题的看法。

他说：“要看到商业工作新问题、新情况。市场变化大，市场竞争激烈，我们国家执行‘以计划经济为主，市场经济为辅’的方针，实际上是有竞争的。义乌的市场是个很好的市场，很有发展前途（其间某某插话：农民经商太多!），某某，你这个看法我还不大苟同。义乌市场条件：一个是交通条件，义乌做生意比衢县强，我很感兴趣。那些不正当的东西，要慢慢扭，有个引导问题，从我们义乌的实际出发，我考虑商业、农业都可以搞。从把我们义乌搞富的大局出发去搞。怎么富？光搞粮食不够……我们要发挥我们的优势，商业是个很好的优势，对工农业业影响很大，积极支农，很好"

"市场管理问题，我看法是一大优势。要想法发挥。也有搞投机倒把，允许他什么？反对他什么，要搞清楚，不能把搞活的经济搞得死死的。中央的政策是搞活经济，长期不变。前几天在义东，我听到这个东西，我就宣传这个观点。义东农业并不错，也搞好农业，又搞好商业。我看这个市场就很好。要解放思想，我看这个就是优势。要搞好登记、税收。那些违法的，要打击，慢慢可以搞好……大陈以前没有搞这个东西，现在开始走新路，搞加工业。"

"义乌财贸，大有前途!"

上面的这些文字，是我从《见证——义乌市场三十年》这本书上原封不动搬过来的。它就是历史，也是证明谢高华在义乌市场开放初始与众不同而有特别鲜明的政治立场与态度。这个立场和态度既有他对照之前在衢县任职的体会，更有他来到义乌后在义东区等地实地考察所得出的结论，也有他对中央政策的正确理解。而我知道，这一立场的形成和谢高华为什么能够受到义乌当地百姓的拥戴，还有他在任县委书记时对市场中那些经商百姓们的直接关心、关注和关爱息息相关。

20年前的1998年10月底，我作为中国作家协会访问团成员，在义乌市参加中国小商品博览会期间，有幸见到并采访了谢高华本人。下面是当时写就的作品中有关与谢高华对话和采访的内容，它其实也是非常珍贵的“史料”——

现今卸任颐养天年的谢高华，比我想象中的传奇人物显得瘦小得多，然而谈起当年他在义乌的政治生涯，却是滔滔不绝——

“我是浙江衢州人，刚调任义乌时情况不了解，但对这儿‘鸡毛换糖’的传统却早有所闻。80多岁的老母亲听说我要到义乌工作，很心酸地说，儿啊，你干吗要到一个穷地方？就是老母亲的这句话，在我心头留下了阵阵隐痛。俗话说，为官一任，总得给百姓留点什么才是。义乌是个穷得出名的地方，我去后能有些什么作为呢？当时党的十一届三中全会召开不久，在下面‘左’的干扰还很严重，可是我到义乌后的感觉是，这儿的农民思想很活跃。外出经商，上街摆摊的不少。但由于当时的政策不太明朗，有关部门对这些现象一般都是采取‘批、打、管、刹’，百姓为此怨言很多，那天冯爱倩上我办公室论理，说真的是给我上了一课。她走后我一直在思考这样一件事：既然义乌有善经商的传统，而且百姓能从中改善生活，为什么我们不好好因势利导，网开一面呢？当我把自己的想法放到县委领导班子会议上讨论时，我没想到大多数人沉默不言，这是为什么呀？后来我才知道，正是因为义乌自古以来有‘鸡毛换糖’做些小买卖的传统，‘文革’中的历任领导甚至包括公社、大队、生产队的干部都一直遭上级的批评，原因是即使‘批资本主义’最激烈的岁月，义乌始终没断过有人摇着拨浪鼓偷偷外出‘鸡毛换糖’搞经营的历史，而且一些大队、生产队甚至公社干部带队外出。这在‘文革’年代当然是‘严重的政治问题’，抓住一个这样的典型，肯定没好结果。但义乌的同志又告诉我，在咱义乌，‘鸡毛换糖’的事，就像野火春风，你怎么打、怎么禁、怎么赶，它就是断不了根。我问那到底是啥原因呢？他们只告诉我一句话：穷到头了自然就得想法求活命呗！冯爱倩和这些干部们的话，给我当时的心灵上触动巨大，我决心要把义乌一直受压制的‘鸡毛换糖’经商风，作个彻底的调查，看到底是该刹还是该放。为此我发动县机关的一批干部，到下面进行全面的调查，听取各方面的意见。我本人亲自到了稠城、义东、苏溪、佛堂、义亭等许多村镇实地了解。因为我新来乍到，那时不像现在县里市里都有报纸、电视，我当县委书记的也没多少百姓认识，所以下去很容易获得第一手材料。但也有例外的，有一次工商局的一名干部坐在吉普车上跟我一起下乡，当地那些参与经商的人过去被工商局的‘打击投机倒把办公室’的人‘打’怕了，一见我们下车便纷纷出门躲避。我对那位工商局干部开玩笑说：‘不行，一两年之内，你不能跟我同行，否则连我都接近不了一个百姓！’”

通过调查摸底，大家汇总的结果是：50%以上的人以为开放经商市场没问题，应当大力提倡，40%的人认为问题不大，可以试着办，只有百分之四五的人反对。有了这个调查依据，谢高华在县机关大会上就提出："义乌的小商品经营不是一大'包袱'，而是义乌的一大优势，应当大力提倡和鼓励……"这话刚落音，会场上顿时议论纷纷，看得出大多数人是喜形于色，但也有人立即反问："可上面要严厉打击各种投机倒把活动，像'鸡毛换糖'这样的经商活动，分明算投机倒把，是资本主义的尾巴，我们应当给予坚决的打击，应当毫不留情地割其尾巴！"这是一个敏感的问题，但又是不可回避的。当时他内心也很激动，但还是强压着自己的情绪，用通俗的语言坦诚地对大家说："过去我在别的县也干过'割资本主义尾巴'的事，结果事与愿违，影响了当地生产力发展，百姓怨声载道。而今我们的党号召改革开放，干工作实事求是。我到义乌虽然时间不长，但从百姓的话里，从干部的深切感受里，我觉得'割资本主义尾巴'没道理。就拿我们义乌人'鸡毛换糖'的传统来说，人家过大年欢天喜地，咱义乌货郎却在冰天雪地里走南闯北，没日没夜，一脚滑一脚撺地翻山越岭，挨家挨户去用糖换鸡毛、换鸡内金。回来后将上等的鸡毛出售给国家，支援出口，差的直接用来做地里的肥料，把鸡内金卖给医药公司，自己呢赚回一点利，这样利国又利民的经营，好还好不过来，怎么可以说成搞'资本主义'呢，当'资本主义的尾巴'割呢？我在这里向大家表态，从今开始，我们要为义乌人'鸡毛换糖’正名，不仅不准再把这类经营活动归为搞‘资本主义’进行批判，而且要大力提倡，积极鼓励!”后来的第一号《通告》就是在此次会后，谢高华敦促下面的人搞出来的。最先开办的稠城、廿三里小商品市场便名正言顺地由“地下”走到了“地上”，义乌人从此开始了历史性的转折……

我注意到谢高华那张与他实际年龄并不相符的脸上，有过多的沧桑，而这也许正是他性格中异常刚毅的一面。

义乌小商品市场的开禁，使整个几十万本来就善经营、敢干事又肯吃苦的义乌人，解脱了多年束缚在身上的枷锁，纷纷加入到了经营行列。一大批农民从田埂走向了城里，有的重操拨浪鼓干起传统的“鸡毛换糖”，更多的则上街摆摊开店，到外地批发进货运回义乌。特别是一些能工巧匠，全都行动起来，他们把祖先留传下来的本领，重新用于开发像制糖、产枣等传统加工业上。正当农民们欢天喜地，甩开膀子大干时，那些国营和集体商业的干部职工却大呼其苦，说谢高华这一放，把整个义乌搞乱搞烂了，一时间，县里收到的告状信就多达两麻袋。尤其是城内几家国营商业单位的人，甚至堵住县委大门，要求谢高华撤回“一号《通告》”。“你们是不是文具用品商店的?”谢高华扫了眼，见人群中有几位是商业局下属商店的职工，便问。

“是嘛。”对方不明其意。

谢高华笑笑说：“我先给你们讲件几天前发生的事，那是我的亲身经历。那天我批文件用的铅笔用完了，便上街到你们那儿买笔。当时我见一位营业员正在埋头看小说，又正看得起劲，我问她有没有铅笔卖，她头也不抬地说没有。我低头往玻璃柜内一看，里面明明放着很多我想要的那种笔嘛，就说同志这儿不是有笔吗？这营业员很不耐烦地站起身，拿出一支笔往柜台上一扔，也不说价，只管低头看她的小说……同志们，我说这件事可不是胡编的呀，你们自己承认不承认有这样的事？可就是这样的经营态度和服务水平，人家小商品市场上的经营者怎么可能不把你们冲垮？要我说，你们不改变自己的问题，堂堂国有、集体单位被小商小贩冲垮挤掉，也是活该！”

书记的一番话，说得这些刚才还理直气壮的人一个个面红耳赤地低下了头。但问题远非那么简单。

外埠人都知道浙江有闻名中外的名特产——金华火腿，其实“金华火腿”的真正发源地是义乌。谢高华放手让农民搞经营和市场后，具有传统工艺的佛堂镇几个农民办了家“田心火腿厂”。消息传出，省、地、县食品公司不干了，找到县委坚决要求关闭佛堂镇农民办的火腿厂，理由是金华火腿在过去几十年里一直是由国营食品公司独家经营的，农民无权参与。谢高华一听很生气，说：“金华火腿是金华人民创造的而不是食品公司创造的。农民创造了火腿，哪有没有加工火腿权利的道理？至于私人火腿加工的质量和产品出口的问题，只要保证达到有关要求，服从上面的计划安排就行！”

“谢书记，你这么说，就等于放纵农民破坏国家政策，我们不能同意。如果你不令他们关张，我们就到省里、中央去告你！”来者不善，且针锋相对。但他们碰上了一个为了人民利益从不害怕的县委书记。

“要告随你的便，但让我下令关农民的加工厂，就是撤职我也不会去做！”谢高华回答得斩钉截铁。

历史便是这样一位无情的法官。我们不妨作个假设，如果说，十几年前不是谢高华这样一手为个体经济大开门渠，一手力挽狂澜顶住方方面面的压力，义乌会有今天的“华夏第一市”之称吗？能惊当今中国、世界殊吗？

不会。64 万义乌人明确地告诉我。

但，经历沧桑，如今依然过着平民生活的谢高华却这样说：“在当时还没有明确的关于开放发展市场经济的具体规定出台的情况下，县委、县政府根据党的十一届三中全会所提出的实事求是的思想路线，从义乌的实际出发，敢于承担风险，允许个体经济，开发小商品市场，这不是哪位领导者的功劳，而是义乌人民从祖先那儿继承的血脉里就有一股敢为天下先、敢说实话办实事的精神所致！”

谢高华这句话的评价是非常客观的，义乌市场成长过程中，一些有远见的领导先后都起过关键性的作用。

又是 20 年过去了，义乌这个小商品市场无论从体量，还是从影响力而言，都不一样了。而谢高华其实一直是在远离义乌的老家过着平静的退休生活。然而，义乌人民越到后来，越对他们的“谢高华书记”怀念与敬爱。这是因为，富起来的义乌人在实践中，更加真切地感受到当年如果不是像谢高华那样坚定不移、毫不含糊地支持开放“摊贩市场”，义乌就不可能有今天；义乌的历任干部也清楚地认识到：如果不是谢高华当年打下的基础，没有像他那样敢于担当，小小义乌，怎可能在全国和全世界产生如此影响力，成为让党的总书记、国家主席常在口头上念叨的一个地方呢？

《浙江日报》曾经刊登过这样一篇文字与照片配发的报道：

2017年10月19日，当得知谢老受邀来参加义乌国际小商品博览会时，数百名义乌商人自发组织了车队候在高速路口，欢迎老人“回家”。从1995年义乌第一年举办小商品博览会算起，群众这样自发的迎接已持续整整23年。

一位已经离开义乌工作33年、当年任职也仅有2年零8个月的领导干部，为何能让当地群众如此深深感激、久久牵挂？

此文这样解秘此题：

义乌今天能成为全球第一大市场，离不开谢高华当年冒着丢“乌纱帽”的风险，果断决策开放第一代小商品市场。义乌人铭记谢高华，从某种程度上来说，正是感念他那种一心为民、冲破层层藩篱、敢于改革创新的勇气和魄力。

谢高华很瘦，瘦得皮包骨。以前就是这样，义乌人第一次见他的时候就是这个样。几十年过去后，他更瘦了。其实很多人并不知道，上世纪70年代，谢高华在原衢县工作时，曾因胃部大出血被切除三分之二的胃，之后一直少食多餐。而接到前往义乌工作的调令时，已经51岁的他身体状况并不太好。不过谢高华没有推诿，当场表态：服从省委决定。

当年赴任义乌，可不是什么好差事。那时义乌经济落后，主城区仅2.8平方公里，当地人以“县城一条街，一个高音喇叭响全城”自嘲。1982年4月，刚来任职的谢高华通过对机关大院的印象，直观地体会到了义乌的一穷二白：“机关里有三个‘大’，一个吃饭排队等的大食堂，一个桌椅破败的大会堂，再加一个对着宿舍窗户的露天大茅坑。”

义乌人穷，穷在人多地少田又薄。为提高粮食产量，农村有鸡毛肥田的习惯，农民常在冬春农闲季节走村串巷“敲糖换毛”；为了多点收益，糖担里添了些日用小商品，当时的廿三里镇和稠城镇渐渐地形成了小商品贸易点。

那时，虽说党的十一届三中全会已经召开，可国家对能不能搞自由市场还没有出台明确的政策，农民经营仍被视为“投机倒把”“走资本主义道路”，甚至有些部门一如既往对此采取一禁、二堵的简单做法。

谢高华开始频频遭遇群众来访，最有名的莫过于农妇冯爱倩的“堵门”讨说法。后来说起当时有关部门不让群众摆摊，谢高华觉得主要还是许多干部思想上有顾虑，放不开手。但几次三番调研下来，他越来越觉得搞活市场符合中央发展商品经济精神，政府需要顺应民意，给市场松绑。由此，谢高华决定拍板开放政府主导的小商品市场。

1982年的第三次“县长会议”精神就是谢高华这种思想影响下

的一次具有政府层面的“折转”。之所以这样说，是因为较前两次会议精神，此次在新县委书记来之前的常委会会议之后，县政府对“稠城镇市场管理问题”的态度不再是含糊不清了，行动和采取的措施也大不一样。“会议记录”这样说：

> 会议最后，形成允许市场存在，要加强领导的统一认识。并由吴璀桃作小结，提出了对小百货市场加强管理的6条意见：1、建立小百货市场管理机构，税务、工商、商业三部门参加，三、五、七人均可，工商行政管理部门领导；2、所有上市经营户要清理登记，发给经营卡；3、建立交易手续；4、按营业额收税；5、场外交易非法可以罚款；6、经营范围要限制。

别小看了这样一份“会议记录”，它的决定和决策，意味着义乌市场上的几千名农民经商者和城镇小贩们的救星一般，是义乌市场决定性的一个历史事件。而形成这样的决策，有一点必须认识到：那是贯彻谢高华来义乌之后由他主持的6月23日常委会精神的结果！尽管我也承认义乌市场开放绝不是谢高华一个人的功劳，但谁起的作用大与小，百姓是最清楚的，否则为什么义乌人民没有再抬出一个可以跟谢高华同等地位的县（市）委书记呢？

义乌百姓记忆深刻：

1982年9月5日，就在这一天，位于城区的稠城镇小百货市场宣布开放，大家奔走相告。有关部门还投资9000元在旧城中心的湖清门，沿街露天铺设700个水泥板摊位，这是义乌历史上破天荒的第一代小商品市场，在当时铁桶般的计划经济藩篱中开了一个重要口子。

但当时也有不少干部当面向谢高华抱怨：农民都去做生意了，农业生产组织不起来，这个情况已经成为各个部门头疼的一个“包袱”了，甚至有人说新来的谢书记是走歪了路，弄不好就要“丢乌纱帽”。对此，谢高华在全县大会上说，“开放义乌小商品市场，出了问题我负责，我宁可不要乌纱帽，也要让义乌百姓过上好日子！”

几十年过去，有人问谢高华当年的“心理历程”，他坦言道：当时一心干事，“只想着对老百姓有益就好，要打破条条框框，我们干部自己的得失又有什么关系？”

正是在谢高华的力挺力推之下，义乌县委、县政府后来发出通告，允许农民经商、允许长途贩运、允许放开城乡市场、允许多渠道竞争。1984年，谢高华又大胆提出了“兴商建县”的发展战略，农业小县义乌因此弯道超车，逐步走上发展的快车道，为日后的义乌辉煌打下了历史性的重要基础。

谢高华的丰碑就是这样的来历和意义，谁也不好否认，更无法否定。随着义乌市场未来的路更长，历史对谢高华这座丰碑的光亮度认识，将更加清晰。

在纪念中国改革开放40周年之际，这位88岁的老人被请到了北京，在人民大会堂接受了习近平总书记等中央领导授予他的“改革先锋”荣誉称号！

谢高华当之无愧。

第七章

我们也可以称他为伟人

他应当是个名副其实的伟人。虽然用他自己的话说是个“裤腿上一辈子甩不掉泥巴的农民”，可他的精神境界却如此高贵并值得尊敬。他一生从未离开过生他的那个村子，也从未离开过与他同呼吸、共命运的村子里的男男女女、老老少少，他带领百姓把这个村子建设成“天下第一村”。

谁敢夸口“天下第一”？他敢！因为从上世纪五六十年代开始，他的村子一直走在中国农村发展的前列。近半个世纪里，多少与之同起并齐名的“红旗”或“典型”，或倒下的倒下或消失的消失，有的像吹气的泡泡，有的则如昙花一现，惟独他和他的村子，旗帜依旧高高飘扬，而且在市场经济的今天和全面建设小康社会的伟大征程上，他的旗帜越举越高，越来越鲜艳。

我的主人公是位地道的农民。他既没学哲学也没上过大学，但他在领导农民们建设社会主义农村的几十年实践中掌握着马克思主义哲学最精髓的核心和最基本的原理，即一切从实际出发，走适合自己村子发展的道路；他只读过三年私塾，但他在几十年农村工作中掌握了几乎所有社会知识，即你这革命那革命、这主义那主义，唯让百姓幸福，就是社会主义；让全世界人都幸福，这就是共产主义！

这是他的原话。这是一个中国农民对社会主义和共产主义的理解。没有深奥的理论，没有玄妙的逻辑，却包含了无数深刻理论与丰富实践经验的真理。其实大凡一切最管用、最经典的真理，都是清澈见底的“白开水”。

吴仁宝——我的主人公的名字，这位农民以一个真正共产党人的胸怀和睿智，成功地实践了让农民们从几千年形成的物质贫穷与精神愚昧的世界，过渡到物质富足、精神丰富、身体健康、人人都基本能“自由发展”，并朝着真正意义上的日新月异的高水平的幸福富裕和完美方向不断前进——几千人、万把人，每年以100亿以上的速度递增迅速创造物质财富和人均享用上万、甚至几万美元以上的纯收入，这样的发展速度和财富即便在最发达的国家也是少有，而这仅仅是物质层面。吴仁宝的伟大之处，更体现在他以一个共产党人的崇高信仰和坚忍不拔的意志，靠实干、靠求新所铸造出的“华西精神”，以及他本人这杆历经风雨永不倒的红色旗帜。

吴仁宝做过三件很经典的事：

一是他不顾重重阻力，带着华西村的主要干部和村民代表，不远千里，到了山西的大寨大队。在虎头山上，他率领华西干部和村民代表向陈永贵墓庄严地鞠了三个躬，同时向郭凤莲送去了华西村与大寨的几个合作支援项目。吴仁宝曾多次对人说：在当代中国农民中，他最佩服陈永贵，并称陈有思想、有观点、有本事，是硬干出来的。

第二件事是他亲自为华西村编了一首“村歌”。歌词这样写：“华西的天是共产党的天，华西的地是社会主义的地。华西人民艰苦奋斗，团结奋进，锦绣三化三园社会主义的新华西；华西的天是共产党的天，华西的地是社会主义的地。华西人民艰苦奋斗，团结奋进，实践检验华西，社会主义定能富华西……”这是一首套用“解放区的天是明朗的天”歌词的村歌，朴实无华，光“社会主义”一词就用了好几回。当这首由吴仁宝亲笔填词、华西村村民们齐声合唱的村歌在中央人民广播电台播出后，无数老共产党人、新共产党员激动得流泪。他们说：“这样振奋人心、催人奋进的歌已经好几年没听到了！”吴仁宝对共产主义和建设有华西自己特色的社会主义信仰坚贞不渝。而正是他的这份不可动摇的信仰，才敢理直气壮高吟“华西的天是共产党的天，华西的地是社会主义的地”这等豪迈诗篇。

吴仁宝做的第三件事——也是最漂亮的一件事：他在报端见邓小平同志的视察南方重要讲话后，以敏锐的政治眼光和丰富的实践经验，迅速做出了一个后来使华西村突飞猛进、走在中国农村乃至其他各行各业前头的决策——集中和动员华西村所有血本，以其雷鸣电闪之势，奋力抢占市场的举措。

这件事值得细述——

“喂，总机吗？请通知村支部委员和正副村长，还有各厂厂长，凌晨三点让他们上南院宾馆403会议室参加紧急会议……”墙上的闹钟时针已指向午夜两点多了，吴仁宝正一手拿着《深圳特区报》和《人民日报》，一手操着电话哇哇直喊。

“老书记，半夜三更开会是啥急事呀？”不到三点，该来的村干部们全部到齐。他们弄不明白吴仁宝要干什么。

“急事急事！天大的急事！”吴仁宝连扫一眼会场的工夫都没顾上，便直奔主题：“总设计师小平同志出来说话了！我看中国新一轮的经济发展马上就要到来！我们华西村如果不抓住这一次机遇，就会痛失一百次的腾飞机会！为此，我提出当前我们华西村压倒一切的中心任务是四个字……”

“啥四个字？”会场上的几十双眼睛全聚集在65岁的华西村领航人身上。

“借——钱——吃——足！”一向说话绵软吴语的吴仁宝此刻运足底气，高声喊出这四个惊天动地的字。

“借钱吃足？”片刻寂静，会场上立即爆出此起彼伏的询问和议论。

“对，我们华西村过去当了几十年先进，一向以既无内债、又无外债而自豪。这回我们要打破老思路，来个借别人钱、生自己的财了！你们听我说……”吴仁宝站起身，示意与会者朝他靠拢，随后他以特有的笑眯眯姿态向村干部们如此这般一通言说……

“太好了！老书记，就照你说的，我们干！甩开胳膊干！”村干部们的脸上兴奋激动起来。

“好，那我们就拼出血本大干它一场！”吴仁宝拳头重重地落在桌上。转身间，他健步顶着晨曦向东方走去……

“老吴，你这么早找我有啥事啊？”无锡市市长走出办公室的第一眼就十分意外地看到了默默等候在一旁的吴仁宝。

“我来向市长你借钱的。2000万，我要2000万元！”吴仁宝向市长开虎口。

“嘿，怪了啊——你华西村吴书记借钱，可是头回听说！说，什么用？”市长意外又兴奋地询问。

“商业机密，不可泄露。”

“好你个老吴同志呀！连我都不透露一点？”

“不透露！”吴仁宝一双眯成细缝的笑眼里透着几分狡黠。市长先是一愣，继而会心一笑，他已明白吴仁宝要干什么了，便说：“好，你不说我也不问了！你吴仁宝和华西村借钱，我一万个放心！2000万就2000万！”

“谢谢市长！华西村百姓会永远记着你的恩。”

吴仁宝这回张大嘴乐了：他用借得的贷款和村上的自有资金及村民集资的几千万元，一下“吃”进后来翻了数倍价格的万余吨钢坯和千吨铝锭及数百吨电解铜，又将这些原材料投入到随后上马的村办新企业生产中，而别人还在细学慢嚼邓小平讲话精神的时候，他吴仁宝和华西村早已甩开四蹄飞奔在经济大发展的快速道上——10亿村、20亿村……50亿村、60亿村……华西村直奔天下第一，无人匹敌！

此后的吴仁宝领导的华西村，不再仅仅是全国产粮标杆、农民艰苦奋斗建设新农村的形象了，它已成为市场经济大潮中奋勇前进的巨轮——跃居全国百强企业行列；它已成为农工商全面现代化的旗舰，称雄华夏物质文明和精神文明建设的战场；它已成为中国特色社会主义的理论先导和成功实践的经验产地——闪耀在中国共产党时代丰碑上一颗贴着马克思主义和中国农村具体实际相结合标签的五彩金星！

说吴仁宝是个奇人的已经很多了。但仅仅靠积累的经验和天性的聪慧而制造出的一点奇迹，并不能保证他会成为一名英雄和奇才。吴仁宝的一生闪耀的光芒，是他作为一名共产党人所追求的信仰的坚定性，这绝非所谓的奇人所能够拥有的。

足够让世人刮目相看的华西村现在的实力和发展速度仅凭想象是很难形容得出的。“三年。再过三年你来华西村看看就更不一样了！”吴仁宝见我后的第一句话说得很自信也很有底气。

“三年后的华西会是什么样呢？”我在眼花缭乱的“人间天堂”中参观时尽力去想象明天的华西与现在的华西之间的差异，但我自感想象力的匮乏。明天的华西村有更多的“金塔”（华西村现在有三座十五层的金塔）？明天的华西能实现千亿元的年产？明天的华西是一个田野上的现代化都市？

吴仁宝笑了，细言细语地告诉我：这些都不难。千难万难，实事求是最难。华西村能有幸福的今天和更加美好的明天，就是我们掌握了实事求是这个法宝。

这是一句与炫耀丝毫无关的朴实之语，但真正能做到的人并不多，即便是“实事求是”的发明者和倡导者。它考验着共产党人的先进性，同时也标立出了普通人与伟人之间的一道分水岭……

吴仁宝的华西村并非生来就是天堂福地。上世纪五十年代末，吴仁宝出任华西村的前身23大队的党支部书记。当时正值“大跃进”年代，一些头脑发涨的人都在放卫星。先进分子吴仁宝自然逃不出上面的点名：“吴仁宝同志，你们大队的稻子长势比别人家的好，你能报报多少亩产？”

“那——人家报了多少？”吴仁宝问。

“最少的也有一万斤了。”

“一万？”吴仁宝两眼发直，心里打算了半天怎么也高不上去。最后他狠狠心，鼓足气报了3700斤。

“保守，太保守了！仁宝同志你应该认识到，产量报的高低是个政治问题，也是党性问题，你要好好考虑考虑。”

吴仁宝打小在田野里打滚，他清楚每一块田里到底能打多少粮出来。面对无数双咄咄逼人的眼睛，这回他不想再说违心话了：“这样吧，等收割时，公社派人到我们大队监收，如果地里能多收一斤稻谷，我们全大队宁愿挨饿也要倒贴十斤指标卖给国家；可如果亩产每少收一斤，你们也得给我们如数补上啊！”

这个吴仁宝！他的话一出，从此再没人朝他要亩产数字了。

“那时我不满人家报万斤粮的，其实我报3700斤也说了假……从那以后，我再不相信玩虚的了。玩虚的假的，沾光的可能是一些当官的，但吃亏的肯定是老百姓。我是从田埂上走出来的共产党员，一辈子脱不了双腿上的泥土，所以我于心不忍作假……”半个世纪后的今天，吴仁宝如此深情、执着地对我说。

1961年，华西村正式组建，当时称大队，下辖10个生产队，人口667个，可耕面积841亩，人均欠债1500元。12个小自然村落，破破烂烂，茅草房，泥垛墙，羊肠小道弯弯曲曲，七高八低的田地落差数米……“高的像斗笠帽，低的像浴锅塘。半月不雨苗枯黄，一场大雨白茫茫。”这是华西村当时的真实写照。

面对贫穷，吴仁宝最真切的感受和最强烈的愿望，就是要让自己的兄弟姐妹不再面黄肌瘦，就是要把那些背井离乡的孩子和婆婆婶婶们找回来暖和他们的手和脚……

那时吴仁宝想要做到这两点，唯一的办法就是带领乡亲们改天换地。

改天换地的战斗，是靠每一滴汗水冲刷和垒起的一种艰苦奋斗。

吴仁宝与众不同之处或者说他的伟大之处，就在于他注重从实际出发、坚持与时俱进的创新和创造。在全国性的“农业学大寨”热潮中，吴仁宝带领华西走的是一条既求艰苦奋斗，又讲规划目标之路。为“十五年将华西建设成为社会主义新农村”的目标，吴仁宝身先士卒，与全村干部群众以实干拼命干的精神，提前八年实现。“做煞大队”换来的是土地平整、道路宽畅、白墙青瓦的新农村和闻名全国的“亩产超吨粮”先进典型。

“我现在经常对人说，自己为什么七八十岁了还没有完全退休，就是因为以前犯过三个错误：教条主义、形式主义和官僚主义。这三个主义在我们新中国建设的几十年里，经常有人犯，我也不例外。所以总想在自己身体允许和有能力改正错误的时间里多补点回来，多干点有利于老百姓的事。”吴仁宝这样说：“教条主义、形式主义和官僚主义是实事求是的最大敌人，我为什么总说千难万难，实事求是最难？就是因为我们在基层工作的同志，要想从实际出发，为百姓干点实事时，不断会遇到这样那样的问题。比如说在‘宁要社会主义的草，也不要资本主义的苗’的年代，我们华西村为了改善和增强集体经济，偷偷摸摸搞了个‘小五金’厂。那时华西已经是全国有名的农村先进典型了，我们办‘小五金’厂在当时是绝不允许的事，属于割资本主义尾巴的范围。但我们为了让百姓过得日子好一点，就把办‘小五金’厂当作头等重要的副业来抓，后来每年为村上创利几十万元，那时候一个生产大队有几十万元收入，绝对算富裕了！可这么好的事，领导来了我们只能赶紧关门，参观的人一走又机器隆隆响起。后来露了马脚，我只好跟领导这样汇报‘这是响应上级指示精神，搞两条腿走路’。上面的人信这呀！他一信我们就可以继续干，华西村就这样慢慢有了较强的集体经济。”

到六十年代末，华西村依靠一个“小五金”厂和一台小磨坊，便积累了100多万固定资产和100多万现金存款。而此时的华西村村民们也全部搬进了大队统一盖建的新瓦房，并且家家有存款。从这时候起，外村姑娘嫁华西村甚至小伙子“倒插门”来华西的风潮一直延至今日……

吴仁宝通过华西村第一个历史发展的进程，深切地体会到：将一名共产党人的使命和责任落到为百姓谋幸福之上是多么的重要，而人民群众对这种重要性的呼应，又使吴仁宝更加坚定了走实事求是和创新创造的发展之路。

“中国改革开放的总设计师邓小平有句名言，叫做‘发展是硬道理’。我怕农民群众弄不太懂，就自创了两句话，叫做‘有条件不发展没道理，没有条件创造条件发展才是真道理。’我们华西就是靠这个精神一步步求发展的，走得还比较顺。所以我总结了十八个字：大发展，小困难；小发展，大困难；不发展，最困难。”瞧这位农民智者出口成章的经典词语，既朴实又充满深刻的实践思想！

“让百姓幸福就是社会主义。让百姓幸福就必须大发展。”这是吴仁宝担任华西村支部书记几十年来总结和遵循的一个“真道理”。

为了把这个“真道理”转化为农民们人人看得见、摸得着的幸福感觉，吴仁宝带领华西人走过了“七十年代造田”“八十年代造厂”“九十年代造城”的三次革命性征程。

“七十年代造田”完成的是农民们实现温饱的革命。就是在这样的一场农民们人人都明白如何走完的革命征途中，吴仁宝也创造过许多“特色”。“造田”初始，吴仁宝就放言说：“这些年，干部一动员大干快上就说要让大伙儿脱几层皮、掉几斤肉。我看哪，叫群众脱皮掉肉的干部一定不是好干部。从今起，我们华西人在搞大干快上时，不仅不能脱皮掉肉，而且还要长肉增膘！”天底下能有这等事？当然有。这就是现今老一代华西人给后代们经常讲的“老书记办食堂”的一则百听不厌的故事——农忙来临，支书吴仁宝忙着张罗的不是农田里的播种与收割，而是那个“大食堂”。

“你们听着：主食供应要放开，小菜副食多花样，荤素搭配得合理，茶水点心送田头……”吴仁宝拉长嗓门在食堂内外不停吩咐着。

“办食堂”曾经被当作一种“极左”行为进行过批判。可吴仁宝不这么看，他看到的是农民们为了集体生产出大力流大汗，如果不能把身体搞好，哪来冲天干劲？于是他力排众议，办起“农忙大食堂”。农民们高兴呀！干活有人管饭，自然心情舒畅。这心情一舒畅，啥苦啥累都不在话下，身体也就跟着长膘了！华西村的“农忙大食堂”一直办到八十年代，后来“大食堂”就变成了大饭店、大宾馆和各种风味小餐厅。现今村民不管男女老少，每人每年有3000多元补贴，可任意在这些地方免费就餐，这是后话。

华西人有句“无农不稳，无工不富”的口头语。早在七十年代进行“造田”战斗同时，吴仁宝已经摸索出了一套建设社会主义富裕新农村的经验，即：单一的农业很难使农民们真正富裕起来，只有彻底解放农村生产力，走农村工业化道路，中国的农民、农村和农业才有出路。

七十年代末、八十年代初，中国的农村经历了一场自新中国成立以来最为波澜壮阔的伟大革命。在跨越三十年的土地集体耕作之后，农民重新获得了种地的自由——分田到户、包产到户的承包责任制迅速在各地推开，成为那个时期“三农”工作的主要内容和改革标志。面对全国性的农村改革形势，以集体经济壮大起来的华西村的路怎么走，吴仁宝必须回答。

“分？！当然分有分的好处。可分与不分仅仅是个形式。中央政策的意图很清楚，分田到户为主要改革内容的承包责任制，其最终目的是让农民富裕起来。这说明选择什么样的道路并不重要，根本的一条，就是看我们共产党领导下的农民们能不能过上富裕日子。我们华西村的集体经济已经发展得相当好了，农民们都开始过好日子了，为什么一定要分呢？华西村现在的头等任务是要更大力度地解放生产力，让大伙儿的生活更加富裕、全面富裕！这也是社会主义，是社会主义的根本目标！”吴仁宝的回答掷地有声。

南京。雨花台。细雨蒙蒙中，一百多位神情肃穆、列队整齐的农民，紧握拳头，面对革命先烈纪念碑，庄严宣誓：“苍天在上，大地作证，我们华西人要有难同当，有福同享，决心苦战 3 年，目标 1 亿……”尽管雨水打湿了每一个宣誓人的脸，但人们还是认出了领头宣誓的那个年长者，他就是吴仁宝。

这个日子是 1985 年 8 月 19 日。这一年吴仁宝 58 岁，一个名副其实的老共产党员。在雨花台的那次雨中宣誓，心细的人会发现：流淌在这位老共产党员的脸上的，不仅有飞扬的雨水，更有两行滚烫的热泪……

之后的二十年里，吴仁宝这位老先进、老劳模所做的每一件事，所踩踏的每一个脚印，都体现了一位农民共产党人的先进性。而他对中国农民的深厚感情、对中国农村和农业发展方向的真知灼见与成功探索，都几乎可以用完美来形容。

“八十年代造厂”，是他这种不断追求完美的一个重要里程碑。

“亿元村”——这是吴仁宝领着一百多名华西村人在南京雨花台前发出的誓言。选择雨花台，就意味着吴仁宝下了“誓死不休”的决心。

今天的华西村每年产值以100个亿的速度在递增。可在上世纪八十年代时，“亿元村”对中国农民们来说，如梦里的天堂一般。尤其对一个仅有千把人的华西村而言，近似一座高不可攀的泰山。

吴仁宝不愧是一头永不知倦的拓荒牛，他的每一次发力都让人惊骇：三年实现“亿元村”，而且是“三化三园”的“亿元村”，即绿化、美化、净化和远看华西像林园、近看华西像公园、细看华西农民生活在幸福乐园——这是吴仁宝当时给华西村描绘的蓝图，它浸润着这位一辈子与农民滚打在一起的老共产党人始终如一的作风：不仅追求物质文明，更追求精神文明；既要好看，又要实惠。而这也正是农民们拥护又欢迎的理想家园。

“搞建设，就得拿出革命先烈那种舍生取义、视死如归的精神。从今起，我们每个党员干部都要以身家性命来押保华西三年内实现‘三化三园亿元村’的目标。拿笔来——”南京雨花台宣誓回村后，吴仁宝第一个在干部责任保证书上重重写下自己的名字。这不是一次普通的签名，村里的党员干部们知道：责任保证书上写得清清楚楚，在“亿元村”的奋斗中如果目标没有实现，他们的家产将全部归公！

如此悲壮的农民革命啊！

“从那年起，每年我们华西村党员干部都得在村民面前‘签字画押’一次。正是这种豁出去的拼命精神，使党员干部的责任心、事业心获得了极大发挥与激励，华西因此也有了一年更比一年好的直线上升的局面。”吴仁宝说这话时，一腔慷慨和激情。

华西村的农村工业化道路便在这般悲壮的号角中吹响了战斗的进军曲。

田野上的工厂该是个什么样？显然吴仁宝想的绝不是那些“乒乓乱响”的作坊式小厂，这回他要实现真正意义上的工厂梦！

从田园到工厂，中国农民梦求了五千余年的路程，现在吴仁宝欲一步跨越。

“攀远亲”“搞联营”“借他力”“寻远航”……那岁月，吴仁宝既像乐队的总指挥，又如亲自上阵演奏的大提琴手，忽而掀动百舸争流的奔腾旋律，忽而谱奏绿色田野的春天童话，令人目不暇接，陶醉又沉迷——跳出“村门”进“城门”，闯出“国门”富“村门”，借脑袋生财，租梯子上楼，绑大船远航……这一招一术，无不显示着吴仁宝解放思想、开拓进取的胆识与气度。这期间，由华西村创出的诸如“星期天工程师”“教授下乡走亲戚”等媒体新名词也不断在人们的耳边响起。而所有这一切，都是吴仁宝这位农民改革家一手谱写的“造厂”乐章中那些闪耀着光芒的精彩音符……

曾任华西村党委副书记的“教授村民”程先敏走过的人生经历，无疑是这些精彩乐章中一颗闪耀得格外夺目的“音符”。

那年程先敏39岁。这位因不甘“囊中羞涩”而独自辞别西安交通大学的年轻教授，有一天怀着好奇心走进华西村……

“你是大学教授？”

“是。我家在陕西商洛地区，农民出身。因为家里穷，所以上学后特别用功，从小学到大学读书一直是跳级的。十几年寒窗苦读就是为了跳出‘农门’，可真当了大学教授后又发现自己还是没有能力改变家族的穷困，所以只身来到苏南想寻求生路……”

“你学的什么专业？”

“机械制造专业。”

“听说你在我们华西村附近的另一个地方有过三年的办厂经历？现在为什么又要走了？”

“是，那个厂我去后效益翻了好几倍。但最终因为我是个外地人，他们在许多关键决策时不听我的，眼下工厂每况愈下，我也不得不走了……”

“那——你愿意上我们华西村吗？”

“如果我来了，你们能发挥我的专业特长并按照我的建议办企业，并且不把我当成外人吗？”

“完全可以——只要你是对的，只要你真心把自己当作华西村的人，华西村会真心诚意对待你的。”

“那我愿意留在华西。”

“好！”一双长满老茧的手热情地伸向年轻的教授。程先敏认出了站在他面前一直笑眯眯的老人就是华西村老书记吴仁宝。

“说说，你这位教授留在华西村有什么条件？”吴仁宝喜欢直截了当。

“没什么条件。”程先敏回答的也很直截了当。

“真没？”

“真没。”程先敏肯定地摇摇头。见老书记的眼睛盯住自己不放，于是只好说：“工资可以低一点，三百来块就行……”

吴仁宝再一次伸出双手，握住年轻教授的手，十分欣慰地笑道：“你是个跟我合得来的人！好好干吧，华西村有你的用武之地！”

程先敏就这样成了第一个到华西村工作的教授。他以自己的专业知识和令人敬佩的工作干劲，在华西村“造厂”创业中贡献了自己的全部才智和本领。有一年年末，程先敏要回陕西探亲，吴仁宝给他3000元钱，并说：“你一个月拿300块工资是亏的。”老书记的一句话，让年轻教授十分感动，程先敏其实知道，那时华西村一般的干部和企业管理者也就一个月拿100多元工资。

又到第二年回家探亲时，程先敏正在收拾行李时，村上的会计扛着一只鼓鼓囊囊的麻袋进门对他说：“老书记让我把这些给你。”

程先敏打开麻袋一看，惊得嘴巴半天没合拢：妈呀，麻袋里装满一捆捆崭新的十元钞票！不多不少， 50000元整！八十年代的50000元，对多数中国人来说，绝对是个天文数字。程先敏面对老书记吴仁宝和华西人的一片灼热心意，他哭了……从老家再回华西村时，程先敏把放在自己口袋里五年的全家户口簿，交给了吴仁宝：“老书记，如果你同意收留我们，从今起我们就是华西村的村民了……”

吴仁宝听完此话，转身朝正在“造厂”工地上热火朝天干活的村民们大声嚷道：“有教授来华西当村民，相信我们的明天一定更美好！”

“华西的天是共产党的天，华西的地是社会主义的地……”这时，环绕全村四周的高音喇叭齐声响起农民们熟悉而高亢的那首《华西村歌》……

三年，一千多天，转眼间的事，吴仁宝却像变戏法似的让华西村的田野里矗立起一座座既绿化、又环保的大型工厂，并且成为气势雄伟的苏南农村土地上的第一个工业园区。

时至1988年，华西村的经济呈现出以第二产业为主体，一、三产业为两翼的多元化格局，年产值超过预期，达10106万元。

“亿元村”的目标实现，华西再度成为全国农业战线最光彩夺目的旗帜！

这年吴仁宝60岁。可他意气风发的精神面貌，谁也无法将“老人”的标签贴在他身上。吴仁宝笑言自己正当年，“因为我的党龄才34岁。 34岁的人干什么活？当然是干翻天覆地、惊天动地的事嘛！”一个生命不息、奋斗不止的共产党人的胸襟和情操就是这样崇高！

吴仁宝有句口头禅：“一个党员就是一面旗帜，党员代表着党的形象。一个党员干了好事，老百姓就会念共产党好。”而且他这样认为：“全心全意为人民服务，是共产党员的职责。要为人民服务好，最根本的就是要让人民过上好日子。要让人民过上好日子，就得发展经济。”

吴仁宝正是靠这种理念，并以其不甘平庸、勇立潮头和求新务实、一心扑在发展上的雄心与干劲，带领华西村农民以“十年跨越一个时代”的速度，创造了“天下第一村”的一个又一个神话。

……

第八章

驮在三轮车上的丰碑

我知道白芳礼老人的事是从团中央学校部一位负责人口里听得的，他告诉我，在天津有一位蹬三轮车的老人现已八十五六岁了，十几年来靠自己蹬三轮车赚来的血汗钱，资助了近 200 个大学生的学费与生活费，曾受过多次表彰。初听这事，我除了强烈的震惊外，心里怎么也不太容易接受这个事实。我觉得让一个八十几岁的老人而且还是蹬三轮车的老人，用自己那么一脚一蹬踩出来的血汗钱，去供那么多青春年少的大学生吃饭、穿衣和上学，实在太有点残酷了，也太……总之我心里有种说不清的滋味。

去采访的那天，9 点半左右，天津市学联的一位同志带我在大街上转来转去走了好多路，来到了天津火车站。

“白大爷就在那个大广告牌后面。”学联的同志指着火车站西侧的那块巨型广告，对我说，“白大爷平时没有固定地点，到处都走。为了今天你的采访，昨天下午我专门来了一趟，让他今儿在这个地方等着。”

越过川流不息的车潮和熙熙攘攘的人流，我们来到巨型广告牌后面的一个三角地。我远远看到在那个三角地的路边，堆放着一摊破破烂烂的东西，有各种瓶瓶罐罐、纸屑废桶等，在这些废品堆放物的中央，有一个用旧编织袋片搭成的只有半人高的小棚棚。在棚的后面，只见一位衣衫穿着极为破落的老人在一只小盆里洗刷着两顶旧鸭舌帽……

“这就是白大爷？！”

“是他。”

这时，老人正抬起头。我心头一颤：这不是油画《父亲》的翻版吗？瞧那一道道刀刻般的深深皱纹和充满沧桑的脸……

“你是北京来的作家？”老人直起身子，那张黑黝黝的脸盘顿时绽出那憨厚的歉意：“看看，我嘛没干，又让上面重视了。”

老人家原来是个一开口就叫人能见得着底的人哪！

“可你这阵来看我啥都不像了……”老人颤微着身体，皱起眉头，指指点点地对我说，“以前我在这儿有13个小卖铺，前阵子政府号召要整治车站、街道环境。我是劳模，当了几十年的老劳模，得带头响应政府的号召呀，所以我就让政府先拆了我的这些小卖铺。现在我就成了这个样，以前可不是这样的，生意好着呢!”

老大爷还是个做过大生意的人呢，这也是我没想到的。

“哎，以前生意大着呢。”老人一提起这，顿时神情飞扬起来。他说他这儿是前些年市长亲自给批的一块地用来让他建小亭子，卖些水果、包子什么的。“我是老劳模，嘛事就得想多为国家做点事，多做点贡献。你等着，我给你看看材料……”

老人转身钻进那个小棚棚，很吃力地拎出四个塞得满满的包包给我看，“都是材料，写我的，还有照片。好多好多呢。我当劳模十几年，你想十几年了给我写的材料有多少！多去了，家里还有好多好多……”质朴的老人拿起一张张皱巴巴的、早已发黄了的各式各样介绍他的报纸和新闻图片，如数家珍似的给我看，那张沧桑的脸上露着一种童真般的笑容。而我正是从这些早已发黄和模糊了的点点滴滴材料上，了解了这位蹬三轮车老人那令人俯首称颂的事——

白芳礼老人生于1912年，祖籍河北沧县白贾村，祖辈贫寒，他从小没念过书，如今也不认得几个字。1944年，因日子过不下去逃难到天津，流浪几年后当上了一名卖苦力的三轮车车夫。从那起，他一跨上三轮车就没停过，一直到五十多年后的今天。1949年后的白芳礼，靠自己两条腿成了为人民服务的劳动模范，也靠三轮车拉扯大了自己的4个孩子，其中3个上了大学。从小不认字的老人，对自己能用三轮车滚出的一条汗水路，把自己的子女培养成大学生最感欣慰。1986年，相当于绕地球蹬了几十圈的74岁老人正准备告别三轮车时，一次回老家的经历使他改变了主意，并重新蹬上三轮，开始了新的生命历程。

娃儿，大白天的你们不上学，在地里泡啥？老人在庄稼地里看到一群孩子正在干活，便问。娃儿们告诉这位城里来的老爷爷，他们的大人不让他们上学。这是怎么回事！老人找到孩子的家长问这是究竟为啥。家长们说，种田人哪有那么多钱供娃儿们上学。老人一听，心里像灌了铅，他跑到学校问校长，收多少钱孩子们上不起学？校长苦笑道，一年也就百儿八十的，不过就是真的有学生来上学，可也没老师了。老人不解，嘛没老师？校长说，还不是工资太少，留不住呗。老人顿时无言。

这一夜，老人辗转难眠：家乡那么贫困，就是因为庄稼人没知识。可现今孩子们仍然上不了学，难道还要让家乡一辈辈穷下去？不成！其他事都可以，孩子不上学这事不行。

“有件事跟你们说一说：我原打算回老家养老享清福，可现在改变主意了，我要回城重操旧业。”家庭会上，白芳礼老人当着老伴和儿女们宣布道：“另一件事是，我要把以前蹬三轮车攒下的5000块钱全部交给老家办教育。这事你们是赞成还是反对都一样，我主意已定，谁也别插杠了！”

别人不知道，可老伴和孩子们知道，这5000元钱，是老爷子几十年来仅存下的“养老钱”呀！急也没用，嚷更不顶事，既然老爷子自己定下的事，就依他去吧。家人无可奈何地叹了几声气，孝顺的儿女们担心的是父亲蹬了一辈子三轮车，如今这么大年纪了，本该享享清福，可他……唉，阻是阻不住了，老爷子的脾气家人最清楚。

“爸，咱再说别的啥是没用了，您老可悠着点，腿脚感到有点累了就早点儿回来歇着。”像往常一样，儿女们在老爷子出门时，给他备好一瓶水、一块毛巾，一直目送出街的尽头。

白芳礼呢，这回重新蹬上三轮车虽然还是那么熟悉，那么转圈圈，但心里却比过去多装了一样东西，那就是孩子们上学的事。是的，毛主席都解放我们几十年了，咋还有念不下去书的？！不能，绝不能让小娃儿们再像我不认得几个字而只能蹬三轮车。74岁的老人想到这里，他的双腿重重地提了一把劲，而就是这么一提劲，又整整绕地球转了6圈……

面对一位如此执着、坚韧的耄耋老人，我的心无法不强烈颤动。那辆伴着老人走了几圈地球的三轮车就停在旁边，这是很普通的一辆人力小车。与天津火车站附近千百辆三轮车区别不同的是，这辆小车前面有一面十分醒目的小三角红旗，红旗上面有三行字：老弱病残优待，孤老户义务，军烈属半价。

“你看看咱车站四周有多少蹬车人哪！竞争了不得哟。可我从不挣黑心钱，为了给孩子们多挣些钱念书，我就争取每天多跑几趟。这面旗打出去后，好多以前的老伙计朝我白眼，说你又是压价又搞义务，我们生意怎么做呀。我说你们说错了，车站那么多人要车，我哪顾得过来？你们挣钱是为了养家糊口和发财，我不一样，所以我可以搞些义务，当然我也要赚钱，可赚了钱是为孩子们上学用的，好生意你们抢去了，我只能找些便宜的或者半价一类的活。听我这么一说，那些老伙计们就不再跟我过不去了。”老人擦着车，开心地说着。然而我怎么也开心不起来，看看眼前这位苍如古柏的三轮车老人那身破烂的行头，谁能想得到他在这10余年里竟无偿向教育事业捐助了30万元巨款，长年支援了天津大学、南开大学等好几所大学里正在读书的200多名贫困大学生和几十名有经济困难的中、小学生上学！

“大爷，您给学生们捐了那么多钱，自己却生活得如此艰苦！”我实在无法忍心看一眼这位已是风烛残年的老人的生活：从头到脚穿的是不配套的衣衫鞋帽，吃的是冷馒头加一瓶白开水，那张他说已经在此住了10个年头的所谓“床”，只不过是两叠砖上面搁的一块木板和一件旧大衣。没有“屋”，唯一的“屋”是块摊开的塑料编织袋布和四根小木杆支撑的一个弱不禁风的小棚棚。我来的夜晚，京津两地正下过一场暴雨，老人说他昨晚就是在雨中过的，他拿起一床正在晒着的被子给我看，那上面有一大摊水迹……

其实有人告诉我即使是过去，老人过的仍是俭朴得叫人难以想象的生活。为了能多挣一点钱，他已经好多年不住家里，特别是老伴去世后他就以车站边的小亭子为家，很多时候由于拉活需要，他走到哪就睡在哪，一张报纸往地上一铺，一块方砖往后脑一放，一只帽子往脸上一掩，便是他睡觉前的全部准备“程序”。“我从来没买过衣服，你看，我身上这些衬衣、外裤，都是平时捡的。还有鞋，两只不一样的呀，瞧，里面的里子不一样吧！还有袜子，我都是捡的。今儿捡一只，明儿再捡一只，多了就可以配套。我从头到脚、从里到外穿着的东西没有一件是出钱买的。”老人说到这儿很神秘地对我说，“那么多记者采访我，我都没给他们讲这些事，你是第一个知道。”我忙说谢谢您老了。于是老人接着说：“我哪舍得花钱！蹬一次车赚一二十块钱不易啊，孩子们等着我的钱念书，我天天心头惦记着我赞助的那几百学生。我就不能花钱，只能往里挣才是。孩子们考上大学多不易，可考上大学还念不起，你说这事咋整？那年我听人说咱天津几所大学里有不少学生考上了却没钱买书，没钱吃饱饭，我想孩子们的家长没办法给他们挣来钱，可我蹬三轮车还能挣些呀，所以我就重操旧业，一蹬就蹬到现在，一蹬就下不了车了，你想几百个学生光吃光出学费一年就要多少钱！我是劳模，没文化，又年岁大了，嘛事干不了了，可蹬三轮车还成。一天蹬下来总还有几十块钱么，孩子们有了钱就可以安心上课了，所以一想到这些我就越蹬越有劲……”

老人说得我眼睛直发酸。

现今的社会上有大款一出手可以给哪个单位赞助几百万、几千万甚至几个亿的，虽然赚钱也并不是对所有人来说都那么容易，但无论如何他们要比白芳礼容易得不知多少倍。我眼前的这位津门老人为学生们送去的每一分钱，却是用自己的双腿一脚高一脚低那么踩出来的，是他每日不分早晚，栉风沐雨，用淌下的一滴滴汗水积攒出来的，它是多么来之不易，来之艰辛呵！

老人不仅一方面拼命蹬车，另一方面对自己俭朴的生活十分苛刻。除了不买衣帽鞋袜外，连吃的东西他都尽可能地不买不花钱，有人常看到他在拾他人扔下的馒头、面包或半截没有吃完的香肠……

白芳礼的事迹后来被新闻媒体广为宣传报道，成了天津家喻户晓的人物。一次他正在汽车站小憩时啃着一块馍，有人认出是“当代武训”白芳礼老人，便一下围了过来。有人就问他：“您老捐别人十万八万的，为嘛自己这么苦？”

老人举起如今到处可见的弃馍说：“这有嘛苦？这馍是农民兄

弟用一滴一滴汗换来的，人家扔了，我把它拾起来吃了，不少浪费些么!”

在场的好多人被感动得直流泪。

老人为了让孩子们能安心上学，他几乎是在用超过生命极限的努力相助着。老人告诉我，有一年他到南开大学给贫困生捐款，学校要派车来接他，老人说不用了，把省下的汽油钱给穷孩子买书。后来他自个儿蹬着三轮车到了南开大学。捐赠仪式上，学工部的老师把这事一讲，台下一片哭声。许多同学上台从白芳礼老人手中接过资助的钱时，双手都在发抖，说我们一个个青春年华却让一位日子比乞丐好不了多少的蹬三轮老人供学费、供生活费，实在过意不去。现场有一位来自新疆贫困地区的大学生，门门功课优秀，道德品质也好，没毕业就被天津一家大公司看中，并以高薪相聘。在这捐赠仪式上，这位新疆学生情不自禁地走上台，激动地说：“我从白大爷身上，感到了一种前所未有的精神和力量。这种精神使我的灵魂得到升华，现在我正式向学校、也向白大爷表示：毕业后我不留天津，我要回目前还贫困的家乡，以白大爷的精神去努力，为改变贫困落后作贡献。”那位同学说完深深地向白芳礼鞠了一躬。这时全场的情绪激昂起来，紧跟着一批来自安徽、贵州等地的大学生们纷纷上台表示服从分配，到祖国最艰苦、最需要的地方去。

南开校园里的这一幕是白芳礼老人最感欣慰的事。他说有人说我傻，辛辛苦苦挣来的钱都送给了别人，自己却过得不像人过的日子。要说人家的话一点道理没有也不对。我过得是苦，挣来的每一块钱都不容易。可我心里是舒畅的，看到大学生们能从我做的这一点点小事上唤起一分报国心，我高兴呀。你都看到了，像我这样一大把年岁的人，又不识得字，没啥能耐可以为国家做贡献了。可我捐助的那些大学生他们就不一样，他们有文化，懂科学，说不定以后出几个大人才，那对国家贡献多大！老人说到这里，从其中的一只包里取出一叠资助的学生名单给我看，他说他不认得字，不知上面都写些啥。但他知道这些孩子都是从穷地方来的好孩子，不是好孩子咋能考上南开、天津大学这样的名牌大学？老人说这些时，那双布满血丝的眼睛睁得特别大，仿佛他已经看到自己用汗水换来的辛苦钱有了满意的回报。“我给这些孩子捐些钱让他们买书学知识，买点吃的补补身体。嘿，他们一转眼大学毕业，上了工作岗位，搞出个啥科学发明，你说那该给国家建设做多大贡献哩！”我看到老人说到这儿，脸上光彩异常。

1994 年，时值 82 岁高龄的白芳礼在一次给某校的贫困生捐资会上，他把一整个寒冬挣来的 3000 元辛苦钱交给学校后，这个学校的领导说要代表全校 300 余贫困生向他致敬。老人一听这话，久久思忖起来：现今家里缺钱上学的孩子这么多，光靠我一个人蹬三轮车挣得的钱救不了几个娃儿呀！这可咋办？老人的心一下沉重了起来。回到车站他的那个露天“家”后，老人硬是琢磨了一宿，第二天天还未亮他就把儿女家的门给敲开了。

“爸呀，您这么早来没出啥事吧？”儿女们看老人气喘吁吁地，挂着一身霜露，不知老爷子有啥急茬，忙让进屋。

老爷子要过一碗水，拍拍衣襟上的落尘，说：“我准备把你妈和我留下的那两间老屋给卖了，再贷点钱办个公司。”

“哈哈哈，我的老爷子，您昨晚没多喝吧？”儿女们一听这就忍不住捧腹笑起来。

老爷子板起了脸：“我给你们说正经的，有嘛好笑？我就是要办个公司，名字都想好了，就叫‘白芳礼支教公司’。”

“啥啥？子饺还是水饺公司？”

“支——教，支持的支，教育的教，支持教育的公司。”老人一个字一个字给儿孙们念清楚。

这回都听清楚了：老爷子真是着了魔，敢情自个儿卖老命还嫌不够，还想当个“专业”赞助户！

“你们看咋样？啊，说呀，是支持还是反对？”老人心急地问了这个又问那个。

儿女们你看我，我看你，异口同声地：“爸，只要您老看咋合适就咋办。”

“哈哈哈，我说我的儿女就像我么。”这回轮到老爷子乐不可支了。

“爸，我们嘛不担心，就是担心您老这么大年岁还……”

白芳礼朝儿女们挥挥手，说：“啥事没有，你们开口支持我办支教公司比给我买罐头、麦乳精强百倍。走喽——”老人猛地一按车铃，伴着清脆悦耳的“叮呤呤”声，便消失在晨雾之中……

不多时，在由市长亲自给白芳礼老人划定的紧靠火车站边一块小地盘上，全国唯一的一家“支教公司”——天津白芳礼支教公司宣布正式成立，84岁的白芳礼当上了公司董事长。开业伊始，他对受雇的20来名员工庄严宣布：“我们挣来的钱姓教育，所以有一分利就交一分给教育，每月结算，月月上交……”

不知道的人以为这下白芳礼老人可以坐享清福了，其实他的那个“支教公司”实则仅是火车站边的一个7平方来米的小售货亭，经营些糕点、烟酒什么的。

“可别小看我的小亭子，这儿可是黄金宝地哩。”与我面对面坐着的白芳礼老人指指如今那块成为他露天栖身之地的地盘，不无自豪地说，“我就是凭着卖掉老屋的1万元和贷来的钱做本钱，慢慢滚雪球越滚越大，由开始的一个小亭子发展到后来的十几个小亭子，连成了一片。最多的一月除去成本、工钱和税啥的，还余1万多元哩！”

“那可比您老一个人蹬三轮车多赚不少哟。”我听后打心眼里为老人高兴。

“多好几倍呢！”老人发出朗朗笑声。

不过有一件事我不禁要问他：“您老这么一大摊都是自己管呀？”

“不不不，我是董事长，不管具体的，我雇一个经理，他帮着我管事。我还是蹬自己的三轮车……”老人连摆了几回手，“我懂嘛做买卖？再说蹬了几十年三轮，你这回一下让我真像皇帝那样坐在太师椅里，看着伙计们流着汗吆喝着，可不是自己给自己折寿吗？要不得要不得。”老人乐呵呵地开怀大笑之后，接着说道：“再说想想那些缺钱的孩子，我也坐不住呀！我还是像以前天天出车，24小时待客，一天总还能挣回个二三十块。别小看这二三十块钱，可以供十来个苦孩子一天的饭钱呢！”

这就是一个耄耋老人的全部内心世界。他靠自己的全部所能，托着一片灿烂天空，温暖着莘莘学子。

我知道自办公司起，白芳礼老人每月向天津的几所大学、中学、小学送去数额可观的赞助费，这些所谓的赞助费实际上就是他的“支教公司”全部税后利润，他因此由开始资助的十几名学生，到后来的几十名、一百多名，直到二百多名……并且成为名扬津门和海内外的“支教劳模”。

老人讲到这段辉煌历史时，情不自禁地又翻腾起那几口袋有关他的报道材料，并自豪地夸耀起来：“……我到北京、到市里作报告，十三个机子对着我，录像的电视机呀。我对学生们讲，我说你们花我白爷爷一个卖大苦力的人的钱确实不容易，我是一脚一脚蹬出来的呀，可你们只要好好学习，朝好的方向走，我供你们学习也越干越有劲么。我干啥支持教育？支持你们学生？我晓得我们国家落后就是因为教育没上去，所以我要支持教育，支持你们学生好好上学。你看你从北京大老远地跑到我这里来，我没有点事迹，没有点材料给你写，你就不好回去写了，我就算啥先进、算啥劳模么？所以我越干越有劲。我对孩子们说，你们只要好好学习，就不要为钱发愁，有我白爷爷一天在蹬三轮，就有你们娃儿上学念书和吃饭的钱。我这么一讲，台下的孩子们全哭了……”

能不哭么！老人在一边依然沉浸在他那幸福的回忆之中，而我却无法平静如波涛起伏的心海世界：一个坐在你面前形似乞丐却比丰碑更巍峨的老人，十几年来从不间断地蹬着三轮，行程50余万里、捐出30多万元帮助贫困生，其本身的壮举便足够让那些大有能力却从不愿向社会、向公益事业伸出援手的人汗颜，当然那些不仅不向社会、向公益事业伸出援手且还想尽心思占便宜、伸黑手的人，就更无法与白芳礼老人的精神境界相比。照理像白芳礼这样高龄的老人已经无需再为他人做些什么，理当完全可以接受别人的关爱。可他没有，不仅丝毫没有，而且把自己仅能再为别人照亮的烛光全部点亮，并点得如此亮堂，如此光耀！

然后，老人告诉我，虽然他为诸多学生提供赞助的主要生财之源的“支教公司”，其经营地盘因整治城市环境而被拆除了，但他的三轮车还在，他的双脚还健壮，他的那颗爱国、爱教、爱学生的心，还在“扑通扑通”地跳，他就要尽快恢复每月向200多名学生的资助。

“大爷，允许我在这里代表所有受过您老资助的同学向您致意。”我觉得再在老人面前待下去我就会哭出来。

“好好，让同学们放心，我身体还硬朗着呢，还在天天蹬三轮，一天十块八块的我还要挣回来。”老人吃力地从小凳上站起来，向我伸过双手。

“您老的手怎么啦？”在我触摸到那双粗糙的手时，心头一阵颤动：老人的两手背上都有一大块发紫的淤血斑！

“前天夜里被几个小偷打的。”老人说，“他们看我这儿乱哄哄的，就想占便宜。我出去拦，他们就用木棍打我……”

我抚摸着老人手背上的伤痕，又是悲愤又是心疼，就像抚摸我自己爷爷的手。

“您老快去医院看看呀！”

“我不去，一去的话他们就要让你住院咋的，我这摊咋整？”真无法明白老人在对待自己的问题上总那样毫不在乎。

临别时，我向他要几份资料带走。老人显得有些为难。我马上明白过来，便说：“大爷，我要的资料我自己去复印，顺便给您多复印几份，以后有记者什么的来了您就可以给他们了。”

老人听后，似乎一下激动起来，脸都有些涨红了，他把手伸过来握着我连连说：“你是我碰到的好人。以前他们来写我，一来就拿走好多材料，我一印就是好几十块哪！可人家是来宣传我的呀，我有嘛话说么！那会儿我做买卖的那些小亭子没拆，也有钱应付得起。现在不行了，我断财源了，资助的那些学生有的一两个月没拿到钱了，所以你看你大老远地来宣传我还让你掏钱，怪叫人那个的……”

“大爷你可别当一回事，比起您这么高龄还一脚一脚地蹬车为学生们捐钱，我们算什么？大爷千万别……”我感觉自己的鼻子阵阵发酸，再也说不下去了。

“再见了，大爷。”

“欢迎再来。”身后，突然传来老人的一声叫喊，“……等文章出来了给我捎上一份啊！”

“哎，一定。”

当时已经走出几步的我，真想再回头看一眼津门的这位令人无比尊敬的老人，可是我没勇气。我发现我的泪水早已模糊了双眼。我猜想这是第一次、或许也可能是最后一次见我一生中最最值得尊敬的人，我多么渴望转过身去再看他一眼，但就是没有那种力量，没有那种可以让我不失声痛哭的力量……

第九章

抗击埃博拉前线的中国院士

非洲在当今国际舞台上扮演着极其重要的角色。非洲几百年来一直受到外强列国霸权者的侵袭。今天的非洲仍然留着许多西方殖民主义国家的色彩。

在中国援非抗击埃博拉医疗队去之前这种情况已经出现，甚至像中国驻塞拉利昂大使赵彦博向国内发出的紧急电文所指的那样：某些国家以“救世主”自居，先后派遣了不少医疗部队甚至是军队，当然名义上也是“人道”支援，但有一个目的是非常清楚的：借机研究神秘的“生物战”的另一种可能。

本来非洲兄弟碰上了灾难，各国援助符合人道，也是在联合国要求之下的合法与正义的行动，有力出力、有钱出钱，很自然的事。但某些霸道国为了强化他们的地位和霸主“尊严”，在援助的外衣下仍然不忘欺弱压软。当全世界包括中国在内的许多国家声明派出自己的援助非洲抗击埃博拉医疗队伍后，某些霸权国家自然想借非洲埃博拉疫情展示一下它在非洲的“埃博拉形象”——你们只能干一些基本的治疗和群防工作，检测病毒和科研工作由我们来完成，理由是：你们的医学水平和医学设备还做不到检测这样的病毒和阻止疫情的能力。于此相应地出现了某些国家在当地制定出抗击埃博拉的“分工”：我干什么，你只能干什么……奇怪得很，中国援非医疗几十年，过去在困难时许多非洲国家的城市与乡村只有中国医疗队的身影，而现在，某些霸权国家突然出现，并立即拿出“领导者”与主宰者的架势，甚至出现某国向中方提出他们要进驻中塞医院等无理要求，让我医务人员退之一边，并服从他们的指挥。

看起来这种“负责任”的“人道”，其实同样是赤裸裸的霸道。简单的一句话是：唯他们是，而他人、他国不行。

几十年与非洲人民友好的中国，第一时间派出自己最优秀的医务人员并拿出像“移动 P3”这般当时全国仅有两台的世界最先进设备，远涉重洋支援非洲兄弟，可见中国真挚之心。

整建制的如此大规模的医疗队远征，在共和国历史上是第一次，它意味着很多想象不到的事：比如一路行程，要飞越数十个国家；如“移动 P3”等庞大的设备，空运本身就是一个巨大的难题，沿途国家能否配合也是问题。在路经友好的某邻国时就遇上尴尬：对方不让载我医疗队和医疗装备的飞机进他们的机场进行补给。“那个时候，我们是从中国大陆飞过他们那里，根本还没有接触非洲的埃博拉疫区，但人家就是不让我们靠近他们的机场中心区，理由是怕传染。最后通过各种途径游说，才同意我们暂时停机加水加油，但又一连提出了几个‘不’：人不能下机，飞机不能靠近他们的飞机……你听了又气又好笑。”医疗队队长钱军说。

而这毕竟是少有的奇葩之事。

远行万里之外的他乡异国，遇上的困难和想象不到的事多得很。钱军他们所知的目的地是塞拉利昂，是当时的埃博拉疫情最严重的国家。

北京启程那天，世界卫生组织公布的埃博拉疫情，塞拉利昂已经位居“榜首”。“时不时可以在首都街头看到被扔的埃博拉病患者的尸体……”有报道称。

“我们甚至还在沙滩上看到一位疑似埃博拉病毒感染者，他浑浊的眼里满是求助和对生的渴望，痛苦地蜷缩着身子，挣扎了几下，不动了，嘴巴里塞满了沙子……”队员曹玉玺在到塞拉利昂的第一天的日记里有这样一段描述。

“17 日，我们到达首都弗里敦，开始大家以为既然是首都，一定至少还有些能走的路，能观光的大街吧！哪知下飞机后，竟然还要摆渡半天、走很长的一段路方能到达目的地。触目惊心的是，一路上我们真的看到了半截身子倒在污水沟里的埃博拉病死者……”钱军说。

那样的情景会是什么样？观者恐惧，听者照样毛骨悚然。但中国医疗队碰到的问题远不止这些。

从机场到中塞医院若走水路摆渡，摇摇晃晃，恶心难受自然难免。可医疗队和检测队带的装备有几十吨重，摆渡根本不可能，必须绕道而行。

“一下飞机我就傻眼了！绕道走要200多公里远，几十吨货物拿什么运呀？整个塞拉利昂处在疫情慌乱之中，即使平时也找不到像样的运输车辆，加上9月雨季，总之一踏到塞国，困难比想象的不知大多少倍！”后勤组长田成刚的第一只脚踏到非洲大地时，嗓门就开始冒火。

“先别急。我联系中企看看情况……”赵彦博大使立即安抚，并随即开动所有资源。

俗话说，出门靠朋友，出国可靠的当然找自己国家的大使馆。很快——其实也费了不少劲，赵彦博大使动员了一家中企，派来7辆车子帮助中国医疗队搬运物资装备。即使如此，田成刚仍然不得不征求队长钱军的意见：是不是我们一起先把物资装备搬运过去？

还用说！没有物资装备，我们人去了也没有用啊！钱军说完，先把自己身上的背包一卸，然后朝队员们一挥手：“哥们姐们，一起帮老田把这些物资搬到车上、运到目的地！”

“好嘞！”

没有一个人偷懒。偷懒者就不会到非洲来。不过，“拼命三郎”真到了非洲也恐怕累垮腰肩。刚到非洲陆地的头三天就把医疗队员们累得半死，加上看到的、闻到的，以及满身出的臭汗，一场“下马威”，差不多耗去了中国好男人、好女子大半身的蓄力。

“从下飞机到最后一车货卸完，整整四天三夜，我总共睡了不超过七个小时，而且都在机场眯盹，连酒店的钥匙都没拿出口袋……”田成刚说。

太累了。老田应该好好睡一觉。钱军他们轻轻地给他拉上房门。

“等等我！”突然，田成刚从床上跳起，追上钱军他们：“队长，要歇着的是你们这些医疗专家！建房搭棚的事由我们后勤组来完成，你们放心好了！绝对按计划超前建完所有检测和医疗设施！”

钱军看着眼前这位全队的军人“后勤部长”，感动了：“好，相信你！”

关于田成刚他们如何把一件件物资、一桩桩事情安排妥当、设备安装到位，把队员们的吃喝拉撒等事情样样搞定，这中间的复杂性，在此不一一赘述。总之，“中国速度”又一次在非洲大地显现发威。

问题并非是中国人善于“表现”，而是这一切皆因埃博拉病毒疫情所逼啊。

先是塞拉利昂的新任公共卫生部长弗法纳先生来参观中国“移运 P3”安装，问这问那，最后的话是：“这先进玩艺儿到底什么时候能够用起来？”

钱军说：“我们以最快速度。”

部长眨眨眼，期待地说：“你明天最好就能用起来！”

钱军瞪大眼睛。

部长说：“我的国家现在每天都有成百上千疑似者等待‘判决’”。

钱军点点头：“明白”。

总统科罗马又来了。非常欣赏地看着中国的新鲜玩艺儿，赞叹不止。

“一天能检测多少例？”总统最关切的是这个。

“正常情形下应该可以检测20多例。”钱军回答。

“太少，希望更多些。”总统认真地看着中国朋友，并且更加认真地说：“希望更多更多些，我的人民正在经受死神最严重的侵袭……你们是我们最值得信任的朋友。”

钱军重重地点头说：“我们一定会尽全力！”

总统满意地转身而去。留下队长钱军长长的凝视目光——他知道，这些天，整个塞拉利昂都沉浸在巨大的疫情悲伤与压抑之中：或是传来总统身边的人也感染了埃博拉，或是首都的感染者超过了千人，或是三天“闭门日”还未结束又传来一医院爆发十几位医务人员同时感染……还有更严重的，比如在《科学》杂志上发表埃博拉研究文章的九名专家，无一例外都倒下了，其中一位是塞拉利昂的首席专家。

钱军的心沉重起来，这是他在国内预先想到的所有问题之外的问题。“老田，能不能提前一天或半天完工呢？”这话憋了半天，钱军才勉勉强强跟田成刚开口道。

“行！争取明天就好！”田成刚一边捶着累弯的腰，一边抹着脸上不知是汗滴还是雨滴的水珠，冲钱军说。

9月23日，也就是检测队、医疗队离开祖国入塞的第六天，在时断时续的电力供应中，一个400平方米的固定实验室和1000多平方米的工作用房改造完成。检测所用的实验准备间、样本保存间、核酸检测实验间、污染物消毒间、器材储备间和工作区设施监控室等一应俱全，所有从遥远的祖国大陆运抵塞国的其他医疗设备、物资各就各位，并一一清点入单。

队员们有些摩拳擦掌，可内心又有些紧张不安：毕竟这是头一回检测埃博拉病毒，谁也没有经历过，关键是我们对这个超级病毒一无所知，更何况我们的“移动 P3”远道而来，是否也水土不服？是否对神秘嚣张的埃博拉检测有效？还有我们的队员对如此毒性、恶性、坏性的超级家伙心理上存不存畏惧？这都是问题。这都必须经过考试才能过关。

“大家心理是不是比较紧张？”一个高大英俊的帅哥出现在检测队员面前。同事们都认识他，此人叫高福，中国检测队里的学术权威，中国最杰出的细胞研究科学家，“院士”的头衔就代表了一切。一台“移动 P3”、一个高福院士，谁都能估量此次对非抗击埃博拉的援助力度之大，几乎是在亮“家底”，足见诚意和重视。

“怎么样，若心里有点虚的话，我上？”高福从来就是乐观派，啥事到他那儿“皆不是问题”。他问中国疾控中心一起抽调过来的年轻专家曹玉玺，这位“首战”骨干是高福精心挑选的，并决定带赵翔和王力华两位检测员一同执行这一天的任务。毕竟，在国内和一路上的各种新闻和传闻中，埃博拉已经被说得神乎其神，恐怖之恐怖，好像谁遇上它就是末日。医疗队员也是人，是人就有恐惧心理。中国队员也不例外。高福深知此理。

“哪能劳您院士大驾嘛！放心吧，我们行！”曹玉玺带着两位助手，毫不含糊地回答。

“行，是咱中国的好男儿！”高福的脸上立即绽开了花。随即，他又绷紧面孔：“人家今天送来五份‘阳性’标本，是来考咱们的，这算是初试，及格不及格，你们可知道其分量啊！”

“明白。保证完成任务！”

“好，去吧！”高福一挥手，像给学生布置完作业后一样，潇洒地拍拍站在一旁的钱军，说：“走，我们到办公室等结果。”

在规定的时间里，曹玉玺他们带着结果从实验室出来。

“怎么样？与标本一致？”钱军有些迫不及待想知道结果，因为这将关系到整个中国检测队和医疗队能否按预期展开援助工作，当然更重要的一层还涉及我们中国的国家形象。

“不知……”从来干脆利索、毫不犹豫的曹玉玺，这回拿着检测“结果”，站在队长和院士面前竟然有些结巴起来。

“怎么回事？”钱军急了。

“说吧。是什么情况？”高福关心的是我们的检测与人家送来的标本结果是否一致。

“四个标本一致，一个不太一样……是弱阳性，而且很弱，不像是。”曹玉玺尽管把结果说得很明白，但话中有些犹豫不定。

高福问：“整个测试程序没有错？”

“绝对没有错。”曹玉玺坚决地。

“这到底是怎么回事？”队长钱军紧张地看看刚刚从实验室出来的队友，又看看紧锁眉睫的高福院士，扔下一句话便急匆匆地走了：“我去打探一下情况。”

“先别急！我先看看结果报告，你们一会儿到我办公室……”高福从曹玉玺手中拿过五份标本检测结果，回到了他的办公室。

曹玉玺等收拾干净后再来到高福的办公室时，院士正在五份标本的检测结果报告书上“刷刷”地签着自己的名字，一边口中道：“我们的结果没有错，就是四阳一阴！”

“对对，就是四个阳性，一个阴性！”几乎在同一时间，钱军兴冲冲地来到高福办公室，说：“刚才我让队员鲁会军跟提供给我们标本的南非拉卡实验室联系了一下，在那里找到了一位中国留学生，请那个留学生打听清了情况，你们知道怎么啦？”

曹玉玺早就憋不住了：“钱队，快说到底什么情况？”

“本来就是四个阳性、一个阴性。”钱军说出实情。

“真是在考我们呢！”曹玉玺的脸一下“噌”地涨红了，“这不是存心嘛！”

高福院士笑眯眯地拍拍曹玉玺的肩膀：“息怒。”然后平静地对队友们说：“其实这也很正常。在西方国家，一些人从来就很怀疑我们中国人能做跟他们一样的事，更不相信我们能做超过他们的事。我在跟他们打交道的十几年里，太明白清楚这一点了。不过我们中国人呢，就是有那么股精神，一股不服气的精神，就是不信邪，不信世界上别人能做到的事，我们就做不到。这不，埃博拉病毒在我们中国没有遇见过，但我坚信我们一样能研究出战胜这一病毒的关键点，同时也能在疫情爆发时拯救非洲兄弟姐妹的生命！”

“高院士，你实在是‘高’！说得太好了！”钱军和检测队员们的情绪一下被胜利激奋起来。

“这样算不算我们的初试合格了？”曹玉玺关心的是这个。

“那当然。”高福院士肯定地说：“一会儿，我就可以对外正式宣布：我们中国实验室检测队已具备了检测埃博拉病毒核酸阳性样本的能力了！”

“好！也就是说：我们可以正式上岗了？！”曹玉玺一下蹦了起来。

“高院士是这个意思吗？”钱军也异常高兴地双眼盯着高福。

“是这样。”高福院士重重地朝钱军点头，又朝欢欣鼓舞的曹玉玺等说：“大家先回去好好睡一觉，真正的大考还在后面呢！”

“那也不怕！咱们中国人哪，做人有骨气，办事要大气，待人要和气，抬头有精气，浑身是正气，立足世界上，扬眉又吐气……”哎，瞧他曹玉玺，哼着《咱们中国人》的歌曲，满是来劲哩！

中国检测队的全体人员都在欢笑。这确实值得庆贺，因为这既是中国援助非洲抗击埃博拉医疗队的关键医学手段，同时也证明了中国自制的“移动P3”实验室的国际水平。当时在埃博拉疫情区除了正面“交战”展示各自能力外，相关国家也在较量各自的医学科技装备。美国、英国、法国的“P3”实验室在中国医疗队抵达之前的一些日子里，姿高气扬，十分傲慢。

现在，中国“移动P3”来了，他们自然先要看看热闹，也不乏别有用心者在期待看到中国人出一些“洋相”什么的，因为西方世界的某些人从骨子里不太瞧得起中国人和中国人所创造的任何科学技术。

其实从某种意义上看，这也是公平的，毕竟是我们人类共同面对可憎的埃博拉病毒，意气用事不符合常理。

较量总是硬碰硬的，实战检验也绝对不能丝毫马虎。

9月28日，埃博拉病毒的实毒检测在中国“P3”实验室正式开始。这是真正的实战——埃博拉的病毒妖魔就放在检测队员面前，要求识别和识破它！必须百分之百的准确，否则将影响另一个百分之百的生命！

早晨，八名检测队员按照规定穿戴上厚厚的防护服，庄严地排成一列，接受队长钱军和专家组组长高福院士的命令。

“不再重复了，大家已经对检测的规范倒背如流，现在需要的是稳定心境，沉着操作，滴水不漏……”高福院士一向把最复杂的科学道理用最简单朴素的语言传递给自己的同事。

“我们的口号是……”队长钱军则是另一种风格，他追求的是队员的战斗精神和意志。现在，他是战斗出征前的指挥员。

“来之能战，战之必胜！”鲁会军、曹玉玺等八名检测队员铿锵回应。

“投入战斗！”钱军下达正式命令。

“是！”

神情严肃、斗志高昂的检测队员们迈着整齐而有力的步伐，走进“P3”实验室，从此拉开了与恶魔正面厮杀的战幕。

2014年9月28日，中国首个援助非洲的埃博拉病毒检测队实毒检测于当日10时30分正式开始。

半个小时后，灭活样本。即由检测人员通过物理或化学手段杀死病毒的过程，灭活本身不会损害病毒体内有用抗原，以为后续实验所用。

“移动 P3”实验室从外形看，有点像我们电视里看到的“空间站”一样，只不过它是停落在地面上的由三个不同封闭体连接为一体的设备，其内器材名目繁多，可计数千种类之上，俨然是一个科学实验场所。里面虽然各种器材井井有条，各就其位，但仍然无法像建在地面之上的其他建筑物那样，想多么大就建多么大，想要多高就盖多高一样，“移动 P3”是一种可车载移动的实验室，空间十分有限，且严密封闭，检测人员在内十分辛苦，甚至连挪动脚步也需谨慎细微，有时在原地一站就是几十分钟。更何况，埃博拉病毒检测非同寻常，仅检测人员所穿戴的防护服装和随身配套防护器材就达数十斤。关键是，每一位检测人员在工作过程中必须高度警惕和全神贯注，神经极度紧张加之每个程序皆在极端严密和规范下进行，意志、耐力、态度、技术、责任等，皆在这里获得彻底的检测与检验。自然，在已知和可以想象的恐怖与残忍之外，埃博拉病毒的实毒检测更需要异常的心理准备。而中国检测队还有另一个考验：你是唯一的一个发展中国家，你的“P3”能不能站在死神的门槛评判任何一位埃博拉疑似感染者的生与死——可怜的非洲兄弟姐妹将生命交代给了检测人员，你的一声“YES”或“NO”，将决定他们是跨过死神门槛，还是被推进恶魔门内。但同样，当一个病毒标本在“P3”实验室暴露的那一刻，中国的检测人员毫无疑问也在接受一场生死的考验……

一个、两个、三个……五个、十个……

病毒样本在一个又一个经过检测人员的手。突然，“敌情”

异常!

“P3”内气氛倏然紧张。只见鲁会军的双手剧烈地颤动着:他手中的镊子在夹出病毒样本时竟然从盒内拉出一段长长的异物……

什么东西?

不清楚。

室外的监视屏前,队长钱军的眼睛一下凑前十几厘米,问实验室内指挥战斗的副队长孙宇。

是一根带针头的输液管。“前线”报告。

天,这绝对是最危险和易传染的病毒体!

要不要中止实验?副队长孙宇紧急请示。

此刻的钱军肩头一下压上一座山:继续实验,极有可能让队员意外被病毒感染,如果撤离战场,意味着首战败北。怎么办?

或许只有三秒钟的时间,或许连三秒钟都不到,但这一刻,“P3”内外的有所中国检测队员们的心悬在了空中,等待队长钱军的最后决定……

钱军神色严峻,双眉紧锁,旋即,他轻轻地摇摇了头,然后重重地吐出四个字:沉着稳住,继续实验。

是!沉着稳住,继续实验。

只见实验台上的鲁会军长吸一口气后,稳住身子重心,然后缓缓移动右臂——夹镊子的这手小心翼翼地将输液管一点点地从病毒样品盒中抽出针头,再轻轻投入装有消毒废液的瓶内,直至密封置妥。

我用了上述不足50个文字来描述,其实在实验室现场的鲁会军他们那里，就是一场与病毒恶魔惊心动魄的超级肉搏，稍微不慎，就有可能被埃博拉病毒击中致命，而且这种恶果是连环性的，像触雷一般。

“好样的！他们胜利啦！”钱军在屏幕前看得真切，他看到鲁会军稳稳地操作完这一套程序后，似乎再也支撑不住似的将双手紧紧捏住操作台的台沿足足有两分钟之久，钱军的热泪和欢呼几乎同时迸发而出。

当日下午四时左右，埃博拉病毒实毒标本的核酸检测开始。

四小时后，病毒检测结果出炉： 24 个样本， 17 个阳性，其余被排除。也就是说，塞拉利昂有关方面送至中国检测中心的 24 个埃博拉疑似病例中，有 17 人被确诊为埃博拉病毒感染者。

这是中国援非抗击埃博拉医疗检测队用自己的“P3”仪器第一次检测出的埃博拉病毒，其意义非同寻常，它不仅让我们的从未接触过埃博拉病毒的中国医疗队和中国“P3”技术设备通过了一次“国际大考”，而更重要的是给疫情危急的西非国家带来了巨大振奋！谁都知道，当一种传染性病毒突袭人类并造成不可逆转的死亡现象时，阻止病毒继续侵袭、及时治疗那些感染的患者是最紧迫的事，然而要做到有效、及时地拯救那些垂危的生命，关键是要弄清楚其到底是否真的感染上了病毒，方可采取针对性的治疗。在西非，像埃博拉这样的病毒感染，其本身很不容易分清到底是否与一般的发烧、疟疾等其他热带病有什么差异。第一时间及时、准确地诊断出是不是埃博拉病毒感染，不仅对挽救患者本人至关重要，还可以同时防控他人受其意外感染。所以，当西非数个国家受到埃博拉的疯狂侵袭时，检测疑似患者是否真正感染上埃博拉病毒是最紧迫的事。因此从某种意义上讲，在当时，谁掌握了检测埃博拉病毒的技术与能力，谁就可以主宰这场与魔鬼争夺命运存亡的斗争。

埃博拉疫情，不仅仅关涉非洲兄弟的生命，还有比这更重要、更长远的问题。

中国作为与非洲国家保持长期友好关系的国家，中国的医务人员、中国的医用试剂、中国的医疗“P3”检测实验室，为这些疫情国家在关键时刻，及时准确地提供了患者的病情诊断，拯救的既是那些挣扎在死亡线上的患者，也拯救了处在风雨飘荡中的国家和民族的命运。

这一天，鲁会军、孙洋、卢义、邓永强、杨帆、曹玉玺、张晓光、苏浩翔这八位中国医疗检测人员的名字，牢牢地镌刻在中国和世界疾病控制事业的历史丰碑上。

我知道，后来的中国“P3”实验室，为西非埃博拉病毒疫情的几个国家都进行了成果卓著的检测，其检测数量和检测结果，都在同行中名列前茅，得到世界卫生组织高度评价。而最根本还在于及时有效地拯救了数以万计的埃博拉病毒感染者的生命，同时也帮助了更多其他病患者的精确治疗。

这里要特别说一说中国检测队中一位最重要的人物——高福。他是院士，中国传染病研究的“国器”级人物。

高福先生是我认识的众多院士中最年轻的一位，而且也是特别喜欢的一位。言喜欢是因为他属于中国院士中的“另类”。过去的几十年里，我曾采访过包括钱学森、王淦昌、袁隆平等几十位院士。他们都是德高望重的优雅老师。但高福不一样，绝对的洒脱“酷哥”型，绝对诗人气质，如果他从文，一定是位天马行空的大诗人。我由衷欣喜地从高福身上看到了中国新一代院士的能量与精神。

“埃博拉病毒病实际上就是在我们人的机体中形成的一个特殊的‘人体风暴’。平时，我们人是有很强的抵御外来病毒侵袭的能力，因为我们有自身的‘细胞因子’反应，但埃博拉病毒与众不同，它的攻击能力特强，就像网络世界里的一位‘超级黑客’，似乎有些所向披靡，令人防不胜防。因此当它一旦攻击我们人类时，我们就不适应了，原本固有的免疫细胞因子反应出现混乱，反应过度，变成了‘细胞因子风暴’最后机体自己死了。这是我从病毒原理的角度认识埃博拉的第一点。第二点，从西非几个国家的埃博拉患者的死亡情形看，埃博拉病毒的感染有个规律，就是人体接触造成的后果居多，非洲人喜欢搂搂抱抱，尤其是一个传统的风俗习惯很让人忧虑：那里的人一旦死亡后，亲属与好友都要在死者下葬前抚摸尸体，甚至对尸体进行清洗……这个过程，病毒的传染是最危险和最严重的。其三，其实人类发现埃博拉病毒已经有三十多年时间了，它并不是一个新冒出来的病毒，但这一次危险性特别严重，患者死亡率超高，则证明此次出现了‘超级毒王’，也就是说，这回西非埃博拉病毒是存在我们人类不曾有特别武器可以阻止与消灭它的超级传播者。加之非洲国家消极预防、没有疫苗、没有治疗，造成特别严重的疫情也在预料之中。但这种情况出现后，我的内心其实是平静的，因为任何一种病毒，即使是强大和奇异得我们人类无法想象得出，可怕到令我窒息，在我看来它依然是我们人类完全可以战胜的病毒而已。针对埃博拉，我自己很快有了对付它的方向，那就是：早诊断、早隔离、早治疗。然而遗憾的是西非有几个国家没有采取这些措施，其结果也是在想象之中……”

到底是院士，而且是姓“高”的中国院士。高，实在是高！我心里很敬佩他。

“不过，这回的埃博拉确实有些厉害。”高福说：“有个苏格兰的患者，好了9个月，后来又出现了病毒复发，她是参加在西非埃博拉治疗的女护士。这证明，这回的埃博拉病毒又有了新的变异：从急性病毒，又转为慢性病毒。最近又有病例证明，一年多后，发现了埃博拉病毒竟然还潜藏于男子的精液里……这说明，我们人类对这个病毒的研究和了解远不够，也让我们专业人员感觉肩负的责任重大！”

“诗人气质”的院士这一刻脸色有些凝重。毕竟，他是科学家——我心头说。

“可当国家决定援非医疗队要去埃博拉疫区，而且由我负责业务时，我没半点犹豫，去呗！这是我的强项，我又有院士的头衔！再说，院士也是一个‘战斗员’呀！战火之中，院士就该像战士一样冲锋在前，且应该在与敌人拼刺刀的最前沿……”

“埃博拉很吓人，你身为大院士，就没有一点儿怕？”我希望高福说出心里话。

“醉卧沙场君莫笑，古来征战几人回？”他竟然用一句古诗回应道。“我要再怕它，那它埃博拉就真可以横行整个世界了！”

他真的是诗人！豪情满怀，豪气冲天！

诗人自有诗人的性格，院士更有院士的性格。院士出征，中国援非医疗队员们的底气倍增。

“有高院士在，咱还怕啥！”上飞机离开北京的那一刻，中国援非医疗队员们心里不免有些紧张和恐慌，但上了飞机就听高福院士的“空中课堂”，顿时轻松许多，“尤其是他那通俗简洁的语言，生动形象的比喻，过人的胆识，科学严谨的作风，让我们从心底敬佩院士……”队员倪大新概括评价的这几点，高福甚为满意。

“踏上塞拉利昂土地的那一刻起，我们就进入了战斗的状态，除了睡觉，几乎没有一分钟是在闲着。其实睡觉时还常常在想着如何与这个国家的卫生部门和医疗机构进行合作抗击埃博拉事宜。”高福从抽屉里拿出一个紫皮笔记本，随手翻开内页，上面密密麻麻写满了字。“从出发那一天起，我就开始记日记，从西非回国后，有媒体听说我有这东西，就好心帮助整理出一些内容，以‘院士日记’的方式去报纸上发表了。”院士说。

厚厚一本，沉甸甸的“院士日记”，记载了一位援助非洲抗击埃博拉病毒战斗的中国院士的特殊日子，令人好奇。

在最近一系列紧张的准备与没完没了的会议之后，今天终于出发去弗里敦——塞拉利昂。没有写日记的习惯，但这件事太重大，太有意义了！决定从今天起开始记“流水账”……

院士日记的开篇语这样写道。

“你是那一天出事的？”我问。

高福的眼睛一下溜得圆圆的，盯着我不放，意思是：我出事？出什么事？谁说我出事了？

哈哈哈……我笑。笑后告诉他：“你不是去后没几天就在那边发高烧了吗？”

“噢——这事！”高福满不在乎地说：“是高烧。他们开始吓得以为我感染上了埃博拉……”

“当时你真发高烧了？”

“是。还是好几天居高不下，确实把队里的人吓坏了，虽然他们没怎么告诉我他们是如何紧张的，但可以想象得出来。谁让我是院士嘛！”

高福好像从来没有把自己在塞拉利昂发高烧的事放在心上，可我在采访其他同去塞拉利昂的中国医疗队成员时，他们说当时高福院士发高烧的事还真把中国医疗队吓得喘不过气来，其实何止是近在高福身边的援非医疗队，据说高福发烧着实还牵动了中南海的神经……

这也难怪。中国医疗队临出发前，习近平总书记就有话在前：我们出去的队员和专家，必须实现“零感染”。这是命令，也是党中央对中国医疗队的高度关怀，更是一条红色底线。为何这么说，大家清楚：埃博拉太厉害，中国已经有过 2003 年“非典”袭击的惨痛教训，绝不允许有一个比“非典”病毒更厉害的埃博拉病毒传染到国门里来！绝不允许！再说得直白些：要阻止埃博拉进入中国并不是做不到的事，但要让进入埃博拉传染区的中国医疗队“零感染”其实是比登天还要难的事。假如感染上了怎么办？假如感染上了又治不好怎么办？

谁对此问题想过了吗？我问驻塞国的赵彦博大使，赵彦博大使涨红了脸没有回答出来。我问中国防控中心的高级官员，他们也含糊其辞地说不出一个清晰的答案。我只能问高福。

高福这样回答：“我们去一线的人，每个人都做了回不来的准备。但确实我们谁也没有真正想过假如自己感染上了埃博拉后会怎么办。作为病毒专家，我可以向你说句实话：我坚定地相信，即使我们中国医疗队员中谁感染上了埃博拉，我和队友们一定会把他从死亡线上抢救过来……”

“这是你事后的信心？还是初心？”我无比怀疑。

高福却肯定地回答：“当然是初心。”

“信心何来？”

“我是病毒专业的院士。在离开祖国出发前，我就已经分析清楚了埃博拉病毒的传染特点与途径，而且我在飞机上就向同行的中国医疗队友们亮出了我的主张与观点。”高福说。

“在我看来，这仅仅是认识阶段，而真正的埃博拉防治恐怕并非那么简单，比如院士你到塞拉利昂后的感受是否与出发前有所不同？”我仍抱怀疑，尽管他是院士。在人类与传染病毒的每一场大较量中，专家失手和死亡的例子并非少数。

“确实如此。”院士这回点头了，很诚恳地说：“你说得对。任何科学仅仅建立在认识之上是脆弱的，只有被实践证明了的经验才是可靠和管用的。这回西非的埃博拉卷土重来且形成对人类严重打击的势态，事实上远比我们一般的、常规认识的病毒传染要复杂得多、严峻得多，关键是这回变异了的埃博拉病毒，具有超级强度的进攻能力。稍有不慎，就会酿成大祸。在我们去之前，中塞友好医院连续出现塞国埃博拉防治专家连续死亡的教训就是一个强有力的说明……”

我打断高院士的话，直截了当地问他：“你就一定认为我们中国专家比他们当地的专家能力强吗？还是我们有‘秘密武器’？”

“从一般意义上讲，我们国家的医疗能力和水平要比塞国的强。他们的专家基本上是从我们国家的学校和医疗机构学习毕业回去的，就是说我们两国的医疗专家的水平可以用师徒关系来比喻。但有一点不能忽视，因为他们回到自己的国家后，几乎天天要跟热带感染病毒打交道，实战经验并不比我们差，某些方面甚至还优于或超过我们的经验。只是他们受到一些本国传统习惯的影响和不能根本上摆脱本国的传统文化，比如不像我们特别重视和注意在任何时候与病毒感染者之间保持距离。在飞机上给队员们上课时，我也特别提醒大家到埃博拉传染区后，最要时刻记在心头的就是要使自己的任何时候都与感染者保持必需的距离。这是最能保护自己的措施……”

“可我读了你到塞拉利昂之后的最初十几天的日记，感觉似乎你天天与塞方人员接触，尽管他们都是些官员和专业人员，但你也并不清楚他们中间有没有埃博拉的感染者呀！你不是犯了一个教导别人不要犯而自己偏偏又犯了的错误吗？”

“你的话很戳人心呵！”院士大笑，然后又严肃道：“真是这样。虽然我是专家、是院士，但我更是中国人，是一个满怀对非洲人民感情的中国医疗队员。一到那里，我的心跟所有人一样，看到当地的疫情之严重，问题之多，所以心里着急，更何况有些情况远比在国内想象得要复杂和沉重得多，比如防治埃博拉最需要做的发动民众和官方迅速行动，需要迅速普及基本预防知识和措施等等，这些问题如果跟不上，埃博拉的传染将会日趋严重，挡都挡不住，也就是说，死人会越来越多，甚至完全失控。我们中国医疗队到达塞拉利昂最初的日子，也是埃博拉疫情爆发越来越严重的时候，街头出现乱扔尸体，大批塞国抗埃博拉专家死亡，民众仍然毫无保护措施。所以，我们到达后，整天忙着跟塞拉利昂政府和当地医疗机构进行沟通和建议建立相关防护疫情的措施，以及如何以最快的速度建起我们的病毒检测中心和介入对感染者的治疗等工作，我是中国医疗队的业务方面的负责人，自然里里外外都要出面，既当战斗员，又当指挥员……有些时候明明知道不该与当地官员和治疗一线的医疗人员贴得那么近，但那是工作，那是战斗。设想一下：你是一名已经投入战场的战士，如果一颗子弹从你身边穿过，甚至擦破了你的皮肉，你还参加不参加打仗了？肯定要继续战斗嘛！这是战士的责任和命运所决定了的，不可能改变。而你要继续战斗、继续打仗，下一颗子弹就可能击中你的脑袋。这就是战场留给战斗员的命运。我说过，我既是院士，也是战士，到了塞拉利昂，到了埃博拉疫区，没有谁能逃得过、躲得了那里的空气和那里的人，更何况我们中国医疗队去的目的就是为了拯救处在水深火热的非洲兄弟姐妹们，哪里顾得上每一分钟、每一件事都百分之百的按照原先设定的‘规矩’做嘛！事实上你也没办法完全做到，人家总统和部长见了你中国朋友，一高兴就跟你碰胳膊肘（埃博拉流行期间，见面礼由拥抱或握手变为碰胳膊肘），你能退后避之？跟总统和部长碰胳膊肘后，他的随行助手你就冷落人家了？你还得跟人家碰胳膊肘……这么一来，谁知道对方是不是埃博拉的潜在感染者！不是我们还没有去时，就有总统的卫队队员感染埃博拉而死亡了吗！”

“你的发烧就是在这种情形下出现的，所以把同行的整个中国医疗队吓坏了！甚至国内的领导们都紧张得不得了啊！”我说。

高福笑：“这些我倒不是知道太多。”

“院士出事，咱中国援非的面子何处搁？”我说，“关键是你这人太珍贵了！你出了事，不仅关系中国少了一个大院士的问题，而是意味着西非这场与埃博拉病毒搏斗厮杀的战斗更加残酷，让人感觉不可遏制似的。”

“你这么一分析，我还突然感觉我真的不能‘光荣’啊！”高福幽默道。

“院士出事了！”这消息在刚刚到塞拉利昂的中国医疗队里算是一条不胫而走的“内部消息”，且是有关人士要求“严格保密”的纪律。

“军心不能涣散，国家形象更不能受损害。这就是我们当时考虑的为什么一直没有把高院士出事的情况对外说过的主要原因。”长期驻扎在塞拉利昂的中国援助医疗队的王耀平队长如此说：“当时我们在前线的压力确实太大了。别说大院士出了事，就是一般的队员出了情况，大家都会特别紧张。想想看：一方面我们刚到非洲，还没有全面展开工作，另一方面党中央及有关部门的领导一再要求我们必须做到万无一失、“零感染”，全国人民都看着我们。所以高院士出现高烧的情况后，我们真的非常非常的紧张……”

30 日起床，有人向队长钱军报告：高福院士体温 38.1 度。

“怎么搞的？他发高烧还了得！”全队惊恐！

“一刻也不能耽搁！”钱队长当机立断安排了对高福院士进行了埃博拉病毒的检测，结果呈阴性！

阴性？那怎么还会高烧呢？是不是病毒还在潜伏期，没有发作到可检测程度，而没有被检测出来呢？

“吃药！药量加倍！必须把高烧压下去！”队里的几位负责人紧急汇聚在一起，悄声细语地在开“秘密会议”……

“尽量不在队里扩散影响。”

“要不要向国内报告？”

“这个……”队长钱军开始踱步。

“还是不报的好。”

“如果院士一旦……咱们谁也担不起这个责任呀！”

“可一旦报上去国内还不一片惊恐呀！”

“队长，你拿主意吧！”

争执持续不下。大家的目光聚到钱军身上。

“你们看我有啥用？”钱军显得有些怒了，脸色铁板一样的灰，声音强压着问：“你们谁给我说清楚：高院士这两天到底在干什么？到了哪些地方？还有，跟谁接触过……”

钱军问的这些问题，其实是关键之关键。病毒传染病，就是

"传染"二字令人胆战心惊。在场的都是中国传染病专家，谁都清楚钱军所提问题的要害。为了百分之一千的保险，钱军队长对高福院士进行了疟源性疟疾病毒检查，依然是阴性。

"高院士从到这里的第一天起，就每天要跟当地卫生部门打交道，至少接触过当地各色各样的人几十个，而且在不同场合。"有人说。

"他在国内就是出名的'工作狂'，到这儿后每天工作在十五六个小时以上。他既要指导我们队员们的工作，又要到中塞医院等病毒治疗现场察看……比谁都靠近病毒前沿！"

"他是院士，总该不比我们缺少警惕性吧。再说他的专业水平比我们都强，不至于吧？"

"正反方"激烈争辩，似乎谁也说服不了谁。

"怕的就是他太自信，太忘我工作了……"钱军一边听着大家的争执，一边摇头感叹。

"现在重要的是要把他'控制'起来，而且不能让外面的人看出来他被'控制'了！这是第一点。大家请注意了：对高院士的'控制隔离'，要做到外松内紧，不得让外人看出来，因为这涉及可能产生的重要国际影响！你们都明白吗？"

钱军没有把话说得那么透彻，但关于这一点中国医疗队的所有人都明白，因为从中国医疗队到达塞拉利昂的第一天起，多个国家的医疗队和国际媒体及相关情报机构早已"盯"得紧紧的，任何一点"情况"，都可能成为抹黑中国医疗队和抹黑中国的"爆料"。假如一条"中国顶级病毒专家、院士先生在西非防治埃博拉前线感染病毒”的消息传出来，肯定成为全世界瞩目的新闻，那将对中国医疗队和中国形象是何等的压力!

保密是绝对需要的。但如何让之前每天出现在塞拉利昂埃博拉战斗现场的公众人物高院士既能保持原先的工作状态、又能确保身体情况的“异常”不泄露，这是个大难题。

“只能听天由命了！”有人十分悲观地叹气。“少招晦气！”队长钱军一听便来火，但他内心想说的其实也是这一句话。

听天由命，包含着顺其自然的意思。这是无奈的选择，也是人类在无法选择自己命运时的一种脆弱的表现。你又能怎么样呢？当埃博拉突然袭击人类时，全世界所有发达国家都派出了最先进的医疗技术队伍，而且都有军队医疗队混杂在援助队伍之中。为何？这是不能放在桌面上的“特殊任务”——探求生物战的“秘密武器”。埃博拉传染如此之迅猛、死亡率如此之高，恰恰就是生物战所需的“高尖端武器”……这是另外的一个问题，我们不去延伸。

现场，中国医疗队最担心的是高福院士的高烧。

按照当时当地的规定，凡发现高烧者皆需要隔离入院。在西非国家，除眼下严重的埃博拉病毒袭击外，热带病如疟疾等也都是以发烧为最初症状。但高福院士的发烧到底是一般性的感冒发烧，还是其他热带病传染，还是埃博拉病毒感染?这三者间分析结果，中国医疗队的内部给出的初步结论首先排除了其他普通热带病传染的可能，但也非绝对排除，因为高福同所有中国医疗队员一样，已经踏上塞拉利昂国土有半个来月，热带病的传染有半个月时间也够了。但专家们认为，从高福和中国医疗队到达塞拉利昂后所做的工作范围看，普通热带病传染概率相对小些。普通感冒发烧？这是大家所愿望往这方面去靠的，但又有谁能说他高福就是普通的感冒发烧！“我身体一直是棒棒的，你看看我的肌肉！”高大帅的院士平时就喜欢“吹”他如何如何的运动和健康，“一年到头不知生病为何物”的他，让人怎会把普通感冒发烧的事贴到他身上呢？唯一，唯一的可能就是埃博拉病毒“粘”上了他——可不是，唯他天天跟塞拉利昂的官员接触，唯他时不时去当地医院检查调研、技术指导……

唉，老天爷可千万别……中国医疗队的上上下下都为院士高福担心起来，几位年轻女士已经悄悄在为“高大帅”的院士祈求平安了。这不，换谁都担心死了：在发现高福高烧的当日傍晚，他的体温竟然升到了39度！

天！这可怎么办呢？中国医疗队的最高决策组织的“五人小组”——现在只剩下四人，高福被隔离，两对两的意见争执不休：一方主张立即向国内报告，以求上级指令，实施特殊措施，以防万一；另一方则主张等等再说，倘若能够自行将院士的病情缓解下来，治疗好，这样对稳定军心，坚定战斗决心，保护中国医疗队形象会有积极意义。

“都别争了！再争十天半个月都不会有结果！”钱军抱着头，使劲地摇晃着。最后，他直起腰，说：“我们争了半天，却忽视了一个最重要的人，他才是化解高院士危险的关键性人物……”

“你说的是谁呀？”几个人不约而同地询问钱军。

“高福！”钱军忽闪了几下眼皮，说：“除了他还能有谁？”

他？对啊，他是我们全医疗队最高技术权威、中国顶级病毒传染研究专家，遇到这样的问题，非他莫属！

“咱是不是有些不近人情？”有人喃喃道。

“什么不近人情？这是最大的近人情！”钱军有些窝火，说：“你们想想：他发高烧，我们在外围能采取的措施就是将他隔离起来，送些降高烧的常规药，再配上几个医务人员在外围帮助他，我们也在隔离室外面精神鼓励他。可这些对作为院士的高福来说，等于哄孩子一般，他全清楚，全熟悉，起不了太多作用。最关键的是，真正要挺过来的话，显然要靠他自己。你们说我的话是不是在理上？”

“话是这么说，可总感觉心里有些对不起院士他……”有人仍在磨叽。

“行了行了，谁都别装啥好人！现在最关键的是看高院士后两天的身体变化情况了！咱四个人除了日常工作外，轮流值班，察看高院士的发烧情况，每两小时通报一次结果。”最后还是“五人小组”的刘柳作了最后决策。钱军则去找全队最有经验的吴护士长，请她 24 小时全程负责高福院士的生活与治疗事宜。

“亲爱的院士同志，你现在的情况确实有些让我们担忧……但我们都有信心，你的体温是完全可以降下来的！你也是这样认为的吧。”钱军觉得自己今天说话有些颠三倒四的，怎么没有一点儿平时的那种“高山流水”般的畅快了！站在隔离室门外的地方，他不敢抬头正面看一眼自己亲爱的战友、院士同志，因为他惧怕院士会嘲笑他，或者因为自己的过度担忧让院士看到后反而造成心理上的负担。“我说这些话是希望……”

“哈哈哈……”钱军突然被一阵朗朗笑声所打断。当他抬起头时，见站在十几米外的隔离室内的高福院士正笑眯眯地看着他。

“你、你笑什么？”钱军一副窘相。

高福院士调皮地挤挤眼，说：“你们心里想的啥我都清楚，放心吧，亲爱的同志！我知道如何对付自己的身体变化，再说，作为一名病毒研究专家，过去光在理论上和实验室里打太极拳，现在用自己的身体来感受太极拳的奥妙，其实才是考验一位病毒研究专家的本事。放心吧！亲爱的同志！你们只要按照我的请求，准时送来相应的药物和食物，其他的我自己知道怎么做……”

“保重！院士先生！我们的抗击埃博拉战斗才刚开始，大家都等着你带领我们去冲锋陷阵呢！”钱军的眼里有些发热，声音变得微微颤抖。

高福眯眯一笑，没有说话。

分手就在咫尺之间，但仿佛远隔千山万水。这一刻，钱军是沉重的。高福其实也不平静，他感觉自己从事病毒研究半辈子，唯这一次有些粗心大意了——毕竟这儿不是国内，也不是英国的牛津和美国的哈佛，这里是落后著称的非洲，尤其是在死亡率超高的埃博拉病毒传染高发期的时候，稍不谨慎，谁都会酿成大错。已经有报道，美国医疗队员不幸患上了埃博拉，虽然被运回美国本土，但看到运回本土的那一刻全美上下惊慌失措的情形，就足够令身在非洲前线战斗的各队医疗队员们寒心：咋了，我们千里迢迢，远征非洲，冒着生命危险到非洲支援人家抗击埃博拉，可一旦我们不幸感染上了病毒，你们身在后方的人竟然把我们当作瘟神似的惧怕，甚至恨不得一焚了之……悲兮！

话尽管如此。其实与高福同一架飞机出发到塞拉利昂的中国医疗队中，还有两位特别的人物，他们便是随队医生柏长青和聂为民。所谓随队医生，就是专门负责队友的日常医疗健康的医生，也就是说，他们是中国医疗队员的“保护神”。当医务专家们的医务“保护神”，其本领不用自说，肯定一流。柏长青，52岁，在国内就是我军某三甲医院呼吸与危重症医学科主任，“身经百战”的老专家了。

“柏主任，你可是我们全队的守护神呵，我们的队员不能生病，也生不起病啊！”在出发的飞机上，队长钱军专门与柏长青有过一次对话。

“队长，如果让我保证全队的人不生病我做不到，但我敢保证一旦有队员生了病，我会竭尽全力治好他的病。”

“行，我要的就是你这样的人！”钱军重重地在柏长青的肩膀上“揍”了一拳。

后来的事实证明，柏长青确实没有吹牛。了解柏长青底细的人都对他的自信表示肯定。这位当年在中国“非典”爆发时战斗在小汤山医院的功臣，曾经名扬一时，后来又多次执行部队高寒地带特殊任务，同样有出色表现。远征西非抗击埃博拉的任务本来没有他。“虽然我年龄大，但毕竟经验丰富些，部队有这样的任务，我当义不容辞。”他柏长青这样向领导提出自己的请战。

得到批准后的柏长青，为了实现“谁病倒了，我就要把他治好”的目标，这位52岁的老兵在出国前就为全医疗队准备了24个医药专用箱，选备了500多种药品以及监护仪、呼吸器等设备。最关键的是他与聂为民医生一起制订好了几十种可能遇到的病情的上百种治疗方案。发烧、疟疾、呕吐等热带地区的常见病、传染病是他们研究制订方案的重点。然而，此次他们面对的是目前世界上没有特效药物和医疗方法的埃博拉病毒传染。党中央、习主席要求中国医疗队的“零感染”之难度可想而知，显然“零感染”是难度高，而感染以后要治好却是更高的难度！

“当高院士发烧时，我们已经听说一个非常严酷的现实：曾在国际著名杂志《科学》上发表埃博拉研究论文的6名署名作者，其中有5人因感染埃博拉而死亡，其中不乏塞拉利昂的首席医生。在我们已经到达塞拉利昂后那位被指派给我们送标本的司机也因感染埃博拉而死亡，还有作为塞拉利昂卫生部与我们医疗队联络员的蒂莫西也因感染埃博拉而死亡……如此严重的情况，我们不能不高度警惕高院士发烧的病情，但我相信我们中国医生有办法、有能力让自己的队友能够挺过来！”柏长青的这个有办法、有能力让自己的队友能够“挺”过来的“挺”字很有力量。

队长钱军曾经这样评价柏长青的这个“挺”字：它代表了中国医生、中国军人的坚强自信和信仰，以及不惧任何困难的意志。

“当然，任何疾病和病毒侵袭时，患者自身的抵御能力最关键。”柏长青这样说是有绝对道理的。

面对埃博拉病毒，专门从事病毒研究的高福院士这回遇上了自己如何战胜“病毒”的要命课题了。

现在他在隔离室。

所谓的隔离室，其实就是平时医疗队员们自己居住的“蜗居”临时改造而成的。“疑似者”被告知，在隔离期间不允许擅自走出这十几平方米的“蜗居”，吃喝拉撒都有人负责着……独立与自由惯了的院士很不习惯这，但必须遵守。这也是他在出国前就给援助西非抗击埃博拉医疗队制订的预防措施之一。教人与自我管理，尽管同样的内容，但体会绝不一样。高福这才感觉自己当时制订的每一项预防措施是那么“不近人情”。想到这，他笑了。

独守斗室，做得最多的三件事是：第一件事是喝水，大口大口地喝水，这样可以压火——这是在小时候生病时母亲教的一招，现在竟然也用上了。从中医角度讲，感冒发烧时靠大口大口地喝水就是能管用。高福觉得自己的母亲具有世界上最高超的“医术”。第二件事是猛吃板蓝根和白加黑，这也是通常治疗发烧感冒之灵药。现在是加倍吃这些药！第三件事是手不离体温计。按规定两小时测一次，这两小时测一次是需要“上报”的任务，但“不怕死”的高福自己其实一直悄悄在进行着每一小时测一次的“战斗”……为啥？只有他自己知道。

“在那种情形下，你真碰上了发烧，能不担心吗？我也是人呀！”事后高福这样说：“一小时一测，是格外在乎自己的身体变化。”

隔离的第二天，早上输液两袋。高福的体温测试结果是37.4度，属偏高。

上午9时，我驻塞拉利昂的赵彦博大使来探望。此时体温测试结果是 37.8 度。

为了万无一失，再一次对高福进行了埃博拉血清检查，结果呈阴性！但是在非洲不仅仅有埃博拉的威胁，为此，钱军队长命令对高福院士又进行了：基孔肯雅 IgG 抗体，流感病毒，伤寒、副伤寒 IgM/IgG 抗体监测，还是阴性。

中午体温测试结果： 39 度！

此时的高福真有些紧张。这个时间段还出现这么高的体温，这显然接近“埃博拉病毒患者”的体征特点。但真正感到紧张的是中国医疗队上下。“院士高福出现连续发烧症状”的绝密电文，随即通过我驻塞国大使馆传回祖国，到了国家卫生计生委主任办公桌上，很快又进入了中南海……

“密切关注，必须确保我院士安然无恙！”祖国的命令迅速传回塞拉利昂中国医疗队所在地。

“怎么样啦，院士同志？”医疗队领导通过对讲机询问隔离中的高福的次数越来越频繁，而且每次声音的温柔度都提高了许多。

“还行吧……就是有些呕吐……”

这还了得嘛！埃博拉病毒感染的两大特征——发烧、呕吐他全占了！这就意味着……快快，快给他打点滴吧！用抗生素！加倍量的抗生素！在全球无应对埃博拉病毒药物的严重关头，唯一可以压制一切发烧与呕吐现象的便是传统的做法：用加倍剂量的抗生素。

解放军 302 医院的柏大夫、聂大夫和吴护士长三位大员被紧急调往高福的隔离室，实施紧急抢救方案。

“一定要用这玩意儿吗？”高福虽然体温越烧越热，但脑子还是清醒的，他太了解抗生素对人体的影响，于是当医生的针管对着他的胳膊时，他突然犹豫地问。

吴护士长用温柔而坚定的语气答复他："这不是你给我们医疗队员们制订的特殊情况应对方案之一吗？"

"这倒是。"院士只得苦笑了一下，然后斜过头，闭上双眼。

当夜，高福一夜没醒过来。第二天凌晨醒来时有些昏沉。他端起床头柜上的水杯连喝了两杯水，又躺下眯盹了近一小时。等再醒来时，头脑似乎轻松和清醒了许多，但浑身乏力，仿佛大病一场。

清醒后的第一件事他想到了测试自己的体温：这个最关键！

37.5度！

高福一看这个数字，大为激动：好兆头！我说不会有事嘛！我要有事，这不让天下贻笑嘛！

这么一折腾，一兴奋，又迷迷糊糊地睡了过去。待再醒来时，已经是阳光高照的大清晨了。

"院士同志，请报你的体温……"吴护士长已经站在门口。

"OK！"高福赶紧从床上起身。

"昨晚感觉如何？"吴护士长甜美柔和的声音，总让人像喝了口上等咖啡那样舒服。

"太美了！出国这些天从没有昨晚睡得舒服……"高福伸伸懒腰，说。

"太好了！这证明你在恢复体力。"

"我也这么感觉。"

"37.1度……值得庆贺！"吴护士长拿着体温计，格外高兴。

高福得意地说：“我命好！”

吴护士长的眼睛红了起来：“你这两天可把我们吓坏了！”

“是吗？”高福觉得很意外，“不就是感冒发烧嘛！”

“要是普通感冒发烧大家才不会这么紧张呢！可在这埃博拉传染中心点，你又是院士，要真有三长两短，还不把大家吓死呢！”吴护士长说着说着，竟然抽泣起来。

“唉，护士长你可别这样……千万别！”高福慌了，竟不知所措。

“没事！”吴护士长破涕为笑：“你没事，我们大家就都没事了！好好休息！你是大院士，绝对再不能出任何意外了！听话呵！”

说着，一阵风似地消失在高福的视线中。

这一刻，高福内心突然涌起一阵前所未有的感动：是啊，我这一发烧，全医疗队上下不知紧张到啥份上了……

这一天是高福发烧后的第四天，根据体温测试结果，医疗队领导决定他可以下楼吃饭了，也就是说暂时结束隔离，保持观察。

下午和晚上，三次体温测试的结果为：35.3 度、35.1 度和 35.3 度，两次血压分别为 107/68mm、108/70mm。

中国院士在非洲抗击埃博拉战斗一线发烧病危的情报解除，不仅让中国援非抗击埃博拉医疗队松了一口气，也让整个西方世界新闻媒体在抗击埃博拉行动中少了有关“中国问题”的一个新闻点。

第十章

激战班加西

如果不是利比亚反对派发动的“革命”，我想许多中国人与我一样，对那个名叫班加西的城市一无所知。而如今不管是在利比亚，还是在全世界，班加西这座城市已经家喻户晓。

班加西距首都的黎波里一千多公里，是利比亚的第二大城市。它和的黎波里一东一西，好像是守护利比亚苏尔特湾的两位卫士。

2011 年 2 月 17 日，动荡之火在利比亚熊熊燃起。班加西的街头，每天都有一群群穿长衫的老人、着套头衫的年轻人、拿着旗帜的少年，他们全都朝着同一个目的地行进，行色匆匆地走向与卡扎菲政权决一死战的战场。无数手持土枪、冲锋枪的人，他们开着不知从哪个地方抢来的皮卡车或是小轿车——连各种各样的人力车也不甘落后，上面装满水瓶和子弹，向反对派输送给养。他们中间一些人，一边跪拜祈祷，一边向镇压他们的军队扔石块与自制的燃烧弹。

班加西是利比亚的东部重镇，颇有些军事才能的卡扎菲不甘心将这座城市拱手让给反对他的人，于是派出了大量忠于他的情报人员和外籍雇佣军人，一次次潜入班加西搞破坏。20日之后班加西大街小巷的枪声和爆炸声此起彼伏，越来越多。混乱的局面让人分不清敌我，当地百姓苦不堪言，在此打工的外国公民也深受其害，中国劳务人员则是其中主要的受害者。

班加西是最早陷入战乱的城市。自2月18日起，以班加西为中心的东部地区，中国公司上万人除了少数一两批通过埃及边境撤离之外，其余的人员都得从班加西港撤出。

班加西港能成为撤离港口吗？国内应急指挥部一次次在协调和询问，前方人员的回答总是含糊其词。事实上谁也无法确定，因为那里已经是战场。在飞弹和枪炮下，没有安全可言。再说，谁知道港口还有没有人在管理？没有人管理的港口等于是死港。

“抓紧每一分每一秒时间，全速向班加西港挺进！”外交部领保中心发出指令——不能再等了。

中国驻希腊使馆租用的三艘大型邮轮，先后于当地时间22日晚7时和12时，分别从希腊帕特雷港和雅典出发，全速向利比亚方向进发，他们首站目的地就是班加西。

行驶在最前面的是“希腊精神”号。驻希腊使馆的陈夏兴主任是这艘邮轮上的接应负责人，也是海上三艘接应船的总协调和指挥者。经过大约14个小时的全速前进，“希腊精神”号进入利比亚的苏尔特海湾。

“邮轮船长和我们都是第一次到利比亚，对港口既不熟悉，更不了解战时岸上的情况。说实在的，从希腊的帕特雷港驶出之后，在海上的14小时里，我设想了到达利比亚海域后的各种情形。我们的邮轮会不会遭受大炮或是飞机的猛烈攻击？岸上成千上万的同胞是否惊慌失措地呼喊‘救命’？我们该怎么办？电影中枪林弹雨的画面不断地浮现，弄得我很紧张。谁知到了那里之后，第一眼所看到的情景，与想象中的完全不一样……”事后，陈夏兴接受我采访时说。

经过风浪不定的地中海，“希腊精神”号和“奥林匹克冠军”号于当地时间23日上午9时许进入利比亚海域，通过望远镜能清楚地看见班加西港。

“陈，你要接的人在哪儿呀？”船长尼库斯在驾驶室里用话筒催问陈夏兴，后者正在船舱里忙碌着，为上船的同胞做着准备。

“到了吗？”陈夏兴一听，赶紧三步并作两步地直奔驾驶室，抢过望远镜，迅速往岸上望去，只见拍岸的海浪，依稀的一团团烟雾，老陈心想，远处可能在打仗……除此之外，码头上似乎什么都没有。

这是怎么回事？陈夏兴急出一身冷汗。“是不是开错地方了？”他问船长尼库斯。

尼库斯摇摇头，确定地说：“这儿就是班加西。”他指指船上的海事卫星地图，上面清清楚楚、明明白白地标着班加西，“希腊精神”号的位置与之重叠在一起。

陈夏兴真急了，马上一把抢过船长尼库斯手中的话机，向对岸的郑曦原质问道："你们火急火燎让我们开到这里，怎么一个人都没有啊？"

"这……这怎么可能呢？"郑曦原被陈夏兴的责问搞糊涂了，立即转问国内的黄屏到底是怎么回事。

"郑参赞，你先别急！船到了就好。人马上会到，我们正在协调相关单位，让他们马上向班加西港集结。你通知邮轮尽快进港。"黄屏让联络组的同志通知郑曦原。

陈夏兴接到郑曦原的回话后，才明白是怎么回事。"我们的人很快会在港口集结，请马上做好进港准备。"陈夏兴对船长尼库斯说。

尼库斯船长立即让大副呼叫班加西港务局，申请"希腊精神"号和"奥林匹克冠军"号马上靠港载人。但是呼叫机那头冷冰冰的拒绝口吻不容商量，两艘船被要求在离港口一海里处等候。

这是一个令船上所有人都备感失落的突发局面。班加西是反对派军队的老巢，局势动荡中，原本简单的事情都变得难以操作。班加西港务局值班人员的回答总是简单而机械："请原地等候，祝你们好运。"

"没有进港许可和领航员，我们的邮轮是无法进港的！"尼库斯不停地耸肩说。

"进港许可和领航员？"陈夏兴不懂。

"对，船只进港，必须获得进港许可，并由专门的领航员引导才行，否则船只是不允许进港的。"尼库斯明确告诉陈夏兴，"尤其是外国船只进入，必须得到利比亚港务人员的同意，否则我们是绝对不能进港的。这是国际海运惯例。更何况现在是战时，如果我们擅自进港，他们可以视为是侵犯行为，就可以……”船长用手指朝陈夏兴的头上“砰”地做了一个开枪的动作。

班加西真的不可救药，数番联系的结果都令人失望。

“再想办法！”陈夏兴没招，只能把难题扔给船长尼库斯。转过头，陈夏兴又跟驻希腊使馆联系。

“怎么搞的？我们的船到了，可岸上一个人也没有呀！班加西这边也没有人在帮忙办理船只的进港许可啊！”郑曦原的电话再次打到国内。这时外交部领保中心几十部电话都不够用，即使前方的电话打进来也要费很大劲。

“马上……我们马上会组织队伍往岸边集结！”领保中心联络组的朱家耀终于跟郑曦原说上话，这样回答他。朱家耀是刚刚晋升的领保中心副主任，他是第一天过来报到，以为简单谈谈工作就可以回家，没想到立马被推到了风口浪尖。

“怎么样？”陈夏兴的电话又打到郑曦原那里。

“国内正在与前方联系，你们暂时在海面待命，并随时做好进港准备。”

只能如此了。

“我们分头联系。”陈夏兴刚与船长尼库斯说完话，随行的中资公司接应人员张辰珏这时摇摇晃晃地走过来，他指着海面说：“我们的船……”

“哪儿？”陈夏兴赶紧往海面上望去，“是啊！是我们中国的船！”他看到不远处有一艘挂着中国国旗的大货船。

“这边还有呢。”张辰珏指向另一个方向。

啊，好几艘呀！陈夏兴有些兴奋，那一刻，他知道自己在班加西并非是孤军作战。

通过望远镜，陈夏兴发现狂风巨浪的海面上竟然有好多艘中国船只！它们是“中远青岛”轮、“新秦皇岛”轮、“新福州”轮、“天杨峰”轮和“天福河”轮……

“了不起，咱中国真是了不起啊！”陈夏兴的心头顿时涌起一股热流。在与这些中方船只联系过程中，陈夏兴获得了很多信息，这些船只是国资委下属的货运船，他们都先于陈夏兴到达这片海域，执行着同样的任务——撤侨！

“我们是货船，没办法进港，所以只能在此待命。”友船告诉陈夏兴。

“上面命令我们，即使接不到人，也要把国旗高高挂起，让岸上的同胞看到希望，看到祖国就在他们身边！”另一艘船的船长这么说。

对啊，这才是重要的！危急之际，一面国旗能让处在绝望之中的同胞稳定情绪，坚信胜利！陈夏兴这时才明白国内如此调动千军万马到班加西的一片苦心和周到安排。

其实，这些国字号远洋货船，他们后来虽然大多没有直接参与接应撤离同胞到自己船上，但他们所做的贡献不可低估。尤其是他们以最快的速度第一时间抵达指定海域，在海面上高高地扬起一面面五星红旗，对稳定岸上同胞的情绪起了至关重要的作用。

现在，我们还是将镜头移到陈夏兴最关心的“要接应的人到底在哪里”上吧。

是啊，船到了，我们的人都在哪儿呢？这也是黄屏和郭少春最关心的问题。

“中交集团！中交！请报告你们在班加西的队伍的具体方位。”

“我是中交集团！我们在班加西的队伍主要集结在原营地待命！其余分散的队伍也正在向班加西附近靠拢……”

“现在命令你们马上组织队伍向班加西港口进发，那里已经有两艘邮轮在等待。请着手准备组织你们公司人员登船，同时协助组织其他中资公司人员尽快撤离！不得有误！”

“是！我们马上行动！”

中交集团总部接到外交部领保中心的指令后，立即通知到了正在班加西的所属某局利比亚总项目部党委书记杨跃民。

“马上执行！”杨跃民等待这个命令已经好几天了。这些日子，身为前方总负责人的他，时刻都在为手下 2198 名职工的生命安全捏着一把汗。在集团公司的领导下，杨跃民他们公司是在班加西最早意识到利比亚可能出现大乱，准备工作做得比较充分的单位之一。

2 月 18 日，杨跃民意识到班加西的形势恶化，随时可能引发大乱，在请示国内后首先启动了安全应急预案，一方面组织人员贮备生活淡水、油料和粮食等战备物资，另一方面将公司重要的文件、批复图纸向项目公司的生活基地转移。 20 日，他们又根据当地日趋恶化的形势，迅速启动了公司自救方案，果断组织施工人员撤离施工现场、办公区和作业区，并将七个项目部、四个工地的所有人员收缩到两个生活营地。

“100 人一个巡逻小组，每三个巡逻小组组成一个联队，每个营区由三个联队、九个小队，日夜巡逻。每个巡逻队员必须佩戴安全帽，配发木棒和钢棍。巡逻人员三班轮流值班，确保营地安全！听明白了没有？”杨跃民采用军事编制，将自救措施落实到每个环节。四十多名女性也被组织起来，成立宣传队，到处张贴标语横幅，鼓励员工勇敢地站出来参与自救。

中交的措施极为有效。20 日、21 日，暴徒数十次企图进入营地抢劫和施暴，结果都被团结一心、同仇敌忾的中交员工们挡了回去。

杨跃民他们的中交营地因此也成为班加西地区中国公民最为坚固的营地和撤离大本营。

“通知相关单位，让他们马上向港口集结上船！”这是杨跃民作为班加西地区的撤离指挥发出的第一道“撤离令”。

“为什么最先上船的人里没有我们？”营地突然有人嚷嚷起来。

“是啊，我们把自己的粮食和水都分给了他们，却又让他们先上船，这不公平！”

近一个星期来苦苦等待，盼望逃脱战火的员工们听说第一批上船撤离的竟然不是他们，难免紧张和愤怒起来。

“因为我们是中交集团的人。我们人多有力量！其他中方单位人少又分散，他们比我们危险，所以应该让他们先撤！”杨跃民把道理一说，全公司上下再没人说一句牢骚话。

“让兄弟单位先撤！”中交的营地里，这一通知迅速被传到每一个人耳朵里。

这事传到中水电驻利公司那里，让大家感动了一番。“虽然现在我们近千人要分为两批撤离，但这也是人家把最先登船的名额让给了我们，请和前方员工说明白。我们必须抓紧时间，将首批604名撤离人员安全护送到港口，不得出现任何差错！”

营地外即将分开撤离的两支队伍难舍难分，大家似乎都在为对方担心……现场仿佛是一次生离死别。

是啊，谁能保证前往班加西搭船的人就一定会平安无事？

那些留下来的人需要穿越沙漠和数个战区，危机四伏，他们能活着出去吗？

不知道，谁也不知道。但此刻所有中国员工只知道一件事：他们的祖国正在不惜一切代价搭救他们走出利比亚。

通往班加西的各条道路早已被破坏得千疮百孔，面目全非。604人（其中有几名是中途由使馆委托他们收留的其他单位同胞）被安全转移到班加西港口附近的一处营地，听候上船命令。

“那三个多小时里，我们从露宿营地出发，在风雨交加的黑夜里走到班加西港，这个过程如噩梦一般。大伙当时就盼着早点到码头，早点上船，至于一路上有多少子弹从头顶飞过，衣衫被雨水淋透冷得瑟瑟发抖，都忘在脑后。到了班加西港口附近后，我们虽然又饿又冷，但好像也不在乎，心里想的就是什么时候登船。”有位工友记录了当时的情景。

眼下真正着急的是外交部的黄屏、郭少春他们，几千人的撤离队伍已经全线向战火之中的班加西港集结，船也到了海边，可该靠岸的靠不上岸，该上船的上不了船，这不是要命嘛！

前方的同胞并不知道他们的头上还悬着另一把要命的利剑——此刻的联合国总部正在召开有关如何对付卡扎菲镇压反抗民众的闭门会议。以美、英、法为代表的西方世界已经渐渐对卡扎菲失去耐心了，他们正在酝酿全面对付卡扎菲的方案……这样的结果毫无疑问将会把利比亚推向全面的战争。那个时候，谁还能出得来呀！

党中央、外交部、国资委……全国人民都在为我在利同胞的命运焦虑和担忧！

"你是中交的杨跃民书记吗？我是外交部应急中心的郭少春，现在有一件特别紧急的事，需要你们前方立即想法解决……"正在班加西附近营地组织兄弟单位向港口集结的杨跃民突然接到国内的紧急指令，要其单位迅速在几小时之内打通班加西港口的关系，接应停泊在海面上的两艘邮轮和即将到达的另一艘邮轮进港。

"我马上去办！"杨跃民二话没说，立刻带着一名翻译，登上一辆由当地司机驾驶的小车直奔班加西港……

"避开打仗的地方，走其他路看看，有没有适合我们大部队行动的路线。"一路上，杨跃民边指挥司机穿过一条条崎岖弯曲的小道，边侦察沿途战况。

港口到了。平时几百人工作的港务码头，此刻只剩下几个看守人员。"卡扎菲杀死了我们的人，大家都去战斗了！"那些留在码头上的利比亚人也都手持冲锋枪，随时准备上前线。

“我们是中国人，现在我们的船就在海面上，需要进港接我们的同胞，请帮帮忙。”杨跃民通过司机，好不容易找到一个管事的港务人员。

“这里的权力已经不归政府，我不敢做主。”那人摇头，表示帮不上忙，“你最好找这里的长老。”

“长老住在哪里？”

“就在城里。”

杨跃民倒吸了一口冷气，班加西城里还有谁敢进去？可不进能拿到进港的通行证吗？

“走！进城去！”杨跃民一挥手，让司机往城里开。

“太危险了！城里都是反对派呀！”司机不干。

“你怕什么？你不是也恨卡扎菲吗？”杨跃民急了，两眼瞪圆了跟司机说。只见他从车里拿起一块红布，“哗”地撕下一块，麻利地扎在司机右臂上：“你这不也成了革命的政府反对派吗？走！找长老去！”

系上红袖带的司机猛地来了精神，一脚狠狠地踩下油门，小车飞驰着穿过一条条大街小巷……

“请长老帮助我们。”一座建筑里，杨跃民深深地弯下身子，恳切地对正在祷告的一位部落长老说，翻译和司机则将车上的几箱食品往这位长老家里搬。

“你们是好人，帮助我们建房修路，真主应当保佑你们。”长老一边合掌祈祷，一边口中念念有词。

“你去找他就行。”长老把一张写着一个电话号码的小纸条交给杨跃民。

“谢谢！谢谢您的帮助。”杨跃民带着这张纸条，找到了另一位长老的儿子。

进港的许可证终于拿到。

黄屏、郭少春他们得知这一消息是在北京时间23日半夜11时30分左右。

“立即通知海面的船只进港！”

此时班加西已近傍晚，天色渐黑的海面上风浪大作。身在“希腊精神”号的陈夏兴，此刻产生了一种错觉：在帕特雷港上船时觉得“希腊精神”号像艘航母，现在则变得又小又差劲——简直就是一条摇摇晃晃的小舢板！

“陈，我们通过国际海事旅游的关系，说服班加西港务局方面，他们已经同意我们的两艘船进港载人了！”船长尼库斯说。

“你怎么不早说啊？！”陈夏兴一高兴，一拳打在尼库斯的左肩膀。

“不过老板，对方有个条件。”尼库斯的表情有些不爽。

“什么条件？尽管说来。”

尼库斯做了一个数钱的动作。

“多少？”陈夏兴问。

“每条船进港费21000美元。”

“21000美元？可以接受。”陈夏兴沉思了一下，心想，只要能让船进港，保证我同胞上船，小钱算不了什么！

“我同意！”陈夏兴很爽快地说。

“他们要现金，而且马上要付，付完了就可以来人领我们进港。”尼库斯的眼睛盯着他现在的“中国老板”——陈夏兴。

“现在就要？我哪来那么多现金！”陈夏兴一听，眼睛瞪圆了！

他一个电话打到郑曦原参赞那儿。

“我就是乘飞机过去，也得花几个小时才能到你船上呀！”郑曦原告诉陈夏兴，“你不会找船长借一借？估计他们应该带现金的。”

也只能是这样。现在进港救同胞是最要紧的事！陈夏兴提起精神，走到尼库斯船长面前说：“我身边暂时没带钱，请船长先生帮着垫付一下。尼库斯先生，你尽管放心，我现在是代表中国政府向你借钱，有我的签字，就能兑现！”

尼库斯眨眨眼睛，看看陈夏兴，又看看一边的张辰珏，能信他俩吗？他有些怀疑。不信他俩，又能怎么办呢？

“好吧！我们得签一个借款协议。”尼库斯无奈地拿过一张纸。

“没问题。”这回陈夏兴的手没有发抖，而且字也签得特别潇洒。他是海上接应组组长，进港三条船的费用都是他一手签的：63000 美元。

战争状态下，现金很管用，但光有钱还不一定全能办成事。陈夏兴在此次撤侨任务中的体会是，现在富强起来的中国有钱很重要，但中国靠的不光是有钱，更重要的是它自身的民族精神。

当地时间 17 时 40 分，领航员终于出现了。

“呜——”汽笛一声长鸣，“希腊精神”号和“奥林匹克冠军”号相继出现在班加西港，沉稳地停泊下来。其他几艘中国货轮则被告知，由于吃水过深而无法靠泊。

“我的天！这些人是从哪儿冒出来的呀？！”当陈夏兴再次往岸上看时，他的头一下发蒙了，黑压压的几千人像蚂蚁似的拥在码头上。邮轮尚未停稳，人群就开始骚动起来，哭声叫声震天动地……

接下来的一幕同样棘手。班加西港口的管理人员要求先进行海事检验。陷入混乱的港口实际上已经没有专业海事官员，登船的利比亚人一看就是刚刚夺权的“造反派”。他们用带法语腔调的英语问了一些不着边际的问题，希腊船长见多识广，及时给他们端上了热气腾腾的咖啡，还有巧克力和饼干。利方人员神情温和了下来，大家亲热地交谈了起来。原来这里从来没有停过这么漂亮的豪华邮轮，他们觉得十分稀奇，好多人都想上船看看。一拨又一拨的班加西人开始登船检验。很明显，很多所谓的“港口管理人员”把自己的家人包括孩子都带上了船。船长深谙“来的都是客”的道理，一一把他们请进自己的专用餐厅款待。

在此后将近两个小时的所谓“进港船检”过程中，接护人员和船长、大副等一直在刻意逢迎着这些不懂也不讲规矩的不速之客。大家想法高度一致，再难缠也总比海盗好对付，当务之急是尽快履行完手续，让港区内的中国撤离人员尽快登船。

当地时间 19 时 30 分许，在耗尽船上所有的烟酒香水等礼品储备后，两艘船终于获准打开舱门载客了。

“亲爱的同胞们，我们是中国政府派来接应你们的，请你们放心，所有的中国人都可以上船，现在请大家遵守秩序，准备登船……”陈夏兴一边通过船长室的广播向码头喊话，一边告诉船长：先留好100个舱位，让那些受伤的人和年长体弱者用；备足食品，登船后立即开餐。

“上船啦！”

“让我们上船啦！”

人群迅速地朝邮轮冲去，如海潮汹涌。“这样不行，会出危险的！”陈夏兴、张辰珏，甚至连尼库斯船长都没有见过这种场面。

“我下去，找他们的领导协调，不然非出大事不可！”陈夏兴让船长放下舷梯，自己第一个跑到了岸头。“你们谁是头儿？”陈夏兴在人群里喊道。

“我是，我是中水电的项目经理。”有人走到陈夏兴跟前。

陈夏兴立即自我介绍：“我是中国驻希腊大使馆派来接应你们的陈夏兴，现在我要求你们单位把人组织好，只有这样才可能让大家尽快上船。另外要告诉所有的人，咱们政府已经派了三艘邮轮到班加西，所有的中国同胞都可以登船离开这里，所以大家用不着抢。告诉同胞们，我们每一个人都要平安回家！”

“明白！”中资企业的项目负责人立即在现场承担起了组织和维持秩序的责任。

“中水电的请到这儿集合！”

“连云港的在这儿。”

“江苏南通三建的过来……”

一支支不同地区的队伍迅速在码头有序地排列成队，他们的排头是一面面鲜红的五星国旗……这阵势，让陈夏兴眼眶一热：中国人真了不起！

“上吧！”陈夏兴一声令下。

“哗啦啦——”两千余人一拥而上，将“希腊精神”号上上下下占了个满满当当！

“他们不能上！”船长尼库斯带着几个船员，突然出现在舱口，组成一道人墙，将中水电驻利公司的64名泰国籍、孟加拉籍和斯里兰卡籍员工死死地挡在舱外，“我们有协议，这条船只准运你们中国人！”

“可他们是我们公司的雇员！”中水电的领队不干了，冲陈夏兴说。如果不把这些泰国、孟加拉、斯里兰卡籍雇员带上，他们十有八九就可能死在这里，谁能负得起这种责任？“我们负责不了，你陈主任负得了吗？”

陈夏兴被逼得无计可施。这边船长尼库斯坚决不让上，说：“如果让他们上了船，一旦他们到了希腊不愿离开，成为难民，我的政府就会取消我的航海资格，我们不仅会失业，而且还要坐牢！”那头中资公司的领导再三地陈述：“在这种情况下，如果光是我们中国人自己走了，留下了雇用的外国籍劳工，一旦他们出了问题，损害的不仅是中资公司在海外的声誉，更是我们国家的形象！”

“郑参赞，你说什么好事偏偏都给我赶上了！快告诉我怎么处理！”陈夏兴硬着头皮又将电话打到正在雅典值班的郑曦原参赞那里。

“别急，老陈，我马上与希腊外交部联系，他们的意见才是关键……”

“郑参赞，郑老弟，你到底联系得怎么样了？我真扛不住了，我的天！”陈夏兴再次给郑曦原打电话时都不知说什么好。

“告诉你，希腊政府已经同意了，只要孟加拉、斯里兰卡和泰国政府出面担保他们这些人不在希腊停留，他们就可以同我们中国同胞一起上你们的船。你告诉现场的孟加拉人、泰国人和斯里兰卡人，让他们暂时等一等，他们的国家正与希腊外交部协调。”郑曦原在电话里这么说。

没多久，船长尼库斯接了一个电话，那是希腊政府传给他的指令：可以让孟加拉、泰国和斯里兰卡人上船。

一场风波总算平息。

这样，陈夏兴他们的“希腊精神”号接收了2100名中国同胞（另有64名外籍雇员）上船，成为首批从海上撤离的队伍……

海上撤侨战幕如此拉开。它曲折而激烈，它磅礴而壮丽，它动魄而惊心。它还有许多我们想象不到的事。

沈健与陈夏兴各负责一条邮轮，他上的是“奥林匹克冠军”号，与陈夏兴的那条“希腊精神”号前后脚出发。

沈健看到自己的同胞一个个登上船，美美地吃上意大利面条，伸展开四肢躺在豪华邮轮的一张张干净温馨的床铺上，鼾声如雷的情景时，他感到了幸福，感到了自己的价值，感到了一种前所未有的责任和使命，那便是他心底一直在掂量的“国家”二字。

年轻的外交官第一次深切和强烈地体会到了老一代外交官常挂在嘴上的那句“我们是国家的代表”的真实含义。

为这，沈健感觉到自己似乎变成了国家的化身，他完全忘了什么是疲劳，像一个久经沙场的军人，转达国内和使馆的慰问，召集船上中资公司领队维持好船上秩序，分配下一步行动任务；他像一个饱经风雨的长者，确保每一位伤员和女同胞住进船舱，让每一位饥饿了几天的同胞吃饱吃好；他又像一个慈爱而刚健的父亲，鼓励和安抚那些惊魂失神的同胞勇敢起来，耐心解答撤离人员的所有疑虑；他又像一个细心的母亲，走到沉睡之中的同胞身边给他们盖好被子，系好舱帘……

他自己吐得五脏出窍，却要一处处督促希腊船员为同胞迅速擦洗甲板，抹掉污秽；他自己几十个小时没有合眼，却时而走进厨舱查看饮食供给，时而协助船上医护人员救治伤员；他自己已几天没与妻子娇女通一个电话，却兴高采烈地为一个又一个同胞拨通远在祖国的亲人的手机和座机……

此时，班加西港成功完成第一役四千余人的撤离任务。这印证了以海路作为撤离行动主线这一决策的正确性。整个大撤离行动中，5 艘次中国货轮、1 艘次中国军舰、11 艘次外国邮轮总共撤离了 18187 人，占到了撤离人员总数的一半多。

第十一章

远山的扶贫队员

高高的乌蒙山，
美丽的水西女，
爱唱着水西谣等待着回家的人。
古老的慕俄格出征的男人们，
爱唱着水西谣想起了梦中的她。
走过了千万里路哦唱过了千万支歌，
抵不上唱一句思念的水西谣。
走过了千万里路哦唱过了千万支歌，
何不唱一句梦中的水西谣。
唱一曲水西谣男人们酒醉了，
再唱一曲水西谣女人们心碎了。
太阳是月亮的歌月亮是太阳的梦，

男人是女人的歌女人是男人的梦。
唱一曲水西谣多情的水西女，
一曲思念的歌唱给梦中的她。
唱一曲水西谣爱喝酒的男人们，
一曲太阳的歌天空是你的天空。
走过了千万里路哦唱过了千万支歌，
抵不上唱一句思念的水西谣。
走过了千万里路哦唱过了千万支歌，
何不唱一句梦中的水西谣，
唱一曲水西谣。

这首《水西谣》，描述了男子在外出征、女子在家等待的情境，清丽的歌词、优美的旋律，让我们感受到作者心灵的宁静，体会到水西彝族人民的浪漫心境和对水西圣地美好明天的希冀，歌曲情深意长，荡气回肠。

让人意想不到的是，这首乌蒙山区的情歌竟然在贵州毕节扶贫前线流传甚广。“我们要求所有到帮扶前线的队员都必须学会几首歌，这是其中之一。”另外还有在乌蒙山区十分流行的《毕节我的家乡》以及《到人民中去》。

“想要做好工作，不了解当地的文化和历史，绝对不可能。要想帮扶成功，先得对那块土地和人民有感情。感情从何而来？一首歌、一个传说，都可能把我们的心和那块土地、那里的人民连在一起。唱一曲《水西谣》，看一遍电视剧《奢香夫人》，自然而然会对那块曾经陌生的土地和土地上的人民产生好奇，进而产生深厚感情，越唱《水西谣》，越像回到了自己的家乡……”

小伙子叫王长玉，2014年大学毕业，后来做过销售工作，在扶贫前线，他已经是个有近两年战场经验的老兵了，而且是个率领四十多人团队的指挥员！“搞销售蛮赚钱的，旺季时奖金能达到十多万，比现在赚的钱多不少呢！”他说。

“那你就舍得来这儿？吃苦又不赚钱！”

“我是心甘情愿来的。不光我自己，我们两千多名扶贫队员，都是自愿到这儿来参战的。大家都把能参加扶贫工作看作崇高的荣誉，抢着要来！”

又一个出乎意料！

我在大学里学的是计算机专业。工作后干得不错，收入也蛮好。但前年我看了贵州扶贫一线的情况后，非常感动，也就有些坐不住了，于是就根据我对扶贫前线的理解与想象，改编了一首“扶贫版”的《南山南》，发到了朋友圈，谁知道同事都开始转发，两小时的浏览量达到三万。后来领导看到我写的这首《南山南》，觉得我的文字功底还可以，问我愿不愿意来扶贫前线，如果有兴趣可以来贵州工作，不过这边比较远，条件也比较艰苦，让我考虑一下再决定来不来。

当时我很激动，因为到扶贫前线去工作是我的梦想呀！可是大方、毕节这些地名我以前根本没听说过，于是跟家里人商量。爸爸对我说：你现在还年轻，缺的是社会阅历和人生经验，千万不要光盯着眼前那点奖金、工资，现在国家对扶贫那么重视，你也应该出把力，借机锻炼锻炼自己。父亲的话对我有很大激励，我当即决定到大方县来！

工作交接完，等待调令期间我回了趟老家。哪知还没到老家，就通知我说到扶贫前线的调令下来了，让我马上到大方县报到。于是我连夜买票回西安，又迅速打起背包，上了到毕节的飞机。这是我人生第一次来乌蒙山区！又兴奋又紧张。当时听说贵州许多山区封闭落后，我初到此地，真不知道咋办！我就是怀着这样忐忑不安的心情到达了毕节机场。下飞机后，自己打的到了大方。一路上，司机说的话我一句都听不懂，感觉仿佛进入了另外一个世界……

王长玉属于那种聪明又有灵气的小伙子。他原本染了一头金黄色的小鬈发，皮肤又天生白嫩，一到前线报到，他就感觉这形象不行，立即到理发店把自己的头发“处理”了。

另一个给我留下深刻印象的年轻人叫骆平平，是个标准的“丫头片子”。在父母和同学们眼里，这丫头有点“野”。大学毕业后，她原本进了一家事业单位，工作稳定，前景也不错，但她对那种按部就班、碌碌无为的工作状态甚为反感。果断跳槽了。

“我喜欢能让人产生激情和动力的工作！”骆平平的外形让人觉得是个小女生，但她其实很有独立思想和自我追求，性格中有一股倔强劲儿。

那天在大方新建的幼儿园见到骆平平时，她正被一群天真烂漫的孩子们包围着，看上去就像是他们的亲姐姐，看得出来，孩子们非常喜爱和依恋她……

“找到生活的感觉了吗？”

“彻底找到了！”骆平平开怀地回答我的问题，并夸张地说，“在大方的日子不到两年，但人生收获可以抵前二十几年之和！”

1989年年末出生的骆平平说，她从小就喜欢看一部叫《乡村教师》的电影，影片的主人公扎根乡村，全心全意地教育孩子们。她被这个故事深深地吸引，梦想着有朝一日去遥远的乡村当一辈子教师。“我是主动写信要求去扶贫前线的，去贵州大山深处当一名乡村教师，帮助那些走不出大山的孩子学习文化知识，让他们有一天能够走出大山，到北京、上海、深圳去看看。可是请战书寄出去后，一直没有音讯，我好着急。后来直接向领导申请参战。哪知他的回信毫无商量余地：女孩子来干什么？！开始我以为所有扶贫队员都是男同志，但后来看到同事发的朋友圈，发现有女的去贵州嘛！我就再请求，还是不允许！我有些气愤了，凭啥人家女的可以去，我就不行？后来才知道坚持不要女队员，理由是山区条件太艰苦，女孩子不合适。后来我不断申请，过了一个来月，终于收到通知了。听到这消息，我真的激动得哭了……”

“你一个北方女孩子，没想过到南方生活不习惯吗？你父母什么态度？”我问。

“我老爹听说我要到贵州山区来扶贫，很生气，说你这丫头，家里人管不住你也就算了，你还一个人跑到大老远的贵州大山，将来怕回都回不来！我问为啥，老爹瞪了我一眼，说你在那儿说不准被哪个野小子逮住了，还能回得来吗？”骆平平说到这儿，自个儿咧开嘴大笑起来。

“坦白告诉我，现在被‘野小子’逮住了没有？”我打趣地问。

“没，没有！哪有工夫忙那事！”骆平平连连摆手否认，“现在我每天二十四小时，满脑子都是这几十所学校、几万名孩子们学习的事，忙得四脚朝天！这不，这条腿还没好利索呢！”骆平平拍拍自己的膝盖，脸上顿时浮现疼痛的神情。她于 2016 年 4 月 1 日到大方报到，结果在一次工作任务中摔伤了膝盖，伤势蛮严重的，但当时扶贫战役刚刚拉开序幕，工作千头万绪，前方后方的人员调动也极其频繁，一个人要顶几个人用。本该躺在医院治疗的骆平平便在宿舍的床上办了三个月公，还未等伤势痊愈，就要求回岗工作。2017 年，趁回家过年时她到大医院做了检查，医生的诊断结果是，因为腿伤，她已不适宜在南方这样潮湿的地方工作。骆平平一听就急了，瞒着父母病情，只在家待了几天就悄悄回到了扶贫前线。

“别看她样子像个女中学生，干起工作来风风火火，是把好手。你瞅瞅，我们的幼儿园现在风景多好，不少都是她的点子！”一旁的大方县幼儿园女园长搂着骆平平的肩膀，对着众人夸个不停。

这所新建的幼儿园里里外外都充满了彝族风情，孩子们像一只只快乐幸福的小鸟，在这里健康地生活和成长。“一年多前，整个大方县还没有一所像样的幼儿园，经过我们的努力，现在已经建起了十几所这种规模的幼儿园……”骆平平仰着脸，阳光在她脸上欢快地跳跃着，我顺着她指的方向，看到山坡那边更加宏大漂亮的校区。

行文至此，我看到仍行走在乌蒙大山里的骆平平在微信朋友圈发了一组照片，是她和一批搬进新学校的孩子热烈庆祝的场面，照片附有她的一句留言：人生就是一步一个脚印走出来的，踏踏实实做事，从娃娃抓起，我的心底跟着孩子们一起充满了幸福感……

我知道，这个依然奔走在乌蒙大山深处的年轻女孩，她的腿伤其实并没有好，按照医生的说法，有可能留下终身残疾……这个好强的女孩不让我将这个秘密公之于世，但我考虑再三，还是违背了她的意愿。我真心地希望，数以万计过上幸福生活的贵州儿童，能用快乐的笑声温暖和治愈她那只不该受潮的膝盖，因为她还有更漫长、更艰难的路要走。

这条曲折崎岖的道路何时能走完？思考着这个问题的骆平平，脸上多出一份与年龄不相称的惆怅。我翻看她发的朋友圈，看到了一年多前的一组照片，照片上的一位彝族老奶奶独自带着两个孙女，看上去一个七八岁，一个三四岁。老奶奶的家里都是凌乱的杂物，瞧那床上床下的破衣烂袋、粗凳旧桶，还有两个孩子身上穿的衣服，样样让人心疼与心酸……这就是蜗居在大山深处的贫困百姓，是我们至亲至爱的骨肉同胞。

“天地虽宽，这条路却难走，我看遍这人间坎坷辛苦，我还有多少爱，我还有多少泪，要苍天知道，我不认输。”骆平平写下这段意味深长的话作为照片说明，既是在激励自己，也是在激励那些仍身陷苦难的人。

现实是如此严酷，骆平平能停下脚步吗？她知道自己的伤腿会给日后的生活留下诸多痛楚，但她更知道，大山深处还有许多这样的奶奶和孙女，在等待着他们去帮助、去拯救。

骆平平的腿能好吗？

上苍保佑，一定能！

要求去大山深处、去扶贫前线的，何止骆平平一个，有成百上千位这样的勇士！

在大方采访的日子里，随处可以遇见忙忙碌碌的扶贫队员，自然包括那些写过十次八次请战书的小伙子与姑娘。有故事的人俯拾皆是。

钟名川，江西赣州人，今年二十六岁，看上去还像个大孩子，但已经是扶贫战场上的老战士了。看他裤腿和鞋子上的泥水，便知道他又是下乡刚刚归来。

“我负责搞易地搬迁，下乡是我的主要工作。到了现在，两三天不往乡下跑一趟，好像就有点不习惯了！”小伙子笑嘻嘻地说。我问他多次请求参加扶贫是出于什么原因，钟名川变得认真起来，几乎是一字一句地回答我：“我家在赣州，是革命老区，也是一个贫困县。当初我上大学时，因为家里贫困，就得到了学校和社会的帮扶。参加工作后，我一直希望有机会回报社会。听说有机会到贵州来扶贫，我兴奋了好几天，觉得自己无论如何也要出一把力！这是我一生中最值得自豪的事，因为这是我从大学校门出来后，第一次不为自己、不为金钱做事，而是为那些需要帮助的贫苦人做事，特别高尚，特别神圣，特别让我热血沸腾。尽管现在一天吃的苦，可能比过去二十多年吃的苦都要多，但我受到的教育更多，特别值得。”

由于负责易地搬迁工作，钟名川脑子里装的故事比谁都多，但有一个小女孩的故事他常常挂在嘴边：“那时我刚到扶贫一线不久，有一天去大山乡的柏杉村走访，恰逢下雨，泥泞的山路实在难走。但我并没有感到多么狼狈，因为村主任一直帮我撑着雨伞，还拉着我的手，避免我摔倒，而他自己的衣服早已淋得透透的。这当然让我非常感动，但那天最触动我的是最后去的一家贫困户，主人姓陈，身边带着一个十一岁的女儿，那家破败不堪，根本不像是人住的地方！屋内一片灰蒙蒙的，没有几样东西。我问那小女孩上几年级了，她伸出一个手指，说一年级。我当时愣了半天，蛮高的一个女孩子，怎么才上一年级呢？她父亲说，离学校太远，太小的时候走不动，怕出事，拖到现在走得动了，可她又不太愿意去了……她父亲坐在木凳上瓮声瓮气地说：‘不读也罢了，过两年再长高一点，就出去打工吧！’”

当时钟名川就高声叫起来：“这怎么行！”女孩子的父亲不解地看着小伙子，似乎在问：这关你啥事？你能把学校搬到咱家门口？

“你、你不能辍学！绝对不能！我们会让学校搬到你家门口的……”钟名川向小女孩承诺道。

为了这个承诺，这位赣州来的小伙子，像当年红军从他家乡远征一样，开始了一次次“乌蒙磅礴走泥丸”的艰辛行程。

女队员张丹莉属于“特殊人群”，她的参战颇有些传奇性。她是毕节本地人，老家纳雍县距大方几十里路。2016 年 3 月份前，张丹莉是中国新闻社驻贵州的记者，自 2015 年，她一直追访乌蒙山区的扶贫工作。

“第一次与扶贫队员接触，就被他们那份对国家和人民的真挚情感所吸引！”张丹莉的老家纳雍县也是特困县，她大学毕业走上新闻岗位后，一直在关注家乡的变化，“可以这么说，那么多扶贫队员，人人倾情投入……真的让我分外感动。就在采访他们的过程中，我动了心，动了想加入他们扶贫团队的心。”

“2016 年，我做出了一个重大人生决定：加入贵州的扶贫工作。”张丹莉说。

2016 年 3 月 20 日，她回到贵阳，把自己手头的工作整理交代好，正式向中国新闻社贵州分社提出辞呈。“莉莉，你这是干什么？社里对你那么看重，咋说走就走？你是一时冲动吧？快把辞呈收回去！”同事们纷纷劝说她，她坦然地笑笑，反问大家：“贵州最大的事业、最大的问题、最大的挑战是扶贫脱贫，你们肯定同意这句话吧？我就是要去参与这个伟大的事业、重要的工作。我绝对不会后悔，反而会散发出最强烈的光和热。亲爱的你们，请支持我吧！”

单位的同事都听得热泪盈眶：莉莉，我们一定支持你！

年轻的新闻记者张丹莉就是怀着这样一腔热血，来到扶贫一线。

毕业于贵州民族大学的彝族姑娘张丹莉，出身贫困山区，又投身贫困山区，实在难能可贵。我问她，同样是在这片土地上工作，感觉跟以前有什么不一样吗？她连说了几个“不一样”：

以前当记者，个人的力量比较强，一篇报道会影响一件事、一个人甚至一个企业。现在个人的力量小了，但每天过得都很充实。有时仅仅是帮助一户贫困群众解决了一件事，但心里的感受绝对不一般，非常有幸福感和成就感。

过去采访也下乡，但通常是去看那些脱贫了的家庭，现在是去看真正的贫困户，感触和受到的教育完全不同。

过去一两个星期回老家一趟，跟父母团聚团聚，撒撒娇，现在没有时间了，两三个月才回一趟家，回去也整天都跟父母讨教如何做农村、农民的工作。

过去父母看我在省城里工作，在乡亲们面前感觉很荣耀。现在我又回到了农村工作，他们开始不习惯，觉得没面子，但经过一段时间，知道我在扶贫队工作，他们又觉得特别有面子。我母亲在老家做妇女队长，她现在不仅支持我做扶贫工作，自己也加入了家乡扶贫，时常跟我交流经验……

张丹莉说到这里，脸上满是幸福和骄傲，着实令人羡慕。

“这是我青春时代最重要的一次人生抉择。扶贫队员早晚会走的，而我作为奢香的后代，将永远留在这块土地上。我参加扶贫工作的最终目的，就是想学点本领，以后在自己的家乡大展拳脚，带着父母和乡亲闯出一条永久脱贫的幸福之路。”

想不到一个年轻的彝族女孩竟然有如此远大的抱负，我被深深地感动了……

年轻的我们，整装出发。

一路烟雨，激情欢歌；一路豪情，天高海阔；一路向西，义气喷薄。

红色大乌蒙，我们，来啦！靠近了你，感动着我们……

神奇乌蒙山！磅礴着厚重的历史画卷，遍布在峡谷沟壑之间。缭绕的云雾，轻柔闲散，见证着大山与蓝天的深深眷恋。

韭菜坪上，那红艳艳的杜鹃，温暖着山里人热情善良的心田。火把节和滚山珠的节奏，敲响了乌蒙人对美好生活的渴盼。从唐代的乌蒙部落发源，历经上下沧桑几千年，二万五千里的长征大旗，也曾飘过你的刀切斧削和逶迤连绵。

美丽的大乌蒙，你历史悠久，你景色壮丽，你资源丰富，你人文多彩，靠近了你，感动着我们。

假如你眼前满是山里孩子，看着那一张张高原红的小圆脸，一双双懵懂怯懦的大眼睛、胖嘟嘟黑乎乎的小手掌，亲，你会不会如我一样，揽他入怀，让他感到一丝丝温暖？

假如你路过二村张奶奶的新居门前，接过她递过的一把瓜子，聆听她讲述从前的艰辛岁月，以及如今没有老伴分享幸福的遗憾，亲，你会不会如我一样，为她擦拭眼角，喊她一声奶奶？

假如你走进村落，看到一座座的简陋土屋前，生活着脱了牙的黄发长者、身心俱疲的瘦弱夫妻，还有院子里两手泥巴的淘气孩子，亲，你会不会如我一样，挽起衣袖，为他们做一顿热气腾腾的可口晚餐？

假如你遇见山坡上牧牛的苗族小子、小河边洗衣的彝族女娃、忙碌栽种的“水稻民族”青年男女、峡谷里山脊上勤劳的身影，亲，你会不会如我一样，投身其中，与他们一起勾画乌蒙山的世外桃源？

浩瀚的大乌蒙，你人杰地灵，你勤劳热情，你真诚质朴，你充满潜能，靠近了你，感动着我们。

乌蒙山，我们来啦！我们会常驻乌蒙，一帮到底。

乌蒙山，我们来啦！我们手挽着手，肩并着肩，义无反顾，勇往直前。

乌蒙山，我们来啦！带着年轻人的热情、智慧和梦想，肯吃苦，敢碰硬，能战斗，善创造。我们是坚固的堡垒，决胜脱贫，我们不胜不还。

乌蒙山，我们来啦！带着家国的重托，改变你，是我们的责任，更是我们终生无悔的誓言。

我爱你，我们的乌蒙山，靠近了你，感动着我们。

这首散文诗的题目是《靠近了你，感动着我们》，作者叫田敬伊，是一位女扶贫队员。在一次活动上，扶贫队员们齐声朗诵了这首诗，让在场许多人深受感动，后来，这首诗迅速流传开来。

“田敬伊的诗之所以令人感动，是因为我们所有前线扶贫队员都有同样的生活和战斗体验。这片古老的乌蒙山区，自然风光壮丽，人文历史悠久，是我们中国版图极其宝贵的一部分，然而今天，在我们国家已经如此强盛之时，那些深居在大山里的百姓竟然还是生活得那么艰难贫困，孩子们不能正常上学，老人们无钱治病。我们的年轻人长期出入于大都市，乍看到这种情景，一方面异常心酸、心痛，另一方面也产生了强烈的责任感，从而滋养出强大的内心力量。正如诗中所说，我们将‘带着年轻人的热情、智慧和梦想，肯吃苦，敢碰硬，能战斗，善创造’，而且我们一定会‘决胜脱贫，不胜不还’！”一位扶贫队员说。

“能不能做到真扶贫；能不能把帮扶别人脱贫当作自己的事，做到认真、细致和完美；能不能真心实意与老百姓一道创造美好的明天和持久幸福的日子，关键看我们这些投身扶贫事业的实际工作者有没有对贫困群众的真情实感。”他接着介绍，“投入扶贫一线的资金不少，但如果扶贫队员们的感情没有到位，就是再多也照样做不到真扶贫、真脱贫。每个参加攻坚战的队员来贵州的第一课，就是到百姓家看一看，到人民中走一走，看看什么是真正的贫困，贴身了解贫困百姓的生活。现在看来，这第一课比什么都重要。”

“每个扶贫队员到前线后的第一件事，就是去贫困百姓家做家访，我们叫入户调查。”这可不是那种走马观花，而是要对每个贫困户的家庭基本情况一一登记造册，有几十项内容要问要填。我在采访中亲眼见到，一本本纸质的贫困户情况资料堆得像小山似的，随手翻开一页，字迹工工整整，各不相同。

为了让我直观了解扶贫队员在乌蒙山区的行程，他揿亮电子屏幕，将一张大方县地图显示在我的面前：“上面那些密密麻麻的亮点，就是我们走过的地方……”

天哪，比夜空的繁星还要密上好几倍！几万个点还是几十万个点？真是令人叹为观止。

“大方有五万七千多个点吧！算上毕节市其他几个县区，应该有约三十五万个点了！”

“多大的工作量啊！”我暗暗计算着，说，“按照两千多名扶贫队员计算的话，等于每人至少要跑五百个点左右！”

“大体上是这个数。实际上，一个点就是一个贫困家庭，有时我们的扶贫队员需要跑上三五次。”

“为什么？”

“因为有些贫困户外出打工，或者根本就不知道去了哪里。扶贫队员第一次去，大门锁着；第二次去，可能只有一个小孩子，或者躺在床上说不了话的老人；第三次、第四次去，才可能找到能够介绍具体情况的主人……”

“原来如此！”

“即便是这样，我们也要求队员们，必须一户一户、一个人一个人地核实，除了贫困户的姓名、年龄等基本数据外，还有他的劳动能力、专长爱好，以及具体的脱贫愿望和需求等，如果是孩子，我们甚至要把他的身高、鞋子的尺寸都一一记录在数据库里，然后根据情况随时核查和调整。这也给了后一阶段的精准扶贫很多依据和方便。”他说，这是工作层面上的要求，但对扶贫队员来说，还有一件更重要的事，就是了解社会、了解贫困百姓的真实情况，在感情上要与国家扶贫战略决策产生强烈的共鸣，这一点远比采集数据更重要、更关键，“我们的队员之所以能每一个人都无私无畏，甚至不惜牺牲自己的利益，就是因为感情上完全被乌蒙山和这里的贫困百姓所牵动，整个人被扶贫的战场所感召！”

在采访的日子里，我已经深深地体会到了这一点，甚至有点当

年魏巍先生来到朝鲜战场上的感受:

在中国的新时代，谁是最可爱的人呢？当然是那些奋战在最艰苦的扶贫前线，做出巨大贡献的扶贫工作者。我感到他们是最可爱的人。更确切地说，在贵州就是那些不辞劳苦，跋涉在乌蒙山区的扶贫队员们。

我说他们是新时代最可爱的人，是因为他们其实还都是些大孩子，可能刚刚走出大学校门，或者昨天还在父母身边被百般呵护，然而今天他们响应党的号召，来到了乌蒙贫困山区。也许多数人来时仅仅凭着一腔热血，可是当他们一次次走进大山，一次次迈进贫困人家，看到那些老老少少房子不能遮风雨，无处上学，无钱医病，看到年龄与自己父母相仿的乡亲们却早早地弓了腰、驼了背，这些大孩子的脚步沉重了，眼泪不由自主地流了出来，像有钢针扎在心头，一阵阵地疼痛……就是这样的情感，每天积聚一分，每天浓厚一分，又每天升腾一分。慢慢地，这些来自遥远的四面八方的年轻人，成了直不起身子的老奶奶行走的拐杖，成了走不出大山的孩子上学读书的引路灯，成了一座座挡住风霜的搬迁安置房的灶膛里燃起的一簇簇温暖的火焰，成了阴冷的云雾中透出的阳光与彩霞……

他们成了每一个贫困家庭的成员，成了老人们的亲人，成了孩子们的玩伴。从此，他们的脚步不再迟疑，他们的身影总在山中闪动，他们的心，系着千千万万间正在等待光明和幸福降临的山村农舍……

于是谁也无法动摇他们留在乌蒙扶贫的决心与意志，于是谁也挡不住他们每天向大山挺进的步伐和身影，于是他们像一颗颗党的种子，深深扎根在这片古老而贫瘠的土地上，用智慧和汗水培育美好生活的新芽，等待来年春天破土而出。

是的，他们成了人民的儿女，是当之无愧的新时代最可爱的人。让我们听一听他们的心声吧……

一个女扶贫队员的讲述——

我生长在北方，除了旅游时到过上海、广州，基本上没有在南方待过。我的家乡是广袤的大平原，一望无际，而且也极少下雨。可是到了贵州山区，举步是泥泞的山路，抬头是遮天掩云的大山，找一户人家也要爬到半山腰……

步行在这样的山路上，想保持优雅的身姿是不可能的，我时常四肢触地地向上攀登。原本我喜欢雨，喜欢雨中那种朦朦胧胧的感觉，但到了贵州山区之后，我开始怀疑以前所见到的雨是不是真正的雨。这儿的雨，想下就下，十分任性，湿了你的身，透了你的衣，还情有可原，最要命的是，一旦下雨，大山变得寒瑟瑟的，空气湿冷，赛过东北的三九天。最让人受不了的是，它把所有的山路都给泡坏了，人根本无法行走。

然而这并不是最令人揪心的。最令人揪心的是，当我走进一户半山腰上的贫困人家，看到了这样一幕：不知哪辈人留下的老房子，已经摇摇晃晃，门窗不全。墙壁上有许多洞，用塑料纸封糊着，估计再笨的野兔子也能穿墙入室。屋子里黑乎乎的，我以为根本没人住，但根据村里提供的材料，其实这里住着一家六口。主人是彝族，姓安，据说姓安的多数是奢香夫人的后代。屋里太黑，看不清主人的容貌，听他的声音，好像有四五十岁的样子，但后来才知道他刚刚过了三十五岁生日。他有四个小孩，大的已经十四五岁了，让我很诧异。三个大点的孩子都是女孩，最小的是个男孩，才四岁。主人三十五岁，其实也算是“80后”，我第一次听说一个“80后”有四个孩子，而且整日蜗居在家，卧床不起，像个小老头。

姓安的男人有些哽咽地诉说道，前些年他和妻子一起在浙江那边打工，他不幸把腿折断了，只能回家来养伤，养着养着，把家里所有的积蓄全花光了，连孩子的学费都付不起了，最后妻子一甩手，再也没有了音讯……家里就成了这个样子。

四岁的儿子开始在他床边哭泣，两个大一点的女孩跟着姐姐跑到了外面屋檐下，低头扳着手指，一直不抬头看我们。

男主人说，大女儿退学了，帮忙种种地、做做家务，照顾弟弟妹妹。现在他唯一的指望就是女儿快快长大，能背着弟弟去上学，将来有一天，让儿子支撑起这个家。

一个残缺的家，一群没有母爱的孩子，一座被贫瘠的大山遮掩着的旧房子，怎能像男主人盼望的那样，等待四岁的男孩长大支撑门户！无论如何我也不相信他的愿望能够实现，只是让我更加明白为什么要不惜代价帮扶这里的贫困百姓！也足以让我明白一个当代青年应该怎么做！

到乌蒙山来，是我正确的人生选择。不管山路多么泥泞，群峦如何遮天掩云，我会继续扶贫脱贫的征程，直到看见像安家一样的贫困户群众脸上绽开幸福的笑容……

一个曾是“愤青”的男队员的讲述——

2015 年 12 月，我主动报名奔赴脱贫攻坚战前线，成为了一名扶贫队员。

告别亲人，远离故土，从一个城市到另一个城市，从一个领域到另一个领域，不管是工作上还是生活上，都有着诸多的不适应！虽然来之前我已经慎重地考虑过，但到了这里之后还是有点措手不及。作为西北人，我之前的饮食习惯是以面食为主，而且不大能吃辣，来到大方后，这里顿顿饭离不开辣椒，离不开折耳根，还有颇具特色的酸菜豆米汤，让我这个外地人无处下口。热情的老乡说着我们听不太懂的话，很多时候交流靠比画。

大山，一重连着一重，这座阴雨的小城被群山紧紧包围着，高原强烈的紫外线让所有人的肤色变的一样。每天早上，弥漫的水雾从窗前慢慢升腾，像一道屏障紧紧锁住视线，望不见家乡，望不见亲人。说实话，我曾经动摇过、退缩过，但当我下到乡村后，便坚定了自己的信念，我对自己说，无论多么艰苦，也一定要坚持下去！

下乡后的一件事让我印象深刻，那是 2016 年 4 月，我和其他扶贫队员一起到大山乡光华村，给一个叫小敏的小朋友送爱心礼物。那是个周末，没有上学的小敏恰巧在家。村干部领着我们去小敏家，半道上发现路边蹲着一个小女孩，她的脸蛋红红的，两只小手紧紧抱住膝盖，头转向另一边，不敢看我们。村支书告诉我们，这就是小敏。原来，听说我们要来，小敏这天一大早就从家里出来迎接。我一算，从大方县城到这里，算上车程和步行时间，大概用了三个多小时，这孩子竟然一直在路边等待着。她家人后来告诉我们，怎么劝她都不管用。

我们都沉默了。

我发现，其实小敏还是很害羞的，我们一直走到她家，她都没有说过一句话。当我们把文具、衣物和熊娃娃递给她时，她欣喜而又害羞地接了过去，双手紧紧地抱住熊娃娃，眼里闪着泪花……

我们和小敏的爸爸谈话时，她在旁边静静地看着，手中始终紧紧抱着那只熊娃娃，一刻也不愿意放开。

就在我们转身离开时，背后有人拽住我的衣角，回头一看，是小敏。我见她眼睛红红的，便问她有什么事，她嘀咕了一句我们听不懂的话，又低下了头。

“小敏问，你们下次还来吗？”小敏的爸爸说。他告诉我们，这个熊娃娃是小敏出生以来的第一个玩具。听见这话，我的心像被什么东西狠狠地扎了一下。那一瞬间，我们好像都明白了些什么。

“男儿有泪不轻弹，只因未到伤心处。”这个小敏让我真正体会到了此话的滋味。我们知道，在乌蒙山区，还有很多很多像小敏这样的孩子，还有很多很多像小敏家这样的家庭。

那一刻，我彻底明白了我们参与脱贫攻坚战的意义，明白了我们工作的价值所在。

另一个男扶贫队员的讲述——

2016 年 7 月，按计划我们要走访大山乡最远的一个村民组。一早起来，天色灰蒙蒙的，一看就知道会下雨，但为了保证工作进度，我们还是按原计划出发了。

乘着皮卡车的我们，在狭窄的乡间小路上行驶了两个多小时，前方杂木丛生，山势陡峭，一眼望不到头，再也没有了路，只能勉强步行。刚下车便迎来了滂沱大雨，我们走了两小时泥泞的山路后，终于来到老乡家。

荒野中，矮小的小木房摇摇欲坠，一个骨瘦如柴的中年男人听见狗叫便走了出来。当他知道我们的来意后，便热情地拿出来半瓶果粒橙，要分给我们。后来才知道，由于距离镇上太远，他一年都赶不了几次集，这饮料还是他过年时候买的，到现在都过去半年了，一直珍藏着没舍得喝完。

这位老乡符合贫困户易地搬迁条件，我们将相关帮扶政策讲给他听，他特别激动，都不敢相信这是真的，一直咧着嘴笑个不停。

临走时，我想起了那半瓶果粒橙，便跟这位老乡说，那东西时间长了可不能喝。

他立马摇头，说："不会坏的，我喝着还是有点味道。"

这个时候，我的鼻子突然一酸，便赶紧转过头去……

走在乌蒙山里，这样的事几乎天天发生。于是，我们的脚步也因此停不下来。

"90后"王亚军是易地搬迁扶贫部的员工，他这样说——

依稀记得那天的天气阴雨蒙蒙，我们一行人前往凤山乡联兴村做入户调查，一路都是盘山公路，而且雾也很大。第一次在这样的山路上开车，心情格外紧张。大约一个小时后，我们来到联兴村，下车的时候大家仿佛才放下心里的石头。

联兴村的村主任前来带领我们到贫困户家里做入户调查。第一眼看到村主任的时候，就感觉他是个吃了很多苦的男人，那略微佝偻的身躯让我想起了自己的父亲。雨一直在下，这里的冬天远没有想象的那么好过。尽管我们穿得很厚，还是浑身瑟瑟发抖。

一连走了几户贫困家庭，才真真切切地感受到这里的老乡不容易。其中一户，家门口用竹子简单扎了一圈栅栏，三五只鸡在栅栏里面慌乱地跑着。房子是20世纪50年代的，用木头搭建而成，木头窗户里面挡着塑料布防水。由于下雨，土路显得特别的湿滑，我们的脚上也全是泥巴，特别沉重。一进屋子里面，眼前一片漆黑，当时我还在想，怎么不开灯呢？适应了好一会儿，眼前的情景渐渐清晰起来，我不知道该用什么词来形容这家的情况：一张自己搭建的简易木头床，床上的被子很旧很旧，正对着门的是用泥巴盘起来的火炉，上面煮着一锅没有一点油星的菜。整个家里，除了床和炉子，只有几个破碗，还有一条凳子……在充满煤烟味的屋子里面住着一对年迈的爷爷奶奶。由于爷爷奶奶听不懂我说的普通话，所以我只负责记录，由同事黄建国负责询问。我一边记录着一边观察屋里的情况，发现房顶不是用瓦片盖的，而是用塑料布简单地遮挡着……再观察两位老人，发现他们基本上已经丧失劳动能力，而他们所有的依靠，就是屋后的一块小菜园和几只鸡！

我的鼻子阵阵酸楚，眼泪快要掉出来了，但还是强忍着，低头记录这一家的情况……

走出爷爷奶奶的家，一路上我们几个队员没有一个人说话，心情非常沉重。而这久久的沉默，其实也使我们想到了自己到这里扶贫的意义！

是的，我很庆幸能够有机会成为扶贫团队的一员，它让我有了一份最大的收获，那就是我的灵魂得到了彻底的洗礼……

接下来的日子，我还是从事入户调查工作。在入户调查的过程中，常有意想不到的事发生，也会有各种困难出现。比如一次在三元乡河头村入户调查时，我正在和贫困户交谈，突然身后有只狗朝我腿上咬了一口，当时感觉很疼，但没有看到血流出来，所以就跟老乡说“没事没事”，一直强忍着做完这户的入户调查。临出这家门口，我下意识地卷起裤管一看，五个清晰的牙印印在我的腿上，其中有一处还掉了一块肉……这天入户调查结束后，我给组长打电话，半开玩笑地说了被狗咬的事情。哪知领导们高度重视，立即帮我联系好医院，让我马上过去打疫苗。这事让我深深地感受到领导们的关怀。

其实，在乌蒙山区做入户调查，几乎每天都有可能发生各种各样意想不到的事，比如夏天热得中暑，冬天冷得胃疼，还有被蛇咬的、在山坡上摔伤的……但我们扶贫队员从来是轻伤不下火线，相反，我们总是互相鼓励，并肩作战，从不叫苦。我们心里都深藏着一个强烈的念头：为了让那些乡亲们早点过上好日子，我们一路前进，永不言悔！

在扶贫一线，像这样的故事还有很多很多，可惜，扶贫队员们都太忙碌了，很难抓到有时间坐下跟我详谈的人，我肯定错过了不少更精彩、更富传奇性的故事。

一个队员跟我讲，他是由于“特殊原因”离开原单位，报名到扶贫一线来的，其实初衷只是想换换环境而已，没想到来了以后就怎么也舍不得走了——“我总感觉身后有一双双期盼的眼睛在注视着我，如果我在扶贫这件事上半途而废，那些期盼的眼睛会黯淡下来，我的人生也会随之黯然失色。”现在，他生活得特别充实，心胸也开阔了许多，尤其喜欢牵着牛儿在山坡上漫步，与百姓们谈天说地，那是他最快乐的时光。“如果现在有人动员我走，我非跟他急不可！”他坚定地说道。

起初，扶贫团队的领导都不想让女性参加扶贫一线工作。“但到后来，一是工作上人手不够，二是发现有些工作女同志能做得更细致，像入户调查、做贫困户的思想工作等等，我们就开了口子，允许女同志报名上扶贫前线，但也严格挑选，仅限于相对安全一些的内勤岗位。结果到了项目全面展开时，人手依然紧缺，女队员就越来越多了，到现在，共有将近800名。考虑到野外工作的强度以及安全等因素，我曾经硬性规定：女队员不得下乡。但根本挡不住。这帮丫头厉害啊！她们跟我理论，说再大的战役都有女人参战，为啥她们就不能下乡？又说有的贫困家庭可能全是女人，男同志能了解啥情况！总之，她们软磨硬泡，就是要到最前线，到最艰苦的地方去，要亲身感受百姓们的贫困生活。她们还振振有词地质问我，说不让她们了解真实的贫困，怎么参加脱贫攻坚战？！无可奈何啊！所有预设的限制，都被她们高涨的请战热情给突破了……”

战争无法让女人离开，脱贫攻坚战也一样。女队员们频频闪现的身影，让整个乌蒙山的扶贫战场有了更多的温婉与柔情、更多的激情与壮烈、更多的神圣与深邃，还有更多的柔美与绚丽……

我看到，一个从未走出过大山的彝族小女孩，和女扶贫队员手拉着手，第一次来到县城，在奢香古镇度过了失去母亲以来最幸福的一天，她的父亲于是决意带着女儿搬到古镇，开始崭新的生活。

我看到，一位多年下不了床的伤残老妇人，在女扶贫队员的精心呵护下，多年来第一次走出破旧的草房，来到“幸福新村”挑选易地搬迁的新房，老人脸上泪水纵横……

我还听说，有位男扶贫队员因为女朋友也来前线参战，转眼间变得英姿勃发，样样工作干在先，一跃成为扶贫队的工作标兵，他自豪地说，不这样做，对不起“男人”这性别！

其实，在扶贫前线，在攻坚克难的战斗中，男人和女人同样重要，都不可或缺，难以替代。他们牢牢地结为一个整体，锻造出共同的精神和意志、共同的信仰和责任；他们的灵与肉、苦涩与欢愉、光荣与梦想，总是联结在一起，并成为一种不可摧毁和战胜的力量。

这些年轻的扶贫队员们，无论当初怀着何等心情奔赴贵州乌蒙山区，当他们第一次走进大山深处，看到斜立在山坡上的行将倒塌的破草屋，看到无力起床为自己倒一碗水的老人，看到一个个无依无靠却依然渴望知识的孩子，他们便懂得了“人民”和“造福人民”的含义，懂得了“报恩社会”和“报效祖国”的分量……

而从挑战帮扶大方县18万贫困百姓脱贫任务那一刻起，扶贫队领导层就向自己的团队传授了中国共产党人近百年来的奋斗经验：欲在中国大地上成就一件伟业、攻破一个堡垒、创造一个奇迹，任何时候都离不开广大人民群众；必须与人民融在一起，必须把心贴在大地上，必须真诚地拥抱哺育你成长的父老乡亲，才有可能实现你的光明理想，实现你的人生价值！

我再次仔细端详那张布满密密麻麻红色亮点的“扶贫足迹图”，心中已不仅仅是震撼和敬佩，更是欣慰和满意。

是的，俯身下去亲吻大地，大地才会回赠你广阔的胸怀和世界。是的，心贴近了爱你的人，你的呼吸才会平和、温柔，富有节奏与魅力。当你不求回报地付出，体验到一种崇高和无私时，你才会获得一个经历过洗礼的灵魂，那种神圣和安宁，无与伦比……

第十二章

天堂创造者

在中国人的心目中，幸福生活就是共产主义社会。共产主义社会是个什么样？过去中国的老百姓心目中就是“楼上楼下，电灯电话”。现在社会发展了，百姓心目中的理想生活应该是“洋房别墅，汽车钞票”加幸福指数。然而在物质条件迅速发展的今天，这样的条件显然还不是真正的共产主义社会，于是百姓有自己对理想社会的描述，那便是“天堂”一样的生活。天堂生活是中国百姓心目中的理想世界，也可以称为中国式的“共产主义生活”。

蒋巷村的百姓称自己现在的生活就好比共产主义生活，“要啥有啥，幸福美满”。

作为一名资深新闻工作者和著名学者的梁衡同志在参观蒋巷村后有一番深思。他后来写了一篇文章发表在《党建》上，题目为《在蒋巷村的共产主义猜想》，他在文章中这样说：

共产主义是什么样子？谁也没有见过，到现在还是想象中的事情，十分遥远和渺茫。它是马克思在160多年前根据社会发展规律推演出的一种理想社会……于是共产主义就有了各种各样的版本。余生也晚，以我的所经大约有两种。一是解放前后，这在反映当时生活的电影上还能看到，战士们在坑道里抱着枪幻想，或者刚分了土地的农民蹲在犁沟里憧憬，共产主义是什么？"楼上楼下，电灯电话"，"点灯不用油，耕地不用牛"。主要反映解放了的劳动者物质上的要求，是最初级、最朴实的"解放版"共产主义。二是"人民公社"版。追求"一大二公"，农民吃食堂，不要自留地，不许养鸡，连同劳动者本身也都"归公"，甚至连每个人的思想也不许有私人空间。第一个版本，要求不高，很快就达到了；第二个版本则是一场黄粱梦，经大跃进、人民公社和文化大革命后就破碎了。而这次我却看到了一个与前两个不同的、比较接近马克思想法的版本，我把它叫做"中国乡村版"的共产主义猜想。

我们过去对共产主义想象的理解有这样几点：生产资料公有、产品丰富、觉悟提高、道德高尚、贫富差别小等等，但是对人的自由讲得很少。马克思有一句话："自由的人就是共产主义者。"恩格斯更具体地说："我们的目的是要建立社会主义制度，这种制度将给所有的人提供健康而有益的工作，给所有的人提供充足的物质生活和闲暇的时间，给所有的人提供真正的充分的自由。"他这里特别强调"所有的人"都能得到这三点：有工作、有物质享受、有精神自由。当然，自由的前提是物质丰富，但丰富之后怎么办？或者说鱼和熊掌怎样兼顾，这就是我要说的这个新版本。

蒋巷村不大，186户，1700亩地，800口人。40年前曾是一块低洼闭塞的蛮荒之地，血吸虫病流行，地不产粮，食不果腹。当时的村支书常德盛提出："天不能改，地一定要换。"现在已换成工业园、粮食园、蔬果园、居住园、旅游公园，"五园"交错的新家园。村展览室的墙上贴着一张历年的人均收入统计表。上世纪60年代118元，70年代516元，去年21600元，这还不包括各种补贴和福利收入。

……

我在此处大段引用了梁衡的话，意在说明常德盛在蒋巷村所取所有实践成果，证明了共产主义理想社会的许多"猜想"，其实是以实现的。而作为当代的中国共产党人，只要我们心怀远大理想脚踏实地并不断创新地工作，我们期待为人民群众创造共产主义式的理想社会是完全有可能的。这中间，考验和检验一个共产党员的德行极其重要。

不是巧合，但似乎有一分天意。常德盛这个名字是在1949年后他读书时大人给他起的，诚朴的父母希望自己的娃儿永远做个常积德的人。而成为了共产党干部的常德盛则这样说：共产党的干部讲德，就是一生要为国家、为集体、为百姓办实事、做好事，这样我们的社会主义事业才能长盛不衰，共产党人所追求的共产主义理想也不会只是猜想了。

瞧，这就是“常——德——盛”的独特意味。

生活中的常德盛其实是个出生在极度穷困家庭的苦孩子。现在常德盛所在的蒋巷村看上去像大花园一样，可几十年前这里是有名的低洼水塘地，更要命的还是个血吸虫病重灾区。当地的史志上记载：蒋巷村共有11个自然村。其中有个黄米泾自然村，1937年时有30多户人家，共110人居住此地，而到了时隔20年后的1957年，有一半人家因患血吸虫病而死绝。蒋巷村是名副其实的“万户萧疏鬼唱歌”之地。即使到了上世纪60年代初，全村人患血吸虫病率还高达70%。他们都是些“脖子像丝瓜，肚皮像冬瓜，四肢像黄瓜”的“活死人”。

蒋巷地处常熟、太仓、昆山交界的江南水乡，在现在看来是一块风水宝地，可在过去这里几乎没有当地人在此定居，只有那些从苏北、安徽、河南等地逃荒、乞讨的人落户此地。据土改时统计，在蒋巷村落户扎根的外乡客竟有5省26个县共100多人。常德盛的家是其中之一。

常德盛的父母都是这块土地上的外乡人，当年他们是搭着一艘又破又小的漏水拖泥船来到蒋巷村旁的一个既贫困又有血吸虫病的马沙村落户的。常德盛10岁之前，全家8口人没有一个固定的宅居，在迁居蒋巷村前曾经搬过4次家，那个所谓的家实际上只有用泥草垒起的一间避风躲雨的泥棚子。为了维系全家人的生活，常德盛的姐姐4次被卖。幼年的常德盛尝尽人间苦涩，无论寒冬腊月，还是滚烫泥泞的夏天，他的脚上没有穿过一双布鞋。1953年土改之时，作为特困户的常家分得蒋巷村 14 亩低洼地，从此成为蒋巷村人。然而迁居此地的常德盛一家，仍然没有一砖一瓦，住的是田埂边垒起的三间草房。一家 8 口人仅有一床捡来的旧席子和两条棉毯。与常德盛一家共同生活的伯父 48 岁便病逝，那时常德盛的姐姐哥哥和弟弟妹妹都还小，搬到蒋巷村后的常家，又先后 5 次搬家，直到 1960 年才算落地生根。

幼年和少年时代的常德盛饱尝了贫困之苦。年至 22 岁，常德盛觉得自己到了娶媳妇的年龄，为了不让人瞧不起，他下狠心在一块被废弃的低洼地上填土，并在那上面垒了三间泥草房。然而常德盛哪里想到他垒的这房在别人看来哪像是个“家”，所以几次开始相中的“准媳妇”最后都因为常家太穷而告吹了……

但就是这样一个人，一个为给伯父和姐姐看病需要的几块钱到处向人磕头求情的人，数十年后当他执掌几亿资产、每年可以按劳取酬几十万、几百万元奖金时，竟慷慨无私地将这些资产和收入全部献给了村里。尤其是 5 年前当他一手经营的江苏省级著名企业——“常盛集团”转制时，他常德盛本可以毫无争议地将亿万资产转到自己名下，而他却拱手相让于村上，同时又继续像一头老黄牛似的带领村民朝着更加幸福、富裕的现代化新农村大踏步前行，将蒋巷村建设成全国农民乐园的典范。

这就是常德盛过去和现在的传奇——

45 年前集体账面上仅有 3 元 6 角钱的蒋巷村，在常德盛的带领下，完全凭人力，将 1200 亩低洼地整整填高了一米！这个概念就是说，蒋巷村不足 400 个劳力，每人填堆了一座三四个足球场那么大、比四五层楼还要高的泥山！

如今的蒋巷村，有道必有渠，有道必有林，郁郁葱葱的林带气宇昂然地伴着水渠环绕全村。河池里种满了水菱、荷花，水面上鱼欢鸟飞，一派生机；拖拉机、小汽车、运肥车辆可通往任何一方大田；行船可划入每一条河流与湖泊……

常德盛提倡的“庄浜式”种植法，使油菜籽亩产达到400斤，比“新华式”翻了将近一番。1979年，他又发明了“免耕法”，播种的麦田亩产超过700斤，加上水稻的高产量，一年粮食亩产超一吨。全国著名水稻专家、老劳模陈永康说：“我建议省政府在江苏大面积推广蒋巷村的成功经验。”

农民怕穷，是因为穷苦的日子没有饭吃，没有衣穿，更没有做人的尊严。几千年来中国农民为了摆脱一个“穷”字，子子孙孙曾为之做过前赴后继地拼搏和抗争。毛泽东带领中国共产党人推翻了压在中国人民头上的三座大山，而给广大农民的最大益处是将土地还给了他们。

然而要将贫瘠的土地变成米粮仓、变成安居乐业的美丽家园，是需要艰苦奋斗和勇气、智慧与创造的。自担任村领导之后，常德盛把农民们的这种美梦变成了现实，而这中间如果缺了一个“德”字，穷依然成不了富……因为是这个“德”守住了只为他人而不为己利的信条。

蒋巷村虽说地处江南鱼米之乡，但它很特殊。有首当地的民谣这样形容道：“蒋巷泽坞锅底塘，十年九涝一旱荒，泥垛墙头茅草房，树皮菜根拌青糠。”俗话说：“水乡人，最愁涝，逢涝就要收裤腰，收完裤腰等上吊。”蒋巷所在地最要命的还不是涝，而是“万户萧疏鬼唱歌”的严重血吸虫病。从 1937 年到 1957 年的 20 年里，全村因血吸虫病死掉一半人的记录就足以证明这是一块名副其实的“地狱之域”。

在上世纪五六十年代，甚至到七八十年代，中国农村走的几乎都是一条以粮为纲的单一农业经济发展道路。在土地上种庄稼养活自己、养活全家并传宗接代，是中国农民几千年传承的同一种生存方式。但像蒋巷村这样的地薄水涝又有瘟疫的地方想靠种地过日子实在太难了。

中国农村在 1958 年实行了人民公社化制度，人民公社下设生产大队和生产小队。这个时候蒋巷村已经开始尝试“改天换地”，但终因地薄人乏，不见多少改变，村民们外出讨饭度日的比比皆是。那时年轻的常德盛是生产小队的会计，他凭借着上过农中的“高学历”和苦孩子出身的勤奋与忠厚，获得乡亲们的好评。当时在他所在的公社流传一首歌曲，叫《唱唱小队会计常德盛》。

这歌在 45 年前被人传唱，上一些年岁的人自然而然地会想起李双双这样的人物。那是那个年代里的英雄才能配得上。《唱唱小队会计常德盛》是当时一位插队的女知青写的。在蒋巷村现在还有一些老年村民会哼几句。

蒋巷村所在的任阳公社是常熟县的一个最穷的公社，下放到农村的城里人中间有句话这样说：“宁到新疆，不到任阳。”若到蒋巷落户，更是被认为“触大霉头”。有个性格开朗活泼的 17 岁女知青来蒋巷插队后，不怕苦脏累，什么事都抢在前干在前，她还能歌善舞，嗓音清脆甜美，常常自编自演自唱，宣传村里的好人好事。后来她发现蒋巷大队的第十生产队会计常德盛不但账目理得一清二楚，而且干起活来样样抢在前头，人又忠厚老实，做好事从不留名。尤其在农忙时，每天一早戴着月亮星星下地的是他，最后一个披着夕阳回家的也是他。而且常有人一早起来走到田头便惊奇地喊："咦，啥人替我把田里的菜秸拔好了？"或者是："咦，我地里的沟是啥人帮我开的呀？"开始大伙儿不知是谁干的。时间一长，社员们就不用去猜了，"肯定是德盛做的好事"。一次，常德盛从十队到大队开会，他见大队东头那座木桥上的栏杆断了好几根，当天傍晚就领着徐瑞芬等一群小伙子大姑娘拿着木棍树条钉的钉绑的绑，把小桥修好了。

令那位女知青和许多蒋巷人印象最深的是发生在1965年春节前的一件事：那是大年初一前一天，一年忙到头的农民家家户户都在贴年画，做年糕，磨豆腐，割肉称鱼准备过年了。想到过年前，外出捞黄粪的人少，常德盛带着一个小青年进城捞黄粪去了。那天，他们装了满满一船粪回大队，可正是由于船上装得太满，开到任阳河上的一段河道时船搁浅了，两个小伙子折腾了半天怎么也移不出浅滩。听到远处传来的爆竹声，常德盛想："总不能在粪船上过年吧，得赶快把粪运回大队，早点回家。"豁出去了，他"扑通"一声跳下了河。腊月的西北风一阵紧似一阵，靠近河岸的水边，还残留着寒夜里结成的冰碴碴。忍着刺骨的寒气，常德盛屏住呼吸，用尽浑身力气把粪船从浅滩上顶了出去。同船的小伙子把他拉上船，在船上，他抖得筛糠似的，上下牙齿格格直响，身旁的小伙子急得直掉眼泪。常德盛哆嗦着身子对他说："快摇，我、我要回去换衣裳……"

"小队会计"一件件感人的事让女知青情不自禁地拉起胡琴开始边拉边唱："生产队会计常德盛，好呀好得来……"这歌就这样传开了。

1966年5月，小队会计常德盛光荣地加入了中国共产党，同年9月被推举为蒋巷大队大队长，后来，又当了大队支书，从此在这个位置上一直干到今天，成为中国农村在位最长的村支书之一。

44年后的蒋巷村我们已经看到了，它如天堂一般的美丽富裕。可44年前的蒋巷村是个什么样呢？上年纪的村民们记得，常德盛更记得——

"我到任后开的一次骨干会是几个人蹲在地上开的，你问为啥？因为大队部穷得连一间房子都没有。"常德盛对自己新官上任后的"就职演说"光景记忆犹新。

那天他让人通知全大队四五十个生产队和大队干部一起开会，由于没有大队部，他就找了一户农民家当做临时会场。可几十个人得有地方坐呀，于是他便到邻近的农家去借凳子，一圈走过，串了六七家竟没有借到一条凳子！这件事给年轻大队长常德盛的内心震撼太大了：新中国成立17年，穷村蒋巷，还是一个"穷"字，再看看集体账面上仅有的3元6角钱，他的泪水一下流满双颊……全村一半以上的农民家里连一条完整的凳子都没有，这日子怎么过？

"坐坐，大伙儿坐。现在开会……"常德盛清楚地记得自己上任后第一次召开的干部会，所有的人都坐在泥地上，只有他自己是站着的。他站着，是因为他要用一颗悲怆的心向苍天老爷立一句誓言：蒋巷村不改变贫苦日子，天地不容！我当不好这个村干部，就不是共产党员！

共产党员应该干什么？应该让自己的百姓过上好日子，过上幸福美满的日子。常德盛从入党的那天起就在心头牢牢烙上了这样一个印记。

那一年，常德盛22岁。后来他又被推举为大队党支部书记。

“德盛啊，蒋巷地薄人杂，穷困潦倒，你有啥能耐让全村人过上好日子？”

常德盛望着妻子的脸，正色说：“我有一颗火热滚烫的心，有共产党员这块特殊材料……”

当时的农村，农民劳作基本上靠的都是一种模式：人拉肩扛，以力气和汗水面对穷山恶水、薄土瘦地，进行整治与改造。

常德盛，一米六五个头，瘦巴巴的一个年轻人，能挑得起这副重担吗？你看看蒋巷村这些七零八落、一泓泓死潭与低洼地，能把它改变得了吗？

有人无奈地摇着头。有人干脆挽起破竹篮远走他乡讨饭去了……面对这个赤贫之地和瘟疫蔓延的“死亡之乡”，许多人都在苦苦地叹气，一筹莫展。

“村穷，根子在于地薄。蒋巷要翻身，关键要改造低洼地，兴修水利，给土地增加肥力是唯一的出路。”第一次村干部会上，常德盛这样说。

都是农家人，没有人对这个主张有意见。问题是：“兴修水利得靠人。可我们蒋巷700个老老小小中有400个得血吸虫病的，怎么挖土，怎么挑土方啊？只要血吸虫病留在蒋巷，我们干啥也不行……”三队队长说。

“这话点到了要害，但事在人为，关键在于决心，在于是不是拿出真正的强有力措施来送瘟神、治薄地。”

“可不是。德盛，你领着大伙干吧，我们队的全体社员一定会听从你的安排。”十队队长直着嗓子表态道。

“我们也支持你。只要你领着大伙儿奔好日子，就是刀山火海，我们也敢闯！”

骨干会整整开了三小时，开得群情激昂，开得热血沸腾。新官上任的常德盛更是心潮澎湃，结束时他说：“大家的意见都很好，这对我来说，更增强了改变蒋巷面貌的决心。有句话叫做改天换地，可我认为，天不能改，但地一定要换。蒋巷村现有的土地，都是地势低洼、荒芜贫瘠的地，可我们有愚公精神，有两只肩膀一双手，一定能重新安排蒋巷河山，让全大队人过上好日子！”

“天不能改，地一定要换！”这是常德盛的话，也是蒋巷村人的话，这话让一群瘦骨伶仃的庄稼汉支撑起了理想和信仰，同时也使瘟疫肆虐之地重见天日……

现在，年轻的领路人常德盛首先要做的事是如何领导全村人赶走和根治血吸虫病。于是，蒋巷村很快掀起了一场空前绝后的灭钉螺大战。“那阵势才叫群众运动哟！”上年岁的蒋巷村民们谈起当年的“送瘟神”战斗，依然记忆犹新。

“常书记，上头阵，不分白日和夜晚，赶走瘟神来精神。”这支小曲后来上了县广播。

经过两年苦战，蒋巷村的所有河、塘、潭、池逐一得到治理，并且分阶段通过干河积肥等灭钉螺手段，彻底铲除了血吸虫的孳生地。与此同时，常德盛又与县、公社的医疗卫生部门取得联系，组成卫生医疗小组，为村里的所有血吸虫病患者治病，用他的话说，这叫“先强身，再治水改土”。之后，村里腆大肚子的人没了，村民们身体渐趋强壮，为日后大搞农田基本建设提供了有力的保证。

现在的年轻人很难想象先辈们当年是如何艰苦奋斗的，那是真正的吃苦——饿着肚子、一天干十几小时甚至二十四个小时；光着脚、淋着雨，冬天寒风刺骨，夏天烈日炎炎，只要活没干完，就是大年初一也会留出半天出工干活。这是我们的父辈所经历的岁月，他们几乎都是这样走过来的。蒋巷村底子薄，他们干得比别人更艰辛、更漫长……

平坟堆、倒杂树、挖深沟、搬宅基，是蒋巷村农田基本建设的第一战役。而在封建意识根深蒂固的农村，启动这样的战役，常德盛所遇到的压力无人可以想象。他要事事想在前头，事事干在前头，事事费尽心思，甚至事事得去给每一个庄稼人磕头求助，以求工作的通畅。累倒了他不能言苦，苦尽了还要笑脸去迎接新的战斗。当年的蒋巷村啊，1700亩农田里，河汉渠塘星罗棋布，大小田块零乱而高低不平，且茅草坟堆遍地尽是。为搬移100多个坟堆，常德盛需要一家一户去口干舌燥地做工作，挨骂受辱的事是“家常便饭”。

由于蒋巷村民构成复杂，本地人与外迁户之间的隔阂，巷与巷之间的宗族矛盾，像河湖港汊纠结在一起。有人扬言“谁敢动我家祖坟，就让他死无葬身之地”，所以，每搬迁一座坟茔，对常德盛而言就是一次生死劫难。有人在观望：“别看常德盛夸下海口，他小小年纪，嫩肩能挑千斤担？还不是虎头蛇尾没长性！”

一年冬天，常德盛正带领一帮年轻人去铲一处杂草齐腰的坟堆，不想刚落锄，年过七旬的张家阿婆披头散发、连哭带骂地在草丛里打滚，还站起来指着常德盛大骂：“你常家人是外来的野种，你的祖坟不在蒋巷，凭什么铲别人家的祖坟？你这样造孽是要遭天打雷劈的！”说着，用力一搡，将常德盛推倒在冰冷的娄塘里。众人惊呆了，发怒了，都说张家阿婆太过分。落水上岸的常德盛一边簌簌发抖着，反过来劝众人别在意，一边过来耐心地安慰张家阿婆：“老阿婆，你不理解是情有可原的，因为几百年来没有哪人来动过你家的祖坟，可我常德盛来动了，但你要知道，你和我们蒋巷人要想过上好日子，就必须铲除穷根，要铲除穷根，我们农民靠啥？就得把地整好。你想想，如果全村到处这边是一块块坟地，那边是一个个泥塘，这地咋能整好？整不好地，我们的庄稼就种不好，种不好地，哪来大伙的好日子？再说，各家的坟堆搬掉后，我们把它们集中起来建公墓，让我们的祖宗们也过上集体生活，这样不是更好吗？”张家阿婆终于醒悟了：“你的话说得有道理，我听你的。”常德盛做事从来不让村民们感到不踏实。第二年，他和村干部一起选了一块向阳的地，建起一座花园式的公墓，让全村的祖宗亡灵集居在绿树成荫、四季长青的花木之中。村民皆大欢喜。据说在蒋巷村废除土葬时，当年这位张家阿婆是第一个带头火葬的。

这件事让常德盛印象很深，他深切体会到：老百姓是善良的，你只要把事做得实在，做到他们的心坎上，他们都会是你的同行人。

农田建设其实是一门大学问，对农村和农民来说，绝对是天大的事情。泥里打、雨里走的常德盛太了解和熟悉自己的土地了。在铲坟堆的同时，常德盛在降低地下水位上做文章。当时全国农村都在贯彻农业八字法：“水、肥、土、种、密、保、工、管”，水放在首位。常德盛在全村提出了“学四泾（蔡泾、岐泾、浩泾、杏泾）赶马沙（马沙大队），力争实现全公社第五名”的口号，发动全村村民在每块田地里开深沟。做到小沟通中沟，中沟通深沟，深沟通河道的“三沟”配套，同时又在每岔田块里打鼠洞。通过两年的艰苦奋战，效果十分明显，蒋巷村过去“小雨水汪汪，大雨白茫茫”的现象基本消除。

接下去，常德盛发动村民大举进行割青草、罱河泥积肥运动。这两样活儿，现在农村的人都很少看到了，但在上世纪六七十年代的江南农村，那是农民积肥的主要途径。听蒋巷村的人说，常德盛为了改善自己村里的地质，每年都要带领群众用上几个月的时间到周边的太仓、昆山等地，甚至远到上海浦东或隔湖相望的吴江等地割草罱泥。笔者年轻时生活在江南农村，干过罱河泥的活儿，那是农活中最繁重的劳动之一。因为有任务、记工分，所以上船罱泥一舱又一舱，一天下来累得筋骨酸痛是小事，重则几天直不起腰来。割草看起来是人人可以干的轻活，但问题是那个年代，每个生产大队、每个人民公社都在干同一种积肥的活儿，这样割草便成了“寻宝”一般。雨里去、泥里蹬、水里行、露天宿，这是割草人的基本状态。一般到远处割草，几十人只能挤在一只小船上吃住，那日子难以想象。割草罱泥是苦，而另一种积肥则是既苦又辛酸，那就是开船到上海等城市里淘粪、运氨水——俗话说：庄稼一枝花，全靠肥当家。像上海这样的工业城市其可做农田施肥所用的处理氨水也是农民们争先恐后所要的。从蒋巷到上海也就一百多里路，但那时只有一种运输工具——船只。穷村没有大船，只有小木船或人力水泥船。去一次上海，空船顺水而行算是幸事，满载肥料又逢逆水行舟则只能靠拉纤行进。几吨、十几吨的粪便船靠一两只肩膀拉着前行，这样的纤夫即使跑瘦了腿筋、流干了汗水也只能一天走上二三十里。常德盛知道村子穷，别人家五天一次上海往返，他的运肥船只三天往返一次是最长的日子。靠啥？靠他比别人多拉一倍的纤路、多划两倍的水道……干农活的纤夫绝对没有半点浪漫，他们体会的只有纤夫的苦。苦，对常德盛和他的村民而言算不了什么，最让人难受的是常常被上海人“白眼”。一些自以为是的城里人很喜欢欺负“乡下人”，更瞧不起淘粪拉下水的“乡下人”。常德盛和他的村民在上海受侮辱挨痛骂的事不知碰到过多少次。听蒋巷村的老农说，他们的“常书记”也是堂堂的上海女婿——他妻子俞秀英是上海姑娘，当年因“知识青年到农村去，接受贫下中农再教育”才到了蒋巷，被“好会计”常德盛的事迹感动而“下嫁”成了农民。“乡下人”女婿到上海本该注意三分形象，可一上手淘粪，常德盛就自然而然地变了模样。乡亲们说，他一到了上海，就仿佛天生是个淘粪工，你看他头戴草帽，手拉粪车，满街小跑着吆喝。妻子有几回正好也在上海探亲，叮嘱丈夫“注意点形象”，谁知一心想着“多装点粪回去”的常德盛根本不顾这些，就算上岳父家歇歇腿，他满嘴打听的也是附近有没有粪池可以淘，弄得妻子秀英一家再不敢轻易让他上门。但常德盛很得意，因为他有“上海女婿”这层面子，总能比别人多给村里淘回几船大粪……蒋巷村的 1700 亩地，就是靠他带领全体村民一船船河泥、一船船青草、一船船粪水下料、一船船的城市生活垃圾渐渐改变了质量。

常德盛常说：当农村干部，若不知农田的情况，就好比家长不知自己的子女啥样子。要想让自己的子女健康成长，就必须呕心沥血。

由于常年东奔西走，费力劳神，常德盛患上了严重的胃病，终于有一年他支撑不住住进了医院。可他人在病床上，心里却惦念田地里的庄稼，住在离村六里路的镇医院来去不便，他坚持搬到村卫生室边治病边工作。他搬回村的头一个晚上，村民们都去探望他，可他却早已溜到田间去看稻苗长势了。当他走到村头一块田头时，发现那里的稻苗正呈现发红苗情……是何原因呢？常德盛着急起来。次日赤脚医生给他输液，未输到一半时他嫌太慢了，拔去针头就往外走，说要召开现场会研究稻苗的病症，急得爱人俞秀英直跺脚。现场“会诊”下来，是缺磷。果然，几袋磷肥施下去，稻苗由红变绿、变嫩了。

蒋巷村的庄稼地一年比一年肥沃，那是常德盛用心血浇灌的结果。

常德盛做农村工作的第二个绝招是：带两头促中间。这两头便是先进和后进。

上世纪 60 年代末，第十生产队在蒋巷大队是最落后的一个队，稻麦亩产不过“纲”（400 斤），村民年人均收入不满百。常德盛将时任大队团支部书记的弟弟常德茂叫来，让他去十队担任队长，并要他在一年内打翻身仗。一年内打了翻身仗后，再回来担任专职的团支部书记。

23 岁的弟弟德茂明白哥哥为什么要把这副担子搁在他肩上，便只说了一句：“如果十队没有大的起色，你撤我的职，也不要回大队部了。”

常德茂来到十队后，听从哥哥的指挥，工作上时时处处以身作则。哥哥号召各生产队开挖深沟，他比其他生产队挖得还要密，而且坚持高标准。哥哥号召大家打鼠洞，十队又走在各生产队的前面，而且还创造了猪棚造肥的新方法——用水葫芦、青草和切细的碎稻草放在猪圈里，倒上河泥后人工踩踏。这些水葫芦、青草等腐烂后是三麦、油菜最好的基肥。十队的经验引起了任阳全公社和其他公社的重视，常德茂由此被请到横泾、唐市、白茆等地介绍经验。这一年十队的小麦亩产过单纲，比上年净增 150 斤。粮麦亩产在蒋巷 11 个生产队中名列第三。

按理说，常德茂当年就在十队打翻身仗，第二年可以回大队部了。可常德盛对弟弟说：“看来十队的农民离不开你，你再继续干下去吧！”常德茂也是好样的，二话没说，道：“好，我听哥的。”第二年，常德茂又创造油菜大株合理密植的新经验。当时上面号召“三麦学塘桥（沙洲县），油菜学新华（太仓县横泾公社）”。新华油菜的种法是小株密植，一米种10棵油菜。常德茂经过实践知道这样不利于油菜发棵，便来一个一米6棵的大株合理密植。那时候这种种法是绝对不允许的。有人见了便说：“你们绝不是新华式的，到底是啥式？”常德茂理直气壮地回答：“庄浜式。”因为十队的自然村落叫庄浜。人家摇摇头表示不理解。然而收成时“庄浜式”却大出风头，油菜籽亩产比“新华式”翻了将近一番。不用说，常德盛在全大队推广了十队的经验，蒋巷的油菜产量又迈上了新的台阶。

3年了，人们发现常德茂还是没有回大队部，并且从1970年一直干到1984年，担任十队队长达15年之久。他所在生产队自第一年起水稻亩产年年增100斤，一直增到亩产1300斤，成为当时全公社的冠军。

有人在常德茂面前竖大拇指时，这位“书记弟弟”却摆摆手说，“我是被哥哥骂大的”。此话怎讲？常德茂娓娓道来：那年正是“四夏”大忙的时节，有一天他和大队农机辅导员讲定机耕队前来十队翻耕。为此，他也和水电站的负责人约定灌水的时间，安排全队农民抓紧收割后准备耥田、莳秧。可是这农机辅导员不知怎么搞的，过了两天，还不见机耕队的踪影。“三夏”似救火，推迟一天看似不打紧，可误了季节会影响一熟啊！常德茂去找农机辅导员理论，哪想这农机辅导员反而强词夺理，说什么是前几个生产队耽搁了时间，责任不在他。于是两人争执起来，争论引来了众多围观者。常德盛闻讯赶来，不分青红皂白将弟弟狠狠批评了一顿："作为一个大队农机辅导员，要考虑全大队的事，又不是专为一个生产队服务的，更不是随便听你常德茂一个人使唤的，你要理解、谅解才对啊！"弟弟感到很冤枉，便回敬道："这么说，是我的不是了。原来讲定的为什么随便变更？你当书记的袒护他，我常德茂不干了！"望着弟弟远去的身影，常德盛一下愣在那里，久久没有移步。晚上，他来到弟弟家，和颜悦色道："德茂啊，在那种场合上，我只能批评你，谁让你是我的亲弟弟呢？你想，今天与亲弟弟翻脸，明天就会握手言和了。与别人就难了，有的甚至会记恨一辈子。你说是吗？"哥哥一番话，说得弟弟笑了起来。

这样的故事在常德盛身上比比皆是。如果不是这样，蒋巷村就不可能依靠肩扛手推，将1700亩低洼地整整填高了一米！

这就是中国农民！这就是常德盛带领的蒋巷村农民干成的事！

"天不能改，地一定要换"的蒋巷村在常德盛领导下干的第二件惊天动地的事是大搞农田基本建设。

这个战役是从1975年开始的，这一战役称为平整土地、填河填浜、开凿新河战役，它也是蒋巷村有史以来最艰苦的战役。

那时候，农业学大寨运动在全国轰轰烈烈地展开。蒋巷村借鉴大寨人整治穷山恶水、积极创造条件摆脱贫困的可贵经验，发扬艰苦奋斗、改天换地的精神，大搞农田水利建设，大力治水治土。

常德盛按照公社的统一规划，把县里的水利专家请来，让他们帮助蒋巷村在零乱的田块上规划新河。经过认真勘查，最后确定开凿一纵二横的三条新河。"一纵"就是新蒋巷河，"二横"便是

四、五队的两条河。此外，还要对高低不平的田块统一规划，让农田格子成片成方，高度也将在同一水平线上。如此高标准的平整土地，所要挑动的土方达50余万。依然没有任何的机械设备，只有两只肩膀一根扁担。

为此，常德盛采取的方法是一次规划、分期实施、化整为零。

蒋巷村人清楚地记得，那是1975年的春节，天色灰蒙蒙，五队的张老伯去任阳镇喝早茶，路过姜阳圈子时，忽见田地里有个人影在晃动，不禁上前细看：啊，是常德盛！只见他独自一人，脱剩一件衬衣，正汗流浃背地在默默地挑土填河……

“常书记，是你啊？怎么起得这么早！”

“睡不着啊，就来这里了。”常德盛道。

“今天是大年初一，你也不歇歇？”

“唉，任务重着哩，得抓紧点啊！”

望着常德盛瘦小的身影，张老伯的心头一阵热乎。他知道怎么劝也不会将书记劝回家的，干脆折回家，叫醒了左邻右舍，带上扁担和竹筐，与常德盛一起上工地干了起来……“那些年里，我们蒋巷村的人都是这样跟着常书记干的。”村民们这样说。

蒋巷人干得辛苦，干得拼命，每天跟着常德盛从清晨广播喇叭传出《东方红》乐曲起床，一直干到晚上《国际歌》声响止。据说不少蒋巷人现在双腿有点罗圈形，就是当年挑担子压出来的。然而蒋巷村自豪地说，我们人矮了几厘米，可1700亩的低洼地却长高了1米。

蒋巷村的地长高了，蒋巷村的人也不再比别人矮一截了。他们以自己的艰辛和汗水换得了让自然低头和别人的尊重。

联产承包责任制实施以后，各家各户分头耕种，劳动力难以组织，有不少地方水利逐渐失管，田地淤积严重，稻麦产量明显下降。然而蒋巷村在常德盛的带领下，农田基本建设依然做到“三不”：目标不移，任务不减，标准不降，并且将任务落实到各家各户。在全国实施联产承包责任制那一年的秋收秋种结束到春节前后这段农闲时间里，其他地方的农村都忙着自家的活，唯有蒋巷村的干部群众聚集到他们的领路人身边，又一次摆开了大搞农田基本建设的战场，其劲头和热情丝毫不减。时任常熟市委书记的孟金元同志闻讯赶来，当他看了蒋巷村人的那股热火朝天的劲头后，不无感慨道：“蒋巷村人就是不一样，也许这样的情景在别的地方再也不容易看到了……”

当地平了、洼填了、田头的庄稼长得比别人的更加繁茂时，常德盛想到了蒋巷村的另一个大目标——把散落在各处的自然村落进行集中规划和修建。“改天换地，包括了村容村貌的整治。蒋巷村要彻底换掉穷相，得把旧房子推倒重建！”常德盛在会上让自己久积在心头的话一出口，便得到了全村人的一致拥护。然而，盖房和将零星散落的自然村落集中起来规划整修，是件远比治理低洼地和“送瘟神”要难得多的大事。

那会儿，农民们大多手中无钱，谁家造得起新房呀？

“统一规划，靠集体力量。”常德盛说。

其实，那会儿蒋巷村的集体底子很薄，怎么办？常德盛想出一招：农民盖新房，先由村里垫付资金，再同协作单位沟通后，统一供应黄沙、水泥、砖瓦，木材等建筑材料，在此基础上分片分批实施。其后，他们先将蒋巷片的 4 个生产队规划统一推旧房、盖新房。之后又将黄米泾片的 4 个生产队的改造旧房工程完成，最后又将徐巷片的 3 个生产队的新房盖齐。 1979 年、 1980 年两年中，除极少数房屋未建造外，全村拆旧房、盖新房的工作基本完成，80％以上的房屋翻建一新，齐刷刷的二层农家小楼将整个蒋巷村彻底换了样，处处呈现社会主义新农村的万千气象。

当一幢幢整齐的农家小楼崛起在绿色田野的另一头时，常德盛发现昔日他与农友们战天斗地填平垒高的农田及河网湖泊仍然零乱无序，于是一幅新的农田规划蓝图又在他脑海里呈现……

这回他不再是自己在那儿比比划划了——他请来了省里和市里的农业专家及设计师，并向他们要求道：“蒋巷村的新农村，不单单是农民们有洋楼别墅住，每一块田地、每一条河流也要方整划一，有讲究，有美感……”

“瞧这常书记，他把村子里的庄稼地当做花园建。”专家和设计师们敬佩这位新农村的带头人。

这一仗不易，整整 10 年工夫。

再看这 10 年后的蒋巷村，处处路见方正、田如棋块；再看河道，弯直有序，水路整洁，活渠相接，完全的标准化设计。且有道必有渠，有道必有林，郁郁葱葱的树木成排成行，形成独特的自然景观。宽阔笔直的河道两旁，都是水泥板修建了驳岸，河池里种满了水菱、荷花，把田野装点得分外美丽。而好看加实用是蒋巷村田野风光的一大特色，你若驾驶拖拉机，小汽车和运肥车辆，则可通往任何一方大田。你若行船，每一条河流与湖泊之间是相通的，水面上鱼欢鸟飞，一派生机盎然。田间的灌渠，更是四通八达，或固定的埋地管渠，或敞开的明道分沟……

“像是电脑里打出的彩图。”农民们这样形容自己的新天地。

君不知，为了这番景象，常德盛带领全村400多劳力，历时32年苦战累计投放劳力60万余工日……

昔日为人歧视、闻声即逃的“泽国”加“血吸虫病瘟疫区”的蒋巷村不见了，取而代之的是人见人称美的苏南佳景。

图书在版编目（CIP）数据

可爱的共和国人/ 何建明著. -- 上海 : 上海文艺出版社,2019.8

ISBN 978-7-5321-7123-1

Ⅰ.①可… Ⅱ.①何… Ⅲ.①报告文学－中国－当代

Ⅳ.①I25

中国版本图书馆CIP数据核字(2019)第135046号

发行人：陈 徽

责任编辑：乔 亮

装帧设计：钱 祯

书 名：可爱的共和国人

作 者：何建明

出 版：上海世纪出版集团 上海文艺出版社

地 址：上海绍兴路7号 200020

发 行：上海文艺出版社发行中心发行

上海市绍兴路50号 200020 www.ewen.co

印 刷：上海盛通时代印刷有限公司

开 本：890×1240 1/32

印 张：8.875

插 页：2

字 数：198,000

印 次：2019年8月第1版 2019年8月第1次印刷

I S B N：978-7-5321-7123-1/I.5694

定 价：29.00元